EXCITING ORIENTAL FANTASY

유광현 新무협 판타지 소설

섬혼 閃魂

섬혼 1권

유광현 新무협 판타지 소설

초판 1쇄 찍은 날 § 2007년 11월 1일
초판 1쇄 펴낸 날 § 2007년 11월 8일

지은이 § 유광현
펴낸이 § 서경석

편집장 § 문혜영
편집책임 § 이재권
편집 § 조수희 · 이환진

펴낸곳 § 도서출판 청어람
등록번호 § 제1081-1-89호
등록일자 § 1999. 5. 31
어람번호 § 제2-1330호

주소 § 경기도 부천시 원미구 심곡1동 350-1 남성B/D 3F (우) 420-011
전화 § 032-656-4452 팩스 § 032-656-4453
http://cyworld.nate.com/bluebook_
E-mail § blue_book@hanmail.net

ⓒ 유광현, 2007

ISBN 978-89-251-0996-1 04810
ISBN 978-89-251-0995-4 (세트)

섬혼

閃魂

1

유광현 新무협 판타지 소설

EXCITING ORIENTAL FANTASY

BLUE k

도서출판

目次

序

사방이 석벽으로 막힌 공간.

가부좌를 튼 사내의 머리는 뿌연 먼지로 수북하고, 얼마나 씻지 않았는지 때가 꼬질꼬질했다.

"휴우우!"

죽은 듯 미동도 없던 사내는 빛도 소리도 없는 무의식의 공간에서 빠져나왔다.

반개한 눈은 천년거석처럼 느리게 들어 올려졌다.

온전히 뜨인 눈.

의식이 깃들자 음험함과 측량 못할 힘이 내제된 눈동자가 칼 빛으로 반짝였다.

쏴아아!

가슴속 은밀한 고민과 걱정까지 날려 버릴 듯한 굉음이 들려왔다. 사내에겐 너무나도 익숙한 소리인 듯 미소까지 짓는다.

"멸천성검(滅天星劍)이 십이성에 이르렀다."

밖은 모래 바람으로 한 치 앞도 보이지 않았다. 소리의 정체는 사막의 모래 바람이었다.

용권풍이 그친 후 동굴을 벗어나자 죽음의 전설이 살아 숨쉬는 고비사막이 펼쳐졌다. 보는 것만으로도 절망에 빠뜨릴 만한 광경이다. 사내는 무엇이 기꺼운지 광소를 터뜨리며 열사의 사막을 내달렸다.

삼십 년 만에 웃음을 되찾은 자, 여진족(女眞族) 전설의 시작 누르하치였다.

第一章

미안하다, 제자야

1

이십대 초반쯤으로 보이는 사내 앞.

한 구의 깡마른 외팔이 시체가 놓여 있다. 무릎을 꿇은 사내가 넋 나간 얼굴로 입을 열었다.

"사부님, 일파의 문주께서 어째 가족은 고사하고 조문객 하나 없습니까?"

사내는 조문객 하나 없이 죽어간 사부가 불쌍하고 홀로 남겨진 자신이 서러워 통곡했다. 그러기를 삼 일.

사내는 채 칠십 근도 나가지 않는 사부를 심태산 꼭대기에 묻었다.

평생을 살아온 곳이니 장지(葬地)로써는 이보다 적합한 곳이 없으리라. 해가 산 위에 간신히 걸려서야 마지막 눈물을 뿌리고 돌아섰다.

엉겅퀴 따위로 지붕을 해 얹은 초라한 집 한 채.

사내는 마지막 체취를 느낄 수 있을까 하여 사부가 쓰던 방에 들었다. 며칠 비워두었다고 퀴퀴한 내가 진동한다. 어두운 방 안은 사부가 쓰던 오래되어 낡고, 비틀린 탁자만 덩그러니 놓여 있었다.

다시 한 번 가슴이 무너져 내린다. 무엇을 바랐던가? 혹여나 빠진 앞니를 드러내고 실없이 웃는 사부의 얼굴을 기대했던가? 간신히 억눌렀던 눈물이 왈칵 쏟아졌다. 불도 켜지 않고 어두운 방구석에 쪼그려 앉아 날이 밝기를 기다렸다.

지난 십여 년간 그가 배운 것이라고는 그 흔한 권각술뿐이었다. 하지만 천하제일무공을 바라온 그가 아니었기에 사부를 원망하지 않았다. 그는 천성적으로 욕심이 없는 사람이었다.

그저 하늘 같은 사부의 명이기에 정권에 반 치 두께의 굳은 살이 생기고 지문이 닳아 없어지도록 무공 연마에 힘썼을 뿐이다. 그마저도 자질이 부족함인지 발전은 미미했다.

밤이 물러나고 수줍게 찾아든 빛은 심태산(沈太山)을 푸르스름하게 물들였다. 문살 틈으로 푸른빛이 찾아들어 좁은 방을 어슴푸레 비친다. 쌓여 있는 낡은 몇 권의 책 위에 얌전히 놓인 종이가 보였다.

"서찰……?"

생각지도 못했다. 사부가 남긴 편지라니…….

유언까지 남긴 양반이 무슨 할 말이 있어 편지까지 남겼을까? 망자가 남긴 서찰인지라 경건한 마음으로 차분하게 개봉했다.

단지 몇 구절을 읽었을 뿐인데, 눈동자가 파르르 떨리고 급기야는 손까지 덜덜 떨렸다.

'동자공이라고?'

사내는 기가 막히고 가슴이 떨려 헛웃음만 나왔다. 그는 설마 싶어 끝까지 읽어 내려갔다.

정풍아, 잘 들어라. 이제 네가 단심문(丹心門) 십칠대 문주다. 네가 문주인 동시에 유일한 문도겠으나, 문규는 지엄하다. 동자공의 최고봉이라 할 만한 단심기다. 진전이 더디더라도 십성에 이르기 전에는 하산할 생각을 버려라.

서신에 언급된 사내의 이름은 기정풍이었다. 그는 깊은 한숨으로 격동을 억눌렀다.

일일적심단심법(一日赤心丹心法)은 정절(貞節)의 무공, 즉 동자공이다. 무림에서 보기 드문 순양공이니 여체를 가까이하면 공든 탑이 무너져 자갈이 될지니. 명심 또 명심해라. 여인을 멀리해라.

"사부, 상심치 말라니요? 제가 바라는 것은 그게 아닙니다."

사부 살아생전 불경한 언사라고는 해본 적이 없는 그는 크게 성내고 있었다.

태양을 몸속 깊이 쌓아 마음마저 붉게 하는도다! 수련법은 고상하게 명상이나 하며 숨이나 쉬는 따위가 아니다. 혼을 담아 손짓 발짓에 매진하라. 이름하여 섬혼백십칠기(閃魂百十七記)다. 그것이 곧 무공 초식이니 동작이 무르익을수록 심법이 절로 강성해지리라. 참으로 기이하지 않으냐?

기정풍은 침을 꿀꺽 삼켰다. 순양공이라는 말에 목이 탔던 것이다.

십성에 이르면 어떤 무기를 들었건 몸과 일체가 되어 너를 배신치 않으리라. 대성에 이르면 붉은 태양이 가슴에 자리하게 되리니 태양이 잠든 너의 공력은 어떤 충격에도 깨어지지 않게 될 것이다. 그때는 여인의 강성한 음기라도 너를 해치지 못하리라. 이 또한 기이하지 않으냐?

"예, 기이합니다. 그러니 제발 동자공이 아니라 말씀해 주시라고요."

그는 한가닥 기대를 가지고 읽어 내려갔다. 대적을 앞에 둔 듯 등이 흥건했다.

펄펄 끓는 심(心)과 절절 끓는 기해를 두려워 말라. 그것은 바로 단심(丹心)이니 이는 주위의 열기를 흡수하기 때문이다.

열양공으로 기해가 가득 참을 단심이라 하는 것 같았다.

또한 대성하면 진기를 극성으로 끌어올리지 않는 한 아무런 현상도 일어나지 않는다. 그 흔한 바람 소리조차 없으니, 지고한 경지는 오히려 평범한 이치니라. 이때에 이르면 섬혼백십칠기를 언제든 멈출 수 있으며 원하는 초식을 순서에 상관없이 쓰리라.

편지는 끝나가는데 계속 딴소리만 쓰여 있으니 미치기 일보 직전이었다.

정풍아, 믿어라! 너라면 능히 대성할 수 있다! 그것만이 동자공의 굴레를 벗어날 길이니라. 조사 이래 아무도 대성한 이가 없던 단심기이나 너는 다르다.

암담했다. 동자공을 벗어던지는 방법이 오히려 무공을 대성하는 길이라니……. 사부는 마치 자신의 자질이 천부적인마냥 써놓았지만 턱도 없는 소리였다.

"십 년을 배워 이제 겨우 이성입니다. 저라고 별다를까요? 죄송한 말씀이나 단심기인지 청심기인지 때려치우겠습니다!"

고작 이성인데 깨진다고 달라질 것이 있으랴 싶었다. 그러한 생각을 품고 계속 읽어 내려갔다.

네 자질이라면 오십 년이면 족하리라. 이 사부는 평생 동자공의 굴레를 벗지 못했다. 평생을 연마해 고작 구성에 머물렀으니, 십성에서 십이성으로 가는 관문은 적심기가 열쇠다. 하나 적심기가 무엇인지 실체도 밝혀내지 못한 바, 적심을 깨달아라. 부디 대성해 이 사부와 단심문의 한을 풀어다오. 혹여 중도에 멈출 생각은 말거라. 단심기가 깨어지면 혼과 백은 한 줌의 모래로 스러지리니…….

심법을 포기하려 했건만 동자가 깨지면 공력만 깨지는 것이 아니라 목숨까지 잃는다는 말이 아닌가? 그렇다면 대성하는 길뿐인데 오십 년이란다.

그의 나이 열아홉. 오십 년 후면 칠순이 코앞이다. 이것은 그가 바라던 내용이 아니었다. 나이 칠십에 동자공의 굴레를 벗는다고 달라지는 것이 있겠는가 말이다.

이건 사기였다. 그토록 존경해 마지않던 사부가 이럴 수가 있단 말인가?

더 이상 이어지는 내용은 없었다. 애석하게도 편지는 그것으로 끝나 있었다.

기정풍은 정수리에 한줄기 뇌전이라도 꽂힌 기분이었다. 절절 끓던 가슴도 차갑게 식어 버렸다.

봉두난발의 기정풍은 파르르 떨리는 몸을 가까스로 진정시켰다. 잘못 읽었을 수도 있다. 다시 읽어봐야 했다. 있었다.

"그럼, 그렇지!"

기정풍은 무릎을 치며 소리쳤다. 끝난 줄 알았는데 서찰 뒷

면에 추신이 달려 있었다. 간절한 염원을 담아 읽어 내려갔다.

여인 이외에 조심해야 할 것이 또 있다. 어떤 일이 있어도 십성에 닿지 않았다면 결코 남과 다투지 마라. 크게 후회하리라. 허허, 생전 썩어진 세상을 태우는 것을 보지 못함이 한이로구나.

좋다 말았다.

"사부, 어찌 이러실 수 있습니까? 제가 언제 절정 무공을 원했습니까? 오십 년이라니요?!"

기정풍의 절규가 심태산을 한차례 들었다 놓았다.

그는 철들기 이전부터 산중에서 오로지 사부와 무공을 닦는 데만 힘써왔다. 하지만 그의 꿈은 천하제일인도 강호를 질타하는 영웅호걸도 아니었다.

뭇 사내들이 비웃을 테지만, 그의 꿈은 평범한 가정을 꾸려 사랑받는 남편과 존경받는 아비가 되는 것이었다. 이미 점찍어둔 여인도 있었다.

반여정.

그녀를 처음 보는 순간 심장이 멎는 줄 알았다. 계절따라 쉼없이 만발하는 어떤 꽃보다 아름답고 향기로운 여인. 백화문의 제일 미녀! 별다른 꾸밈 없이도 복사꽃보다 향긋한 입술과 뽀얀 귀밑머리, 그보다 더 뽀얀 살결……

자신의 처지도 잊고 잠시간 반여정의 아리따운 얼굴을 그리던 기정풍이 치를 떨었다.

"안 돼! 놓칠 수 없어! 그녀는 내 거야!"

기정풍은 지금도 백화문에 고이 있을 여인인데 없어지기라도 할 것처럼 호들갑을 떨었다. 결국 치미는 불안과 격동을 참지 못하고 밖으로 뛰쳐나갔다.

그의 머릿속에는 오직 한 여자밖에 없었다. 그녀가 미치도록 보고 싶었다.

때는 한여름. 그는 길도 없는 울창한 산을 거칠 것 없다는 듯 잘도 내달렸다.

"반 소저! 기다리시오!"

나뭇잎마다 맺혔던 아침 이슬이 고함 소리에 놀라 떨어졌다.

길림성(吉林省)은 실상 황제의 힘이 미치지 않는 변방 중의 변방이다.

길림성의 성도 장춘(長春). 다시 북으로 백여 리를 달리면 구태(九台)다. 거기에 쌍봉(雙峰)이라 불리는 심태산(沈太山)과 개벽산(開碧山)이 있다. 이 두 산은 길림성 동쪽 장백(長白)에 비하면 산이랄 것도 없지만, 산세가 험하고 제법 규모가 있다.

개벽산과 심태산은 서로 등을 돌린 형상으로 각각 동쪽과 서쪽에 위치한다. 심태산 깊은 곳은 사철 유황운무로 유명했다. 반면 개벽산은 자연 환경이 아니라 백화문(白花門)이라는 문파로 유명했다.

백화문.

무파(武派)라기보다는 선도를 닦는 도교라 봐야 했다. 오직 백여 명의 여인네로만 이루어진 문파로, 그 명성이 사천의 아미보다는 못해도 구태뿐 아니라 길림성 전체에도 꽤나 알려진 곳이었다.

무가로서의 명망이 아니었다. 백화검법이라는 훌륭한 검법이 있긴 했지만, 이 또한 수련 차원에서 배우는 것이었다.

검법보다는 예법(禮法)을, 정심한 내공보다는 깨끗한 마음가짐을 배우고자 인근 명문에서도 여인들을 보내 수삼 년씩 수련케 하는 곳이다.

2

백화문에 한 사나이가 찾아왔다. 날이 밝기 무섭게 산문 밖에 나타난 사내는 심태산에서 단걸음에 달려온 기정풍이었다.

기세대로라면 문을 박살 내고 백화문에 난입하거나 담장이라도 넘어야 정상인데, 어쩐 일인지 산문 앞에 멈춰 서서 가쁜 숨을 골랐다. 순전 육체의 힘만으로 달려온 터였다.

"아무리 급해도 처가인데 무례할 수야 없지."

그는 백화문도가 들었다면 어처구니없을 말을 잘도 지껄였다. 말은 그렇게 했지만 뭐 마려운 강아지마냥 산문 앞에서 안절부절못했다. 얼마쯤 그러고 있었을까.

해가 산봉우리 위로 모습을 보이고 산 안개가 차츰 걷혔다.

곧 문 안쪽에서 인기척이 들리더니 문이 활짝 열리고 열대여 섯 정도 됨 직한 눈처럼 흰 옷을 입은 여인이 얼굴을 내밀었 다. 어린 백화문도다. 문을 열고 나온 여도사는 따뜻한 햇살을 가슴 가득 품고 기지개를 켰다. 그때, 그녀 앞으로 시커먼 사내 가 불쑥 나타났다.

"캬악!"

정적을 무참히 깨뜨리는 여도사의 비명이 백화문 전체로 퍼 져 나갔다. 기정풍의 난데없는 출현도 충분히 놀랄 만한 일이 었지만, 기정풍의 몰골은 어린 여인이 감당키 어려운 흉측함 이 있었다.

기정풍은 사부가 죽은 사흘 전부터 씻지도 먹지도, 그렇다 고 자지도 않았는지라 몰골이 말이 아니었다. 머리는 풀어 헤 쳐진 봉두난발에 나흘이나 눈을 붙이지 못해 눈동자에 핏발이 곤두서 있었다.

여도사가 비명을 지르며 황급히 문 안으로 달음질쳤다. 어 쨌든 문은 그렇게 열렸다. 반여정에 대해 물으려던 기정풍은 대문 안으로 걸음을 내디뎠다.

그가 채 열 걸음도 옮기기 전, 한 무리의 도사들이 그를 마 중 나왔다. 여인이 지른 비명에 새벽잠 적은 노도사와 밤새 근 처에서 경비를 서고 있던 젊은 도사들이 몰려 나왔던 것이다.

기정풍은 몇 걸음을 딛기도 전에 도사 무리와 마주쳤다. 유 난히도 깡말라 신경질적으로 보이는 중년 도사가 앞서 나와 말했다.

“무량수불(無量壽佛)! 시주, 여인네만 거하는 본 파에 이른 아침부터 어인 일인가?”

말의 내용은 대단히 정중했으나 카랑카랑한 목소리는 도사의 기분 나쁜 심정이 고스란히 담겨 있었다.

기정풍의 낯이 절로 찌푸려졌다. 젊고 아리따운 여인들 속에서 하필 강시같이 깡마른 늙다리 도사라니?

그가 얼마 전 백화문에 들어온 반여정을 쫓아다니는 것은 백화문도면 누구나 아는 사실. 하지만 현재 그의 몰골이 워낙 사람 같지 않은지라 중년 도사는 그를 알아보지 못했다.

“관세음… 아니, 무량수불. 도사님, 실은 급한 볼일이 있어서 실례를 범했습니다.”

중년 도사의 뒤에 서 있던 젊은 도사가 기정풍을 알아본 모양이다, 시선은 기정풍을 향한 채 허리가 꼬부라진 노도사의 귀에 대고 뭐라 소곤거리고 있었다. 찡그린 얼굴 표정으로 보건대, 결코 좋은 말을 하고 있는 것 같지는 않았다. 기정풍이 힐끗 보니 반여정과 단짝이다시피 어울려 다니는 조영진이라는 수련 도사였다.

기정풍의 시선이 젊고 어린 도사에게 향해 있자 크게 노한 중년 도사가 소리쳤다.

“갈(喝)! 감히 빈도를 능멸하려 함인가?”

“강, 아니, 도사님, 소인이 무슨 잘못을 했다고……?”

강시 도사라 하려다 급히 실책을 깨달은 기정풍은 얼른 말을 고쳤다. 등에 식은땀이 줄줄 흘렀다. 제때 멈췄기에 망정이지 강시라는 말이 제대로 나왔다면 생각만 해도 아찔했다.

"네 이놈!"

그렇지 않아도 핏기 없던 얼굴이 숫제 파랗게 질리며 분노한 음성을 토해냈다. 담이 크다 자부했던 기정풍이 움찔 놀라 두어 걸음 물러날 정도였다.

"행! 왜 이리 시끄러워?"

그때, 다 죽어가는 노인의 음성이 들려왔다. 피죽 한 그릇도 먹지 못한 음성이었다. 늙어도 상늙은 노도사의 모습에 기정풍은 울컥 동정심이 치솟았다. 앞선 중년의 강시 도사보다 수배는 더 말라 뼈만 앙상한 노인이다. 게다가 직각으로 굽은 허리는 작은 지팡이에 의지해 간신히 버티고 있지 않은가.

'아니, 저렇게 연로하신 분을 얼마나 굶겼으면 저리도 말랐단 말인가?'

노도사는 지팡이에 의지해 중년 도사가 있는 곳까지 다가왔다. 단 두세 걸음이면 될 거리를 족히 십여 보는 넘게 걸어왔다.

"너, 이리 와."

노도사의 부름에 기정풍은 냉큼 달려가 노도사의 손을 꼭 잡았다.

"어르신, 저들이 밥을 주지 않습니까? 어찌 이리 마르셨습니까."

"밥? 난 그런 거 안 먹는다."

노인의 말은 사실이었다. 다만 굶는 것이 아니라 밥 대신 벽곡단을 먹을 뿐이었다.

"그럴 수가? 어르신, 제가 모시겠습니다. 절대 밥은 굶기지 않겠으니 저와 함께 가시지요."

기정풍은 젊은 도사들에게 구박받는 노도사가 불쌍해 참을 수가 없었다.

"잉? 뭐여? 네놈이 내 서방을 해준다고?"

"헉! 어르신?"

노도사의 한마디는 놀람보다 기정풍의 가슴을 미어지게 했다. 노망까지 들지 않았느냔 말이다.

"네놈은 날 좋아하는 게 아니고, 반가 계집을 데려가려고 온 것이 아니었느냐?"

그는 노망한 노인의 입에서 사모하는 그녀의 이름이 나올 줄은 짐작도 못했다. 어쨌든 손해볼 일은 아니라 기정풍은 맹렬히 끄덕였다.

"어디 보자."

노인이 기정풍의 주위를 지팡이를 콩콩 찍으며 돌았다. 기정풍의 토실한 궁둥이를 지팡이로 톡톡 쳐보기도 하고 알이 꽉 찬 종아리를 꼬집어보기도 했다. 그러더니 심히 만족한 표정을 지으며 말했다.

"됐어! 아주 튼실해. 반가 계집애가 머슴 하나는 잘 골랐구먼. 아~ 해봐."

노인의 행동에 울상을 짓던 기정풍이 자신을 좋게 평가하자 기분이 좋아져 시키는 대로 입을 쩍 벌렸다.

“좋구나! 아주 좋아! 이도 실하니 여물도 잘 씹겠어. 잘 먹으면 틀림없이 밭도 잘 갈 테지?”

기정풍의 턱은 아주 빠져 버렸다. 도사들은 웃음을 참느라 얼굴이 새빨개졌다.

“어르신, 전 절대로 소가 아닙니다!”

“잉? 이놈아, 내 언제 네놈더러 소라더냐?”

“휴, 그리 말씀하시니 다행입니다.”

“네놈은 말이 아니냐? 내 그것도 모를 줄 알고? 쯧, 몸은 실한데 종마는 못 되겠어.”

급기야 젊은 여도사들이 웃음을 참지 못하고 키득거렸다.

기정풍은 소나 말 취급당한 것보다도 노인의 마지막 말에 심한 충격을 받았다. 노인의 마지막 음성은 벽을 박차고 울리는 메아리처럼 기정풍의 귓가에 윙윙거렸다.

‘종마는 못 되겠군. 종마는 못 되… 못 되…….’

노인의 툭 내뱉는 한마디에 기정풍은 암담한 현실을 상기했다.

빌어먹을 동자공!

하지만 여기서 좌절할 거였으면 여기까지 오지도 않았다.

‘에잇, 그깟 동자공이 대수냐! 성결한 그녀는 틀림없이 이해할 거야! 암! 정신적인 사랑이야말로 참사랑이지. 그것이야말로 사람이 짐승과 차별되는 위대한 점이 아니겠어?

기정풍이 제 유리한 대로 생각하는 사이 강시 도사는 노도사의 옆으로 다가와 정중하게 말했다.

"태상문주님, 이자는 평소에도 본 문의 어린 제자들에게 흑심을 품고 찝쩍대는 잡니다. 제가 알아서 보낼 테니 그만 들어가 쉬시지요."

노인이 반여정을 운운하자 기정풍을 알아본 모양이다. 중년 도사의 정중한 설득에 노도사의 입에서 경악할 만한 말이 흘러나왔다.

"네가 이놈에게 대신 시집가겠다고?"

평소 추상같고 결코 농담 한번 하지 않는 강시 도사다.

도를 한참이나 넘어선 끔찍한 농담에 장내가 순식간에 얼어붙었다. 모두 강시 도사의 눈치를 보느라 정신이 없었다. 하나, 강시 도사는 끔찍한 언어 폭력에도 얼굴만 굳힐 뿐 달리 폭발 하지 않았다. 다른 누구도 아닌 태상문주의 농이 아닌가?

태상문주는 노망든 척 때때로 사람을 경악시키는 일이 잦지만 실제로 망령 든 노인은 아니다. 그녀는 오히려 깨달음이 깊어 백화문에서 존경치 않는 이가 없는 최고 어른이었다. 노인의 모습으로 보건대 나이가 들수록 애가 된다는 말도, 진정한 도인의 모습은 마치 아이와 같다는 말도 사실인 듯했다.

기정풍은 생각에 빠져 있는 와중에 앞 말은 쏙 빼고 '시집가 겠다고?'라는 말을 놓치지 않고 들었다. 대충 앞뒤를 짜맞춰 보니 반여정을 자신에게 시집보내겠다는 말인 듯하지 않은가? 잠시의 망설임이 천추의 한을 남길지도 모를 일. 순식간에 상황 판단을 마친 그는 번개같이 엎드렸다.

"어르신, 백화문이 저의 처가가 되게 해주십시오. 머슴으로

써도 좋습니다."

애끓는 진심이 담긴 구애에 태상문주는 굳어버린 강시 도사와 기정풍을 번갈아보며 말했다.

"헐헐, 네놈이 손해가 아니냐? 정녕 후회가 없겠느냐?"

'옳거니. 이분이야말로 백화문 최고 어른이구나. 드디어 반 소저는 내 품에……'

"이 몸이 골백번 고쳐 죽어도 후회란 없을 것입니다. 믿어주십시오."

"네놈이 좋다면야……. 이 봐, 청양. 내 허락하겠네. 뭐 하는 겐가? 자네 서방 얼른 일으켜 안으로 모시지 않고?"

태상문주가 기꺼운 몸짓으로 굳어 있는 강시 도사를 재촉했다. 엎드려 있던 기정풍은 그 말에 반여정이 혹시 와 있나 싶어 고개를 슬쩍 들고 주위를 살폈다.

아무리 봐도 반여정의 그림자도 찾아볼 수가 없다. 이상해서 태상문주의 시선을 보니 강시에게 향해 있다. 털이 쭈뼛 일어선다.

기정풍이 크게 놀라 뒷걸음치며 고래고래 소리를 질렀다.

"아니, 이, 이건 사깁니다! 전 분명 반 소저를……!"

아랫사람에게 무안을 당한 중년의 강시 도사는 더 이상 태상문주의 장난에 버티지 못하고 홍당무가 되어 번개같이 달아나 버렸다. 태상문주가 그 모습을 바라보며 혀를 찼다.

"그리도 일렀건만……. 도란 결코 차갑고 딱딱한 것이 아니라니까. 조금만 물러도 크게 될 것을… 아깝구나."

중얼거림을 끝낸 태상문주가 조영진에게 손짓했다.

"반가 아이를 불러다 줘라. 소란은 이만하면 되었다. 그 아이가 조랑말을 택하나 대완구를 택하나 두고 보는 것도 재밌겠지."

드디어 산문 앞에서 반여정을 만날 수 있었다.

반여정은 어떤 장식도 없는 흰 도사 복장인데도 그렇게 잘 어울릴 수가 없었다.

"흥! 당신은 아침부터 무슨 일로 날 귀찮게 하죠?"

반여정은 넋을 반쯤 빼놓고 바라보는 기정풍이 심히 못마땅한지 퉁명스럽게 말했다.

"아, 오셨소? 실은 긴히 의논할 일이 있어 이렇게 찾아왔다오."

"상의요? 전 아무래도 좋으니 당신 일은 혼자 알아서 하세요."

열여섯 꽃다운 나이의 반여정이다. 하나, 예쁘게 생긴 것만큼이나 도도하고 냉랭했다. 기정풍은 반여정의 그런 모습이 괜히 튕겨보는 거라 생각했다.

"우리 미래에 관한 일이기 때문에 혼자 결정할 일이 아니오. 어쩌면 소저의 의견이 더 중요한 문제요."

"질질 끌지 말고 빨리 말하세요. 당신과 내가 미래의 일을 구상씩이나 할 사이는 아니지만 찾아온 성의를 봐서 들어는 주겠어요."

기정풍은 반여정의 재촉에도 쉬이 입을 열지 못했다. 다른 애기도 아닌 성 문제에 관한 일인지라 총각으로서 말을 꺼내기가 심히 망설여졌던 것이다. 게다가 반여정으로 말할 것 같으면 선녀보다 아름답고 성결한 여인이 아닌가 말이다.

"저, 그게… 그러니까… 밤일……."

"아, 정말! 말하기 싫으면 관둬요!"

쏘아붙인 반여정이 안으로 들어가려 했다.

"아, 안 돼! 가지 말아요! 말하겠소! 실은 내가 동자요!"

기정풍은 다급한지라 실언을 하고 말았다. 이런 개망신이 있을까. '동자공을 익혔소' 라 했어야 할 것을…….

'내가 동자요' 라고 했으니 나는 숫총각이라는 말이다. 다르게 들으면 '아직 나는 여물지 않은 아이오' 라는 말도 되니 이래저래 망신은 마찬가지였다.

막 산문 안으로 들어가려던 반여정은 몸을 돌려 그를 바라보았다. 그녀의 얼굴은 벌써 벌겋게 달아올라 있었다.

"당신 정말! 눈치만 없는 줄 알았더니 염치도 없는 사람이었군요? 당신이 동자든 말든 그게 저와 무슨 상관이죠?"

모욕을 당했다고 생각한 반여정은 언성을 높였다. 기정풍은 눈부시게 아름다운 반여정이 눈을 치켜뜨며 따지고 들자 정신이 하나도 없었다.

"아니, 그게 사실은 그런 말이 아니라… 나는 그저 이미 여물었지만 내가 동자가 아니라 동자공이… 그러니까……."

"당신이 동자공을 익혔든 혹은 동자든 나는 아무런 상관도 없어요."

"사, 상관이 없소? 정말 당신은 그런 것 따위는 개의치 않는 단 말씀이오?"

말을 하는 기정풍의 얼굴은 몰라보게 화색이 돌았다.

"절대로! 아무런 상관 없어요!"

반여정이 더 말할 것도 없다는 듯 단호하게 말했다.

"소저, 역시 그럴 줄 알았소. 정말 고맙소. 정말 고마워."

기정풍은 진심으로 감격했다.

그 모습을 본 반여정은 어이가 없었다. 그녀가 말한 요지는 '나와 너는 아무런 사이도 아니다' 인데 왜 저렇게 좋아한단 말인가? 그녀는 자신을 일심으로 사모하던 촌놈에게 다른 여자가 생긴 것이 아닌지 의심이 들었다.

생각할수록 그런 것 같았다. 처음 본 날부터 하루가 멀다 하고 자신을 보기 위해 찾아오던 자다. 그런데 요 며칠은 코빼기도 비치지 않더니 나흘 만에 찾아와 이 짓거리다.

반여정은 사부 상을 치르느라 찾아오지 못했던 것을 변심한 것으로 오인했다. 아무리 남자 마음은 믿을 게 못 된다지만 해도 해도 너무한다는 생각이 들었다.

그녀는 어느 하나 내세울 것 없는 기정풍에게 별 관심도 없었다. 그런데 진드기 같던 그가 알아서 떨어지려 하자 왠지 화가 났다. 일종의 배신감 같은 것이었다. 관심은 없지만 항상 자신을 바라봐 주기를 바라는 여인의 이기적인 심리였다.

한 쌍의 남녀는 마주 보고 얘기하는 데도 동상이몽에 빠졌다.

"정풍, 혹 당신은 나에게 화가 났나요? 호호, 제가 너무 소홀했지요?"

평소의 반여정과는 딴판으로 뼈가 녹아날 듯 나긋나긋했다.

"아, 아니, 소홀은 무슨, 절대 화나지 않았소."

"그렇다면 지금도 내가 당신의 일에 상관하지 않는 것이 고맙고 오히려 좋은가요?"

반여정은 '내가 너와 아무런 사이가 아니라는 데도 좋고 고맙냐?'라는 뜻으로 물었다. 하지만 기정풍은 여전히 '당신이 동자공을 익혔든 그렇지 않았든 상관하지 않으니 고맙고 좋으냐?'라고 이해했다.

역시 반여정은 평소 자신을 좋아했을 뿐 아니라, 마음까지 넓은 여인이라는 생각이 들었다.

"당신에게 얼마나 미안하고 염치없는 일이오? 한데 당신이 이리도 관대하니 죽었다 다시 살아난 듯 고맙고 기쁘기만 하오."

감격에 겨운 기정풍이 간절한 진심을 담아 말했다.

하지만 반여정은 그 말에 자존심이 크게 상했다. 거지나 별반 다를 바 없는 기정풍에게 이대로 차였다가는 분해서 몇 날 며칠을 잠도 자지 못할 것 같았다.

'이익! 감히 네깟 게 날 찬다고? 안 돼! 그렇게는 안 돼!'

"당신은 나에게 왜 그리도 매정하지요? 내게 화가 났지 않았다면서 어떻게 그럴 수 있죠? 실은 그동안 당신을 시험하느라 냉정한 척했던 거란 말이에요."

"헉, 반 소저, 울지 마시오. 난 결코 매정한 남자가 아니오. 당신을 위해 뭐든 해줄 수 있소. 밭도 갈고 김도 매고, 심지어는 나무도 할 수 있소."

정말 어처구니없고 촌스러운 구애에 반여정은 속으로 코웃음 쳤다. 하지만 겉으로는 감격한 척 연기했다.

"진심인가요? 당신은 정말 그 모든 걸 절 위해 해줄 수 있나요? 떠나지 않는 건가요?"

눈물을 방울방울 떨어뜨리는 그녀의 모습은 심이 애처로웠다. 그러니 사랑에 푹 빠진 기정풍의 심정은 어떠랴?

"영원히 그대 곁에서 떠나지 않겠소. 당신이 날 그렇게 생각하는 줄 미처 몰랐소. 제발 울음을 그치시오."

기정풍은 무척이나 감격스러웠다.

반여정이 그제야 눈물을 쓰윽 닦으며 배시시 웃었다. 그녀는 자존심을 상하게 한 기정풍을 어떻게 골려먹을까 궁리했다. 하지만 기정풍은 반여정의 가식적인 미소를 넋을 놓고 바라보았다.

"아이잉～ 부끄럽게 왜 그렇게 뚫어지게 보죠?"

"아, 아름다워서……."

"그보다 당신은 정말로 절 위해 밭도 갈고 나무도 하고 궂은 일을 다 할 수 있나요?"

간드러지는 목소리. 교태가 철철 넘친다. 간이라도 빼줄 판인데, 그 정도야 두말하면 잔소리 아닌가?

"당연한 말씀을! 말만 하시오!"

　"그렇다면 백화문의 농사일을 해주세요. 그리고 올 겨울에 쓸 땔감도. 그래야 당신이 얼마나 믿음직한 남자인지 알 수 있지 않겠어요?"

　"하핫! 그깟 거, 다 내게 맡기시오. 내 그런 일은 자신있소. 실은 내 훗날을 대비해 틈만 나면 연습한 것이 농사일이요."

　가슴을 쾅쾅 치며 믿음직스러운 모습을 보였다. 불구덩이라도 뛰어들 판인데 밭일이 대수며, 장작 패는 것이 일이겠는가?

　반여정은 입이 찢어져라 좋아하는 기정풍의 모습을 보며 말했다.

　"그럼 딱 삼 년만 해주세요. 그때까지 변치 않고 믿음직한 모습을 보여준다면 당신의 여자가 되겠어요."

　반여정이 삼 년을 말한 이유는 그 후에 백화문을 떠나기 때문이었다. 하지만 그런 사실을 알 리 없는 기정풍은 삼 년쯤이야 하며 의지를 불살랐다.

　기정풍은 그의 순정을 이용한 반여정의 장난에 꼼짝없이 말려들어 영농 생활을 시작했다.

　붉게 빛나는 기정풍의 순수한 첫사랑은 그렇게 반여정에 의해 철저히 농락당하고 있었다.

　반여정에게 속은 날부터 그는 백화문에 소속된 수천 평의 화전을 일궜다. 그동안 반여정은 한결 나긋나긋해진 말과 몸짓으로 기정풍을 대했음은 물론이다.

3

백화문은 향화객과 지역 유지들로부터 받는 지원금만으로
도 생활하는 데 전혀 지장이 없었다. 하지만 백화문은 수천 평
의 산과 밭에서 땀 흘려 일해 자급자족했다. 땀 흘려 일하는
것이야말로 삶의 큰 배움이라 여겼기 때문이다.

기정풍은 해가 먼 산에 살짝 걸려 넘어가기 직전까지 쉬지
않았다. 일각의 꾀부림 없이 한 자쯤 자란 콩밭에 앉아 부지런
히 일했다.

손가락 마디마다 박힌 못과 정권의 굳은살은 도검(刀劍), 하
다못해 도끼라도 들려야 어울릴 법한데, 기정풍의 손에는 호
미가 들리고 괭이가 들렸다. 어디를 봐도 부자연스러운 모습
이다. 그러나 겉모습과는 달리 그는 능숙했다.

익숙한 솜씨로 김을 매고, 콩 줄기마다 잘 자라도록 흙을 북
돋웠다. 농사짓는 손길이 보통이 아니다. 그는 해가 넘어가자
비로소 허리를 펴고 허리춤에서 수건을 빼 땀을 닦았다.

"휴우, 무공 수련보다 오히려 더 힘들군. 세상엔 역시 쉬운
일이 없단 말씀이야?"

그의 얼굴엔 웃음이 가득했다. 곡식이 잘 자란 수천 평의 너
른 밭을 흐뭇한 표정으로 바라보았다.

기정풍이 농사일을 하기 시작하면서 여도사들은 할 일이 점
점 줄어들었다. 기정풍이 워낙 이쪽 일에 재미를 느꼈던 데다,

반여정에게 잘 보이려 새벽부터 해가 질 때까지 쉬지 않은 탓이었다.

뿌린 만큼 나고, 땀 흘린 만큼 거둔다. 그는 거짓을 말하지도 않고 인간을 속이지도 않는 땅이 좋았다. 오늘도 해가 지고 나서야 일을 끝내고 산을 넘었다. 곧 사부의 무덤이 바로 보이는 움막에 닿았다.

농사를 짓기 시작한 지 삼 년. 그러니까 사부가 죽은 지 정확히 삼 년 하고도 사흘이 지난 날이었다. 그는 사부의 무덤 곁에 조잡한 움막을 세우고 꼬박 삼년상을 치렀다. 삼 년 동안 한결같은 사부와의 즐거웠던 기억을 떠올리며, 자정만 되면 무덤 앞에 엎드려 사부를 부르며 통곡했다.

동자공 때문에 자신의 앞길이 막힐 뻔도 했지만, 다행히 사모하는 반여정이 아무렇지도 않다니 사부에 대한 원망은 한 티끌도 남아 있지 않았다. 오히려 의지할 사람 하나 없이 평생을 살았던 사부를 생각하면 의례적인 곡만 하려다가도 진짜로 슬퍼져 꺼이꺼이 울게 되었다. 한참을 통곡하던 기정풍이 무덤에 대고 말했다.

"돌아가신 지 벌써 삼 년. 아직 사부님 생전의 모습이 생생한데 못난 제자는 제 살길만 궁리하는군요."

잠시 말을 멈춘 그가 고개를 들어 무덤을 한동안 바라보았다. 어찌나 관리를 잘했던지 무덤에는 잡풀 하나 없이 적당한 길이의 떼로 덮여 있었다.

"평생 사부께 받은 은혜, 잊지 않겠습니다. 사부께 배운 무공으로 강호에 나가 이름을 떨치지 못하더라도 용서하십시오. 기왕 받은 무공, 하루도 빼지 않고 단련해 보겠습니다. 훗날 도사가 되겠다거나 중이 되겠다는 사람을 만나면 일심으로 전해 주지요."

닳고 닳아 너덜거리는 옷이나마 옷매무새를 바로잡아 절을 올렸다. 삼년상을 마쳤으니 오늘 밤을 마지막으로 정리하고 집으로 내려갈 생각이었다.

움막에 든 기정풍은 단심기를 운용해 피로를 풀고 곧바로 잠자리에 들었다. 한여름이라 밤인데도 무더웠는데, 그가 한바탕 운기를 마치자 움막 안이 초겨울 날씨처럼 서늘해졌다. 심법의 특성 때문이었다.

동자공은 대개 사내의 양기에 기반을 둔 열양공(熱陽功)이다. 무공이 강력할 수밖에 없었다.

그러나 여인을 알게 되면 곧바로 공든 탑이 무너지는 치명적인 결함 때문에 누구도 익히려 들지 않았다. 간계와 권모술수가 난무하는 강호에서 도태된 것은 당연했다.

단심기는 뜨거운 뙤약볕에서 익히는 것이 가장 효율적이다. 주위의 열기를 흡수해 진력을 키워 나가기 때문이다.

여름이든 겨울이든 밤이야말로 음한 기운이 왕성하다. 이럴 때는 심법 수련에 전혀 도움이 되지 않아 자는 것이 상책이었다.

다음날.

기정풍은 한여름 뙤약볕에도 아랑곳 않고 옥수수 밭에서 영농 후계자의 꿈을 불사르고 있었다. 옥수수 대가 이미 그보다 크게 자라 있었다. 잡풀 걱정은 없어 다행인데, 옥수수가 너무 빼곡했다. 솎아줘야 옥수수가 실하게 자란다.

"날이 더우니 도사님들은 그만 들어가 쉬십시오. 저 혼자도 충분합니다."

"아닙니다. 염치가 있지 어떻게 그럴 수 있겠어요? 이 또한 마음 공부의 일종입니다."

자선이라는 도사가 손사래를 쳤다.

"마음 공부도 공부지만 도사님들 얼굴이 타니 하는 말이지요."

"정풍 시주야말로 얼굴이 까맣습니다. 그만 들어가 쉬세요."

이번에는 자미가 사양하며 기정풍을 그만 쉬라한다. 나이에 비해 진중하고 눈동자가 깊은 도사다.

"자미 도사님, 저는 사낸데 얼굴이 탄다 한들 무에 대수겠습니까? 저야말로 수련이니 걱정 마십시오."

기정풍이 한사코 도사들을 들여보내려 하는 이유가 있었다. 농이 아니라 진짜로 수련을 하기 위해서였다.

성화에 못 이긴 도사들이 밭을 떠나자 기정풍은 본격적인 수련을 시작했다.

그는 사부에게 심법 이외에 유일하게 배웠던 백열일곱 가지 느릿한 동작을 펼치며 밭을 누볐다. 서찰에서 언급했던 섬혼 백십칠기(閃魂百十七記)였다.

섬혼백십칠기는 혼을 빛내는, 혹은 혼을 빛으로 만드는 백열일곱 가지 방법의 기록이라는 거창한 무공인데, 단심기와는 단짝이다. 섬혼백십칠기가 없다면 단심기를 쌓을 수 없으니 어찌 단짝이라 하지 않으랴.

그러나 섬(閃)이 들어간 것과는 달리 처음 입문할 때 한 동작에 자그마치 일 다경이나 소모했을 만큼 극악의 느림을 자랑했다. 동작 자체의 어려움보다 단심기의 특성 때문이었다.

그저 손을 내젓고 발을 내미는 단순한 동작도 단심기를 운용해 움직이면 굼벵이 사촌이 돼버린다. 백열일곱 가지 동작을 한 번 시연하는 데 적어도 반나절이 훌쩍 지나 버렸다.

더욱 웃기는 것은 한 번 시전하면 끝까지 하지 않고는 못 배긴다는 것이다. 재미있어서도 몰입해서도 아니었다. 중간에 그치면 단심기가 멋대로 나돌아 심장이 울렁거리고 토할 것 같은 기분이 드는 때문이었다.

그를 가르친 사부조차 정확한 이유를 알지 못했다. 다만 크게 걱정하는 모습이 아니어서 그도 그냥 끝까지 해야 하는 거구나 할 뿐이었다. 사부가 말하길, 이런 현상은 단심기가 대성하면 자연히 없어진다 했으니 굳이 파고들고 싶지도 않았다.

걱정이라면 조사 이래 누구도 이루지 못한 경지라 진위 여부는 증명된 것이 아니라는 점이었다.

하여튼 문제 많은 이 무공을 열 살이 되기 전부터 꾸준히 연마한 그는 열아홉에 겨우 이성에 도달했다. 하지만 요 삼 년 사이 급격한 발전을 이루었다. 해가 떠 있는 내내 농사일과 함께 일심으로 단련한 탓이었다.

반여정이 동자공을 익힌 것을 대수롭지 않다 했지만, 그녀에게 있어 사내 구실을 못한다면 정말이지 염치없는 노릇이다. 사부 말씀대로라면 칠십이 다 돼야 대성하겠지만, 죽자고 노력하면 일, 이십 년 정도는 앞당길 수 있으리라 생각했다.

그래봐야 나이 오십이겠지만 단 하룻밤의 즐거움을 위해서라도 포기하고 싶지 않았다.

과연 그의 노력은 헛되지 않아 모든 동작을 일각 안에 마칠 수 있었다. 육성의 단계였다. 육성에 다다르면 동작이 한결 자연스러워져 무기를 들고 연마할 수 있는 단계. 그에 생각이 미치자 사부와의 옛일이 떠올랐다.

"사부님, 저도 검이나 도를 들고 싶습니다. 제발 굼벵이 사촌 같은 무공 말고, 번개같이 빠르고 폭풍같이 강력한 무공을 가르쳐 주십시오."

"이놈아, 굼벵이 사촌이 어때서? 그토록 칼을 들고 싶다면 적어도 섬혼백십칠기를 육성은 이루어야 한다."

"육성입니까?"

"오냐. 육성이다."

"어떻게 육성인지 알죠?"

"일각 안에 모든 동작을 마칠 수 있다면 의심할 바 없다. 그때가 되면 검을 들든 도끼를 들든 관여치 않을 테니 네 마음대로 해라."

"일각!"

기정풍이 할 말을 잃고 고개를 푹 숙였다. 일각 안에 백열일곱 가지 동작을 취하는 것은 그리 빠른 것이 아니다. 그러나 그마저도 그의 성취로는 두 시진에 겨우 동작을 마칠 수 있었으니 상심함이 당연했다.

"그럼, 섬혼백십칠기를 완벽하게 대성하면 어떻게 됩니까?"

"예끼, 이놈아! 고작 이성의 문턱에서 빌빌거리는 놈이 대성을 논하느냐?"

"지금은 기어도 언젠가는 날아다닐지 압니까? 사나이의 자존심을 무참히 짓밟으시다니……."

"대성하면 모든 동작을 한 숨의 진기만으로 수유의 순간에 펼칠 수 있다 들었다. 섬(閃)이 들어간 무공이 어디 흔하다더냐? 실망치 말고 무공에만 전념해라."

옛 생각에 피식피식 웃던 기정풍은 자신의 성취를 다시 한 번 점검해 보았다.

'육성이구나.'

날렵한 동작으로 뛰고 구르는 괴이한 동작을 펼치며 빼곡한 옥수수 밭을 거침없이 누볐다. 단지 일성의 단심기만을 운용한 수련이었다. 전력을 다했다가는 농작물이 얼어붙어 버리고 말 것이다.

계피발학(鷄皮鶴髮)에 지팡이에 의지해 구부정하게 선 노파가 기정풍을 바라보고 있었다. 일전 기정풍이 만난 바 있는 백화문의 태상문주였다. 노태상은 기정풍을 유심히 바라보며 연신 고개를 끄덕였다. 도사의 눈은 오늘따라 유리구슬처럼 맑아 순진무구한 아이의 그것과 같았다.

"곽산 당신이 기대를 걸 만한 아이군요."

섬혼백십칠기를 펼치며 농사일을 하는 기정풍의 모습은 진지했다. 또한 수련도 농사일도 능숙할 대로 능숙해져 흠잡을 데 없어보였다. 손 쏨쏨이 하나에 혼과 정열이 묻어나왔다. 한동안 기정풍을 바라보던 노태상은 기꺼운 웃음을 터뜨렸다.

"부지런한 청년이야. 게다가 얽매임이 없어. 불같은 내기를 품고 산천(山川)을 벗 삼아 농사를 짓고 싶어하는 자라……."

기정풍을 관찰한 노태상은 감탄을 연발했다.

"타고난 천성이 좋다. 보면 볼수록 끌리는 아이구나. 과연 단심문이 심태산을 벗어날 재목이야."

노인이 밝은 대낮인데도 뭐가 보이는지 하늘을 올려다보며 별자리를 헤아렸다. 한동안 손가락을 꼽아보며 계산을 거듭하던 노인이 깊이 탄식했다.

"에잉, 반가 계집이 눈이 있다면 놓치지 않겠지만 아직은 연이 아니구나. 아깝구나, 아까워. 용이 될 아이를 몰라보고 지렁이를 택하겠지. 내 그 꼴을 봐야 하는가?"

삼 년 전 백화문에서 그의 모습을 보고 대완구라 칭했던 도사인데, 삼 년이 지난 오늘은 용이라 말하고 있었다.

노인의 감탄과 안타까운 넋두리가 끝나갈 때쯤 그도 어느새 일을 마쳤다. 요즘은 일을 좀 빨리 끝내고 돌아가는 편이었다.

반여정을 신부로 맞으려면 필요하겠기에 집도 고치고 뒷산도 일부 밭으로 만드느라 눈코 뜰 새 없이 바쁜 탓이었다. 하루하루 틈틈이 일궈온 밭이 벌써 제법 컸다.

기정풍이 고된 일을 마치고 집으로 돌아가려 할 때였다. 먼지 하나 묻지 않은 흰색 도복을 정갈히 차려입은 여인이 뭔가를 들고 달려왔다.

"오라버니, 이거 드시고 가세요."

"반 매, 다 늦은 시간에 어쩐 일이야? 산짐승이라도 나타나면 어쩌려고?"

말은 그렇게 하지만 기정풍의 얼굴에는 이보다 행복할 수 없다는 마음이 그대로 나타나 있었다.

"치, 좋아서 입이 함지박만 해졌으면서. 혼내시려거든 입부터 다물고 하시라구요."

기정풍은 일하고 미처 닦지 못한 흙 묻은 손으로 뒷머리를 긁적였다. 반여정은 그 모습에 인상을 살며시 찡그리며 슬쩍 물러섰다.

"호호, 오라버니가 이렇게 좋아할 줄 알았으면 매일 올 걸 그랬나 봐요."

"매일은 무슨, 이 시간엔 위험해서 안 돼. 곧 해가 질 거야."

"배고프실 텐데 이것부터 어서 드세요."

반여정이 잘 익은 옥수수 하나를 꺼내 내밀었다. 기정풍이 받으려 손을 내밀자 반여정이 움찔하며 물러섰다.

무안해진 기정풍의 낯이 노을만큼이나 붉어졌다. 꽃보다 향기롭던 흙인데 오늘만큼은 손톱 사이사이에 낀 흙이 그토록 싫을 수가 없었다.

"내가 조, 좀 더럽지?"

"아, 아니에요. 더럽긴요. 아차! 청양 사숙께서 빨리 오라 하신 걸 깜빡했어요."

반여정은 급해 죽겠다는 듯 광주리를 던지듯 넘겨주며 돌아섰다.

'아무리 심심해도 더 이상은 이 짓도 못해먹겠군.'

第二章

무너지는 꿈

1

기정풍은 고민했다. 이제 육성에 달한 단심기이니만큼 무기를 선택해야 했다.

"오늘부터는 뭐라도 들고 수련해 봐야겠는데……."

도나 검이면 좋겠는데 그런 것이 있을 리 없다. 마땅한 무기가 있다 해도 이젠 농투성이가 된 마당이다. 무공을 익혀 누구와 싸울 것도 아니니 거부감까지 들었다.

"사부께서 아무거나 된다 하셨으니 이걸로 해볼까?"

기정풍이 집어 든 것은 어이없게도 괭이였다. 사부가 봤으면 무덤을 뚫고 나올 일이다. 그러나 농기구야말로 가장 손에 익은 물건이니 그에겐 가장 적합했다.

기정풍이 괭이 자루를 단단히 쥐고 섬혼백십칠기를 펼쳤다.

처음이라 어색했지만 얼마 가지 않아 몸에 익었다. 그제야 육성이 되면 무기를 들어도 좋다고 했던 말을 이해하게 되었다.

도취된 그는 정말이지 신명나게 섬혼백십칠기를 펼쳤다. 시간이 지나고 회가 거듭될수록 더욱 기꺼워졌다. 농민의 난도 아니고 우습기 그지없는 풍경이지만 기정풍의 표정은 진지했다.

그렇게 얼마의 시간이 흘렀을까.

날이 밝아오고 있었다. 인시 말이나 묘시 초쯤 되었으리라. 삼매경에 빠져 있던 기정풍은 여인의 목소리에 정신을 차렸다. 주위를 둘러보니 백화문과 그리 멀지 않은 곳이다. 자신도 모르는 사이 백화문 쪽으로 온 모양이다.

"언니, 정말 그 사람에게 너무 잔인한 거 아니야?"

귀를 세우고 들어보니 익숙한 목소리다. 열셋에 입산해 삼 년이 지난 지금은 어여쁜 아가씨가 다 된 조영진이라는 수련 도사다.

"덕분에 너도 지난 삼 년 동안 편했잖아? 하기 싫으면 제가 알아서 그만두겠지."

이번에는 밤낮으로 오매불망 애태우는 반여정의 목소리다. 반여정과 조영진은 순찰을 도는 순번이라 새벽까지 밖에 나와 있었던 모양이다.

반여정의 목소리를 알아 들은 그의 입이 함지박만 하게 벌어졌다. 이게 웬 횡재냐? 재수 좋은 놈은 뒤로 자빠져도 은전을 줍는다더니 달밤에 한숨 못 자고 체조한 보람이 있지 않은가? 놀라게 해줄 요량으로 기척을 죽이고 살금살금 다가갔다.

그러는 중에도 대화는 계속되었다.

"벌써 삼 년이야! 모르겠어? 그는 진심이야. 언니가 떠나면 얼마나 상처가 크겠어? 언닌 어차피 모용 공자에게 시집갈 거잖아?"

"촌놈 하나 가지고 논 것뿐이야. 대체 왜 난리야? 너 정말 이상한 거 알아? 혹시 그 촌놈에게 관심있는 거 아니니?"

기정풍은 그녀들이 얘기하는 촌놈이 과연 누굴까 잠시 고민했다. 처음에는 그녀 집안의 머슴을 두고 하는 말인가 했다.

"그런 게 아니야. 그는 언니 하나만 바라보고 얼굴이 까맣게 타도록 종일 밭에서 일해. 게다가 겨울에는 백화문의 땔감을 마련하느라 쉬지도 못해. 언닌 그가 불쌍하지도 않아?"

"그러지 말고 사실대로 말해. 너 줄 테니까. 정말 놀랍다. 천애 고아에 얼굴 까만 촌놈이 네 이상형이었다니……."

"웃기지 마! 사람 진심을 그런 식으로 이용하는 건 아니라는 걸 알고 있을 뿐이야!"

'땔감, 까맣게 탄 촌놈이라?'

기정풍은 그녀들 이야기 속에 나오는 사내를 머릿속에 그려 보았다. 반여정에 대한 순정으로 펄펄 끓던 가슴이 서늘하게 식어버렸다.

"잠시 그냥 노는 것뿐이야. 심각할 거 없어. 그나저나 촌놈 아니랄까 봐 농사 하나는 타고났더라. 천한 하인들이나 하는 일을 말이야."

이야기를 마친 반여정은 뭐가 그리 우스운지 배를 잡고 깔깔거렸다. 바위 뒤에 서 있던 기정풍은 다리에 힘이 풀려 주저앉아 버렸다. 아무리 눈치 없기로서니 촌놈이 자신이라는 것을 모를 수 있겠는가.

뒤통수를 망치로 호되게 얻어맞은 기분이었다. 그동안 죽을 고생으로 단련한 육신도, 몸속에 이글거리는 단심기(丹心氣)도 이 순간 그에게 한줄기 힘도 보태주지 않았다.

얼마쯤 혼을 빼고 있었을까? 나무 사이로 햇살이 비춰들었다. 어느새 두 여인은 백화문으로 돌아가고 없었다. 날이 이미 밝았으니 경계할 필요가 없는 시간이었던 것이다.

"아니야. 반 매가, 반 매가 그럴 리가 없어. 어제까지만 해도 날 좋아한다고 했는데……. 장난이겠지. 내가, 내가 있는 걸 알고 놀리려고……."

지난 삼 년 동안 반여정은 기정풍을 한결 살갑게 대해주었다. 눈을 마주치면 웃어주기도 했고, 교태를 부리기도 했다. 그래서 손도 잡아보고 싶었고, 입맞춤도 해보고 싶었다.

하지만 기정풍은 웃어주는 것만으로도, 단지 그것만으로도 기뻤다. 행복했다.

화전도 넉넉히 일궜다. 올 가을이 되면 부부의 연을 맺어 평생 함께할 계획이었다. 그런데 이제 와서 반여정이 그럴 리가 없었다.

연체동물같이 흐느적대던 다리에 힘이 들어갔다. 수십 장 앞에 보이는 백화문을 향해 달음질쳤다. 산문에 이른 기정풍이 향화객을 맞고 있는 자미 도사에게 다가갔다.

"무량수불. 시주, 이른 시간에 어인 일로? 혹 여정 도우를?"

백화문에 오 년을 거하고 수법식을 마쳐 도사의 계를 받은 자미(紫湄)였다. 반여정과 조영진과는 달리 정식으로 도사의 길을 걸을 여인이었다.

"급하지 않으시면 반 소저를 잠깐 불러주실 수 있겠습니까?"

자미의 얼굴에 안타까운 빛이 어렸다. 언제부턴가 자미가 기정풍을 바라보는 눈길에는 항상 아픔이 있었다. 분명 그 눈빛은 동정이고 연민이었다.

그저 스쳐 봐왔던 것인데 왜 오늘에야 보일까. 왜 그런 눈빛으로 보는 거냐고 묻고 싶었다.

"마침, 두 분의 명부만 작성하면 되니 잠시만 기다리시지요."

"감사합니다. 노송정 앞에서 기다리고 있겠습니다."

두 일행의 입문서(入門書)를 작성한 자미가 반여정을 불러주었다.

"어쩐 일이에요?"

반여정의 예쁜 얼굴에 귀찮은 기색이 역력했다. 삼 년 전부터 항상 웃어주던 것과는 다른 모습이었다.

기정풍은 농사일로 까맣게 탄 데다 밤새 섬혼백십칠기를 연마한 통에 꼴이 말이 아니었다. 또한 아까의 충격으로 눈이 퀭하고 얼굴도 해쓱했다.

"반 매의 확실한 마음을 알고 싶어서 무례를 범했어."

"뭐, 당신이 하루 이틀 무례를 범한 것도 아닌데 새삼스레 예의를 차리나요? 제 어떤 마음이 알고 싶죠?"

한여름이건만 찬바람이 쌩쌩 인다. 오라버니라 부르던 호칭도 당신이라 변해 있었다. 불안감을 억누르며 물었다.

"우리 혼인에 대해서 말이야."

"뭐라고요? 당신하고 혼인을 해요? 제가요?"

기정풍은 어처구니없다는 투로 반문하는 반여정을 보며 불안이 현실이 되어가고 있음을 느꼈다. 다리가 후들거리고 손이 덜덜 떨렸다.

"내가 믿음직한 사람인지 시험해 보고 혼인하자고 했잖아? 올해로 삼 년이 됐는데……."

"당신이 믿음직하든 무능하든 그게 저와 무슨 상관이 있다고 시험을 한단 말예요?"

"너, 너는 내게 농사를 짓고 땔감을 구하라 했잖아?"

"참나, 기가 막혀서. 이봐요, 내가 언제 당신에게 그런 걸 하라했죠? 당신이 하겠다고 한 것이 아니었나요?"

"물론 내가 하겠다곤 했지만 그것은……."

"당신 정말 상종 못할 사람이군요? 콩밭 좀 매고 장작 좀 패 주면 다 시집가나요?"

"반 매, 네, 네가 어떻게 내게……."

반여정은 기정풍의 넋 나간 모습을 보며 악독하게 말했다.

"사실대로 말하죠. 심심해서 당신을 가지고 놀았어요. 일

잘한다기에 해보라 했어요. 당해도 싸지! 주제에 날 넘보다니 가당키나 한가요?"

"정말 그게 전부였어? 전부 연극이었냐고? 나에게는 전혀 마음이 없었던 거야?"

"당신은 머저린가요? 다시 한 번 말하지만 꿈 깨세요. 난 당신 같은 사람을 경멸해요. 농사나 지으며 살자고요?"

"농사가 어때서?"

"당신 꿈은 농사꾼인지 몰라도 전 아니에요. 당신은 농사지으면서 내게 비단옷을 사줄 수 있나요? 비단 당혜를 사줄 수 있느냔 말예요!"

"비단옷과 비단 당혜가 중요했었나?"

"그래요. 중요해요. 알았으면 썩 꺼져요. 성가시게 오라 가라 하지 않았으면 좋겠군요."

반여정은 매몰차게 쏘아붙인 후 돌아서며 중얼거렸다.

"남의 집 하인이나 할 놈 주제에 감히 누굴 넘봐?"

기정풍은 쓰러지려는 몸을 노송에 기대 간신히 바로섰다.

'장난이 아니었어. 그녀는 날 가지고 놀았어! 종놈… 이라고?'

끝없는 분노는 곤히 잠들어 있던 단심기에 불을 지폈다. 분노가 커짐에 따라 진기 덩어리가 크기를 더해 그의 주위는 냉기가 돌았다. 대기 중에 증기 상태로 남아 있던 물이 누더기 옷에 엉겨 붙어 그대로 얼어버렸다.

"으아악!"

절규를 토해낸 기정풍은 반여정이 사라진 방향으로 몸을 돌렸다. 득달같이 달려가 목 줄기를 쥐어짜도 시원찮은데 그는 걸었다. 그것도 아주 느리게 걸었다. 빌어먹을 단심기 때문이었다.

후문에 도착한 그가 섬혼백십칠기를 펼쳤다. 박달나무로 만들어진 단단한 문은 단주먹에 산산조각나 사방으로 비산했다. 한 번 펼친 기술을 중도에 거두려니 구역질이 솟았다. 속을 겨우 진정시킨 기정풍은 창백해진 낯빛으로 중얼거렸다.

"용서할 수 없다!"

분노는 열기다. 그가 분노할수록 단심기가 끓어올라 그의 몸은 오히려 차가워졌다. 그에게 달라붙은 습기가 많아지면서 눈썹과 정리하지 못해 덥수룩하게 자란 수염에도 성에가 하얗게 꼈다.

문 부서지는 소리에 모여들었던 사람들은 그의 해괴한 얼굴과 서늘한 기세에 도로 뒷걸음질쳤다.

"반여정!"

기정풍의 마음에는 오로지 반여정에 대한 분노밖에 없었다. 치미는 분노는 그녀를 찢어 죽여야만 풀릴 것 같았다. 하나, 핏발 선 눈으로 아무리 둘러봐도 그녀는 보이지 않았다.

"반여정, 나와! 이 더러운 것! 기필코 찢어 죽이고 말겠다!"

기정풍의 고함에 도사들이 모여들었다. 도사들은 기정풍의 해괴한 몰골과 살벌한 언동에 서로를 마주 보았다. 그리곤 심상찮다 느꼈는지 발 빠르게 기정풍을 에워쌌다.

"시주, 평소답지 않게 왜 이러십니까? 침착하세요."

"자미, 비키시오. 난 도저히 참을 수가 없소이다."

"시주, 차분히 말씀해 보세요. 세상에 대화로 해결하지 못할 것은 없습니다."

"도사님들께는 악감정이 없소. 하지만 끝까지 막아서겠다면……!"

"제발 진정을……."

"비키라지 않았느냐!"

기정풍은 끝까지 말로 설득하고자 하는 자미를 밀치고 사방을 향해 권을 내질렀다. 해하고자 함이 아니라 겁을 주기 위한 공격이었다. 그러나 그의 공격은 아무런 효과를 발휘하지 못했다. 공력이 실리지 않은 권장이 무슨 위력이 있겠는가?

이 또한 빌어먹을 단심기 때문이었다.

손발을 휘두르는 단순한 동작도 단심기를 끌어올리면 평소보다 느려진다. 진기 또한 제대로 실리지 않아 위력이 떨어지는 것은 불문가지였다. 결국 단심기를 운용해 제대로 된 위력을 보이려면 섬혼백십칠기밖에 없었다.

"정풍 시주, 끝까지 이렇게 나온다면 우리도 손을 쓸 수밖에 없습니다."

끝까지 기정풍을 설득하려는 자미와 달리 다른 도사는 무력 진압을 경고하고 있었다.

"내가 그대들 하나 못 넘을 것 같은가!"

역시 죽으나 사나 방법은 한 가지다. 섬혼백십칠기!

단심기와 단짝인 섬혼기(閃魂記)를 펼쳐야 공력이 제대로
실리고 그나마 속도도 나게 되는 것이다. 문을 부수며 이미 한
번 중도에 멈춘 적이 있는 터라 이번에도 중도에 멈추면 필시
피라도 토할 판이었다.

하지만 앞을 가로막은 이들을 물리치려면 그 수밖에 없다.
기정풍이 크게 심호흡을 하고 억눌렀던 단심기를 개방했다.

"자명 사저, 그는 그런 사람이……."

"자미, 시끄럽다. 이자는 지금 우리 백화문을 능멸하고 있
다."

자명이라 불린 도사를 시작으로 자미를 뺀 나머지 도사가
일제히 검을 뽑았다.

곧이어 기정풍의 공격이 시작되었다.

제일기, 손가락으로 하늘을 꿰뚫다. 일지천공(一指天空)!

제이기, 마음에 하늘을 품다. 천심포(天心抱)!

제삼기, 하늘과 땅이 서로를 안다. 천지상옹(天地相擁)!

섬혼백십칠기가 실타래처럼 줄줄이 풀려 나왔다.

그를 중심으로 주위의 온도가 급격히 떨어졌다. 곧 기정풍
의 온몸에 서리가 내려앉았다. 그가 움직일 때마다 얼어붙은
옷 때문에 덜커덕거리는 소리가 날 정도였다.

처음엔 우습지도 않은 짓거리에 긴장하지 않던 도사들인데,
초식이 더해갈수록 기세가 심상치 않자 얼굴색이 변했다. 자
명이 검을 디밀어 위협했지만 신경도 쓰지 않는 듯했다.

"심상치 않다! 포위망을 넓혀라!"

일어섰다 앉았다, 때론 바람개비처럼 돌며 치고 들어온다.

하지만 속도는 그리 대단할 것이 없어, 백화문도들은 거리를 넓힌 채 포위망을 유지했다. 자명 도사는 차분히 기정풍의 무공을 살폈다. 그녀는 기정풍의 무공이 냉기만 제외하면 그리 위협적이지 않다 판단했다.

"하앗!"

자명 도사가 불쑥 튀어나와 검광을 뿌렸다.

"사저! 안 돼요!"

자명이 자미의 외침과 냉기를 무시하고 검법을 펼쳐 기정풍의 옆구리를 그었다. 기정풍을 크게 다치게 할 마음이 없던 그녀라 손속에 사정을 두었다.

그긍!

날카로운 검과 마의가 만났는데, 난데없는 쇳소리가 웬 말인가?

기정풍의 옆구리는 옷에 작은 흠집만이 있을 뿐 멀쩡했다. 자명은 뜻밖의 결과에 몸을 부르르 떨며 뒷걸음쳤다.

순간 기정풍은 물러서는 자명을 노렸다. 열 손가락을 빳빳하게 펴고 위에서 아래로 내리긋는 칠십이기 천망회회(天網恢恢)였다.

자명은 뻔히 보고도 피할 수가 없었다. 단심기에 침습받아 내기가 흐트러진 탓이었다.

"그만!"

자미는 깜짝 놀라 뛰쳐나오며 기정풍의 손을 그었다. 요행히 잘라지지는 않았지만 기정풍의 손목은 검상으로 피가 흘렀다. 하지만 이어지는 칠십삼기 소이불루(昭而不漏)를 펼치자 피가 응고되기 시작했다. 응고됐다기보다는 얼어붙었다는 표현이 옳았다.

기정풍은 자명이 주저앉고 자신의 손목에 상처가 나는 것을 보면서도 무공을 거두지 못했다.

"멈출 수 없으니 막지 마시오!"

무리해서 입을 열었다. 하나, 그의 노력에도 불구하고 포위한 자미 등은 그의 말을 이해하지 못했다. 한번 시작하면 끝까지 풀어내야 멈추는 무공이 있으리라 생각이나 했겠는가.

기정풍은 포위한 도사들과 한 묶음이 되어 움직였다. 그가 전진함에 따라 도사들이 일정한 거리를 두고 밀려났기 때문이었다.

한바탕 진기를 소모하니 분통한 마음이 어느 정도 진정됐다. 마침 백십육기를 펼치던 중이라 마지막 초식인 고복격양(鼓腹擊壤)을 끝으로 멈추려 할 때였다.

멀지 않은 곳에 반여정의 활짝 웃는 모습이 보였다. 시선을 돌리니 그녀 옆에 훤칠한 사내가 있었다. 억눌렀던 분이 목구멍을 치받았다. 그는 멈추려 했던 섬혼백십칠기를 처음부터 다시 시작했다.

"반여정!"

또다시 무리하게 입을 연 통에 낯빛이 하얗게 탈색되었다. 하나, 소리를 지른 효과는 바로 나타났다. 반여정과 귀한 집 자식 같아 보이는 이십대 후반의 미남자가 그를 돌아보았던 것이다.

둘이 뭐라 얘기를 나누는가 싶더니 사내가 피식 웃었다. 곧 사내는 큰 걸음으로 기정풍을 향해 다가왔다.

"도사님들, 괜찮으시면 저에게 맡기십시오. 제가 처리하겠습니다."

이미 구경꾼들이 다수 몰린 데다 뿜어져 나오는 냉기를 버티기 힘든 상황이다. 자미는 잠시 망설였으나 자신들 힘으로는 어쩔 수 없는 상황이라 옆으로 비켜섰다.

"무량수불, 모용 시주, 그는 결코 악인이 아니니 손을 과히 쓰지 마십시오."

"걱정 마십시오. 육장만을 사용하겠습니다."

검을 착용한 것으로 보아 검사가 분명한데 육장만으로 제압하겠단다. 빙긋 웃는 사내의 표정에는 자신감이 가득했다. 모욕당한 기정풍은 낯을 붉히며 전력을 다해 공격해 들어갔다. 어차피 말을 나눈다거나 예를 취하지도 못하는 바에야…….

"무식하게 마구잡이로 공격해 들어올 건 뭐요? 우리 예를 차리고 통성명이나 합시다."

대인(大人)인 척하긴! 누군 멈추고 싶지 않은가?

기정풍도 사람인 바에야 주먹을 쓸 땐 쓰더라도 일단 얘기부터 나눈 후라도 늦지 않다는 것을 알고 있다. 하지만 그는 이제 겨우 오십이기를 펼치고 있을 뿐이다. 백십칠기까지는 멀고도 멀었다.

사내는 기정풍이 가타부타 대꾸가 없자 먼저 자신을 소개했
다.

"난 모용극이란 사람이오."

'모용극이라고?'

기정풍은 몇 시진 전 조영진이 말한 모용 공자란 놈이 이놈
인가 생각했다. 분이 나서 콧김을 뿜으며 공격했다.

한데 모용극은 공격하지 않고 피해 다니며 기정풍을 예의
도 모르는 사람으로 만들고 있었다. 그러던 중 기정풍이 뻗은
각(脚)이 모용극의 무릎을 스쳤다. 찰나지간이었지만 냉기가
무릎으로 파고들었다.

모용극은 즉각 내공을 돌려 냉기를 밀어냈지만 사이한 무공
에 간담이 서늘했다.

"이런, 이런. 말이 통하지 않는 친구로군."

모용극은 정말 어쩔 수 없다는 표정으로 수세를 공세로 전
환했다. 하나 예의 바른 말투와는 달리 그의 눈빛은 기정풍을
당장이라도 찢어 죽일 듯했다. 일순간이나마 자신을 겁먹게
한 촌놈에게 화가 났음이 분명했다.

"하하! 비홍벽파권(飛鴻劈破拳)이란 것이오. 부디 조심하시
길."

한동안 둘의 공방이 계속되었다.

기정풍의 공격은 육성에 이른 터라 제법 빠른 편에 속했다.
그러나 쾌검에 단련된 모용극의 눈에는 그저 그런 정도의 빠
르기일 뿐이었다. 시간이 지날수록 모용극의 얼굴에 화색이

돌았다. 그는 기정풍의 행동이 이상하다는 걸 발견한 것이다.

권을 질러오기에 두 걸음 물러서 피했는데, 녀석은 빈틈을 노릴 생각이 없는지 대뜸 주저앉더니 아무도 없는 공간에 쌍장을 질렀다. 뿐만 아니었다. 허리를 살짝 굽혀 피하는데 손가락을 들어 하늘을 가리키는 것이 아닌가?

바보 중에서도 상 바보가 아닌가 말이다.

모용극은 기정풍의 어리석음에 희희낙락하는 반면, 기정풍은 미칠 노릇이었다.

대성하지 않는 이상 섬혼백십칠기는 순차적으로 펼쳐야 하는 무공이다. 적이 뛰어 피해도 다음에 펼칠 무공이 하체 공격이라면 그리해야 했다. 임기응변과는 거리가 먼 딱딱한 무공이란 말이다.

기정풍은 수치심에 죽고 싶었지만 오로지 자신만의 공격에 몰두했다. 사부의 말대로라면 섬혼백십칠기가 대성하면 세상을 놀라게 할 묘용을 선보일 테지만 이제 고작 육성이다. 앞에 모용극이 있든 없든 어차피 그의 공격은 똑같을 터이다.

이제 모용극이 꺼리는 거라면 엄습하는 냉기뿐이었다. 잠시 고민하던 모용극은 전 내공을 끌어올려 냉기에 저항했다.

"병신, 네놈은 싸움이 처음이군?"

기정풍의 발길질을 간단히 피한 모용극이 바짝 붙더니 낮게 지껄였다. 지척에 있는 기정풍에게 들릴락 말락 할 정도의 소리였다.

그렇지 않아도 분하고 창피해 죽을 판인데, 대꾸조차 할 수 없는 처지라니, 뭐 이런 개떡 같은 무공이 있단 말인가?

"극! 조심하세요! 그는 제정신이 아닌 것 같으니 무슨 짓을 저지를지 몰라요!"

"하핫! 반 매, 걱정 마오! 그런 것쯤은 충분히 생각하고 있으니!"

모용극이 호탕하게 소리치더니 다시 낮게 중얼거렸다.

"네놈이 우리 반 매와 가당키나 하냐? 어디서 이상한 무공을 배웠는지는 모르지만 일찌감치 포기하는 것이 좋을 거다. 그녀는 이미 내 것이니라."

미치고 팔짝 뛸 노릇이었다. 속이 부글부글 끓었다. 기정풍은 더 이상 평정을 유지할 수가 없었다. 틀에 짜여진 초식으로는 분명 약점이 보임에도 공격할 수 없었다. 눈물을 머금고 그저 정해진 순으로 바보 같은 짓만 계속할 뿐이었다.

시간이 지나자 그마저도 힘들었다. 평정심을 잃어버린 탓이다. 그는 결심했다. 피를 토하든 심장을 토하든 이제 등신춤을 추지 않기로.

들끓는 단심기를 일순간 풀어버렸다. 섬혼백십칠기 또한 구십삼기에서 멈춰 버렸다. 얼굴이 붉다 못해 검게 달아올랐다.

"으아압!"

그는 몸이 찢겨 나가는 고통을 참고 모용극의 훤히 뚫린 가슴팍을 향해 주먹을 내질렀다. 평소 죽어라 연습했던 단순한 정권 지르기였다. 빌어먹을 단심기를 버리니 추상같은 기세는 없었지만 오히려 속도는 빨랐다.

모용극은 완전히 방심하고 있다가 갑작스럽게 주먹이 날아들자 그대로 허용하고 말았다.

퍽!

"우읍?"

모용극이 인상을 찡그리며 두어 걸음 물러섰다. 하지만 그뿐이었다. 한가닥 내기도 실리지 않은 정권. 치명적인 급소가 아닌 이상 단주먹에 쓰러질 모용극이 아니다.

"아악! 극, 괜찮아요?"

반여정이 크게 놀랐는지 호들갑스럽게 소리쳤다.

"난 아무렇지도 않소. 그저 방심해 한 수 허용해 준 것뿐이니 걱정 마시오."

모용극은 껄껄 웃으며 가슴을 두드렸다. 그는 실제로도 자존심은 크게 다쳤을망정 몸만은 아무렇지도 않았다.

정작 아픈 사람은 기정풍이었다. 그렇지 않아도 심신이 안정되지 않은 마당에 두 연놈이 하는 짓거리는 그의 화를 부채질했다. 목까지 치미는 불덩이를 꿀꺽 삼켰다.

"으아악!"

한 대로는 안 된다. 솜주먹일망정 몇 대 더 때려야 속이 풀릴 것 같았다. 그는 괴성을 지르며 모용극에게 달려들었다. 달리는 기세를 그대로 실어 어깨로 들이받았다.

"커억."

공격은 성공했다. 하지만 비명을 지른 사람은 기정풍이었다. 멍청하게 내기 충만한 몸뚱이를 들이받았으니 계란으로 바위를 친 격이다. 골이 떵하고 하늘이 노랬다. 부딪친 어깨가 부서진 것 같았다.

"이런 빌어먹을! 천한 애송이 놈이 감히 본 공자를 쳐?"

모용극이 간신히 서 있는 기정풍의 멱살을 바짝 틀어쥐며 속삭였다. 하지만 정신이 반쯤 나간 기정풍은 아무 소리도 듣지 못했다.

"명심해라. 십성에 닿지 않았다면 결코 남과 다투지 마라. 크게 후회하리라."

비로소 사부의 당부가 이해되었다. 단심기로 인명을 해치지 말라는 뜻인 줄 알았다. 하지만 진실은 정반대. 십성도 안 되는 단심기로는 누구도 이길 수 없으니 다투지 말라 한 것이다.

단심기와 섬혼백십칠기를 모두 중단한 상태였지만, 기정풍은 움직이기는커녕 말도 할 수 없었다. 섬혼백십칠기를 중도에 멈춘 것이 벌써 두 번이다. 터질 듯한 심장을 다스리고 피가 거꾸로 솟는 것을 제어하기도 벅찼다. 검붉게 죽은 얼굴빛은 삼척동자라도 그의 상세가 심상치 않음을 알아볼 정도였다.

모용극이 멱살을 잡은 손을 풀고 완맥을 거머쥐었다.

"이보게, 친구. 왜 이러나? 어디가 안 좋은 겐가? 내 도와줌세."

다급하게 소리치던 모용극이 낮은 음성으로 다른 말을 했다.

"크, 너 같은 놈은 백 년이 지나도 이 도련님을 이길 수 없느니라. 마음 같아서는 숨통을 끊어놓고 싶다만 보는 눈이 많으니 일단 목숨은 붙여주마."

즉시 음유한 진기가 기정풍의 내부로 파고들었다. 곧장 기정풍의 내부를 한줄기 뇌전이 휩쓸었다.

득, 두둑, 툭.

기정풍은 자신의 몸속에서 실 끊어지는 소리를 여러 차례 들을 수 있었다.

진천무극기(震天無極氣).

끝없는 하늘을 조각조각 가르는 벼락의 기운을 닮았다 하여 붙여진 모용세가의 독문 심법. 그 기운이 기정풍의 몸속을 쩍쩍 갈라진 황폐한 논바닥으로 만들었다.

"쿨럭!"

기정풍은 파르르 떨며 검게 죽은피를 한 사발이나 토해냈다. 코에도, 심지어는 눈에서도 피가 뚝뚝 떨어져 내렸다. 흐려져 가는 눈으로 비웃고 있는 모용극의 얼굴이 쏟아져 들어왔다.

멀찍이 떨어져 있던 자미가 뛰어와 창백해진 낯으로 물었다.

"그는 어떻게 된 거죠?"

"주화입마 같소이다. 본인의 인도로 죽은피를 토하기는 했지만 위급하니 속히 치료를 해야 합니다."

모용극은 마치 자신의 친형제가 다치기라도 한 것처럼 호들

갑을 떨었다. 그의 행동은 누가 봐도 지극히 대인다운 풍모가
있었다. 반면 기정풍은 풀어진 눈으로 손을 허우적댔다. 아직
도 싸우겠다는 의지다.

"정풍 시주, 이만 됐으니 멈추십시오."

자미가 애타게 만류했지만 그는 몸부림을 멈추지 않았다.

기정풍은 꺼져 가는 의식 속에서도 무기력한 자신을 받아들
이고 싶지 않았다. 십 년을 하루같이 익혀온 무공이 무용하다
니……. 이따위 무공을 전수해 준 사부가 원망스러웠다. 일일
적심단심기가 동자공임을 알았을 때보다 더더욱.

절망이 인내심을 좀먹었다.

"아아악!"

울분에 찬 단말마. 정풍은 더 이상 견디지 못하고 쓰러졌다.
그는 의식의 끈을 놓으며 몸뿐 아니라 영혼까지도 산산이 흩
어졌으면 하고 바랐다.

2

그때 인의 장막을 헤치고 급작스레 깡마른 노파가 날아들었
다. 노파는 모용극을 밀치고 입가에 피를 흘리며 쓰러져 있는
기정풍을 끌어안았다.

"이게 어찌 된 일이냐?"

“태상문주님을 뵈옵니다.”

기를 흘려 진맥을 한 노인이 대노해 소리쳤다.

“누가 인사를 받자 했느냐? 이 아이가 어찌 이리 되었느냔 말이다!”

평소 장난기 많은 태상문주는 큰 소리 한 번 내는 법이 없는 사람이다. 그런 노태상이 대노해 소리치자, 잘못한 것도 없는 도사들이 물러서 고개를 푹 숙였다.

“모용가의 장남 모용극, 삼가 백화문의 태상을 뵙습니다. 그가 갑자기 실성하여 도사님들을 공격하기에 제가 막은 것입니다.”

“이 아이가 실성을 했다?”

노태상은 콧방귀를 뀌었다.

“그렇습니다. 그는 틀림없이 제정신이 아니었습니다.”

“그래서 몸을 이리 망가뜨려 놨는가?”

“오해십니다. 전 아무것도 하지 않았습니다. 그는 스스로 분을 참지 못해 주화입마한 겁니다.”

“맞아요. 그가 갑자기 미쳐서…….”

반여정이 다가와 그의 역성을 들었다. 거짓말이 아니라 그녀가 본 사실이 그러했던 것이다. 하지만 그것이 오히려 태상의 화를 부채질했다.

“누가 너에게 물었더냐?”

태상문주는 한 차례 진맥으로 남아 있는 모용가의 독문 진기인 진천무극기를 알아본 참이었다.

"제가 진기를 인도해 뭉친 혈을 풀어준 바는 있지만, 결코 그를 해한 일은 없습니다."

"보기 싫으니 반가 계집을 데리고 썩 나가라. 반여정은 더 이상 백화문도가 아니다."

태상문주는 추상같은 명령을 내린 후 기정풍을 안고 홀연히 사라졌다.

모용극은 멀어지는 태상문주의 등을 보며 입꼬리를 치켜올렸다.

'늙은이, 그래봐야 며칠 내로 죽을 놈이야. 혹시라도 놈이 이 도련님과 혼인한 반 매를 찾겠다고 들쑤시고 다니면 골치 아파지지 않겠어?

눈을 떴다. 익숙한 방이다. 그는 깨어나 한 시진이 넘도록 멍하니 천장만 바라보고 있었다. 기운이 없는 탓도 있었지만 일어나고 싶은 마음도 없었다.

그의 심정을 반향하듯 그토록 맑게 반짝이던 눈동자는 어떤 의욕이나 생기도 찾아볼 수 없었다.

"일어났느냐? 정신이 들어?"

말할 것도 없이 태상문주다.

기정풍은 이 노파가 왜 여기 있는지 몰랐지만 자신을 살린 이가 노파라는 것은 짐작할 수 있었다. 구명지은이 아니라 사사로운 은혜를 입었다 해도 사람이라면 응당 감사해야 할 테지만 그는 웬일인지 감사한 마음이 들지 않았다.

감사하는 마음은 고사하고 자신을 살린 것에 대한 원망만 가득했다. 그는 살아 있다는 것이 싫었다. 만사가 귀찮고 지겨울 뿐이었다.

다시 사흘이 지났다. 그동안 그는 단 한 모금의 물도 마시지 않았고 한마디 말도 하지 않았다. 미동도 없는 기정풍을 보자 묵묵히 잘 참아주던 노태상이 버럭 소리쳤다.

"이 토룡 같은 놈아! 굶어 죽으려느냐? 사내가 고작 계집 하나 때문에 넋을 놓아?"

반여정 때문만이 아니다. 그는 여인뿐 아니라 사부에게 당한 배신이 더욱 컸다.

"못난 놈!"

"예, 못났지요. 크큭, 자그마치 십삼 년입니다."

군내가 나도록 다물려 있던 기정풍의 헐고 부르튼 입이 열렸다.

"그게 어쨌다는 게야?"

"그동안 아무것도 아닌 무공을 죽자고 익혔습니다. 등신이지요. 천치지요."

정작 무공이 약한 것은 문제가 아니다. 사부는 돌아가시면서까지 단심기를 최강이라 하지 않으셨던가? 수십 명이 보는 가운데 빌빌대던 생각을 하면 죽고만 싶었다. 그렇지 않아도 남의 집 종이나 할 놈이라 비웃었던 반여정인데 자신을 보고 얼마나 한심하게 여겼을까?

"정녕 천치로다! 네놈이 익힌 무공이 그리도 하찮아 보였더냐?"

기정풍은 화가 났다. 숫제 분통이 터질 것만 같았다.

"아무것도 모르시면서 훈계하지 마십시오! 전 단심문의 문주입니다. 태상께서는 백화문의 태상이시지 단심문의 태상이 아니시잖습니까?"

"자신의 무공에 아무런 자부심도 긍지도 없는 녀석이 문주는 하고 싶더냐?"

"긍지요? 크큭, 그깟 것 때려치우면 그만입니다."

눈을 감아버렸다. 더 이상 상대하기도 싫었다. 단지 몇 마디 얘기를 나눴을 뿐이거늘 속이 쓰리고 숨이 가빠왔다. 고작 며칠 굶었다고 이럴 그가 아니다. 내상의 흔적이었다.

"단심기는 네놈이 아는 그런 하찮은 무공이 아니다."

"예, 대단한 무공이지요. 사부께서는 그 대단한 무공을 들킬까 두려워 십성이 이르기 전까지는 하산도 하지 말라 하셨습니다!"

잔뜩 비꼬아 말했다. 십 년을 넘게 연마해도 제때 멈추지 못하고 질질 끌려 다녀야 하는 무공이라니……. 두 번만 대단했다가는 무공이 사람을 부릴 터였다.

"네 이놈! 곽산은 그런 사람이 아니다!"

노태상의 작은 체구에서 태산 같은 분노가 줄기줄기 뻗어나왔다.

"제 사부를 아시는군요?"

"알고 있다."

"그분은……"

"되었다. 그 이야기는 일단 몸을 추스른 다음에 해도 늦지 않아."

"제 몸은 제가 압니다. 아무렇지도 않습니다."

"네 녀석이 며칠 만에 깨어났는지 아느냐? 자그마치 달포다."

"그럴 수가?!"

믿어지지 않았다. 반나절 전에 있었던 일같이 생생하건만 한 달이 넘었단 말인가?

"네놈을 살리느라 가진 공력의 대다수를 쏟아 부었다. 사부의 은혜조차 모르는 배은망덕한 놈인 줄 알았다면 결코 살리지 않았을 게야."

기정풍은 속에서 뜨거운 불덩이가 치솟는 것을 느꼈다. 그러고 보니 노태상은 당장 무덤에 들어가도 이상치 않을 만큼 수척해져 있었다. 그렇지 않아도 보는 것만으로도 눈물이 솟을 만큼 약해 보이는 노파였는데, 지금은 그 정도가 훨씬 심했다.

"왜, 제가 무엇이라고 그리하셨습니까?"

고마움에 앞서 화가 났다.

"그러게 말이다. 네놈이 무엇이라고 그리도 정성을 쏟았을꼬."

기정풍은 허탈하게 웃는 노태상을 보고 있자니 눈물이 왈칵 쏟아졌다. 문득 사부가 떠올랐다.

　노태상의 얼굴엔 울고 웃었을 세월의 무게가 가감없이 그대로 새겨져 있었다. 부끄러웠다. 사부에게, 그리고 노태상에게 죄송해서 견딜 수가 없었다. 일어나 앉으려 버둥거렸다. 몸이 천근만근이다. 금세 온몸이 땀으로 후줄근해졌다.
　“몸을 학대치 마라. 돌이킬 수 없을 수도 있어.”
　노태상이 만류했으나 그는 고집스레 몸을 일으켰다. 기정풍이 이를 악물고 콩알 같은 땀을 뚝뚝 흘리며 넙죽 엎드렸다.
　“네놈 고집도 보통이 아니구나.”
　기정풍을 다시 억지로 눕힌 노태상은 이야기를 꺼내놓았다.
　옛날 옛적 구태에서 첫째가는 가문이 있었다. 가문의 금지옥엽이었던 외동딸은 열다섯에 백화문에 입문했다. 도사가 되기 위함이 아니라 여인이 갖춰야 할 법도와 예를 배우기 위함이었다.
　여인은 입문한 지 얼마 되지 않아 무더운 여름날 산속에서 춤을 추는 사내를 발견했다.
　“어르신, 혹 그 춤이란 것은……?”
　“냉기를 만드는 춤이었다. 한번 추면 마음대로 멈추지 못하는 춤이었지.”
　기정풍의 안색이 변했다. 노태상이 말하는 춤은 섬혼백십칠기와 흡사했던 것이다. 이야기는 계속 이어졌다.
　사내는 오랫동안 스스로를 돌보지 않았는지 수염이 거칠거칠하고 옷이 때에 절어 있었다. 하지만 눈엔 정기가 충만하고 보면 볼수록 준수했다. 여인은 무엇에 홀린 듯 한동안 눈을 떼

지 못하고 사내의 기이한 춤을 구경했다. 다음날도, 또 다음날
도 그런 일이 계속되었다.

여인은 그런 자신에게 변명했다. 곁에 있으면 워낙 서늘한
바람이 부니 더위를 식히기 위해서라고.

둘은 매일 보면서도 한마디 말도 나누지 않았다. 그렇게 날
이 가고 달이 갔다.

이미 서늘한 가을임에도 그녀는 어김없이 사내의 주위를 맴
돌았다. 변명거리가 없어진 그녀는 더 이상 자신을 속이지 못
했다. 사내를 사랑하게 되어버린 것을.

"그자는 그때까지도 그녀에게 한마디 말도 하지 않았습니
까?"

"그는 목석같았다. 여인이 말을 못하는 줄 알았을 정도로."

눈이 오고 추위가 몰아치는 날에도 그녀는 사내를 잊지 않
고 찾았다. 그럼에도 사내는 끝내 한마디 말도 없었다. 결국
견디다 못한 여인이 소리쳤다.

"당신은 내가 보이지 않나요?! 어째서 한마디도 해주지 않
는 거죠?!"

여인의 한마디에 춤추던 사내는 큰 충격을 받은 듯 그대로
멈췄다. 그리고 부르르 떨더니 한 모금 선혈을 토해냈다.

이야기를 듣던 기정풍은 탄식했다.

"그는 결코 멈추지 말았어야 했습니다."

"네 말이 맞다. 그는 멈춰 섰기 때문에 피를 토한 것이지."

하지만 여인은 사내가 피를 토한 이유를 알지 못했다. 다만

크게 놀라 비틀거리는 사내를 부축했을 뿐이다. 그녀가 바짝 달라붙어 부축하자 사내는 잔뜩 인상을 찡그렸다. 그는 피를 토한 고통보다 여인의 체취에 더욱 괴로워하는 듯했다.

그 모습에 걱정으로 얼이 빠져 있던 여인은 피가 싸늘히 식는 것을 느꼈다.

"다, 당신은 내가 그토록 싫은가요?"

사내의 맑은 눈동자가 파르르 떨렸다. 여인이 한사코 눈을 마주치려 애쓰자 사내는 결국 눈을 감아버렸다. 정녕 사내의 눈에는 아리따운 여인이 징그러운 벌레로라도 보인단 말인가?

"이상한 것이 있습니다."

"뭐가 말이냐?"

"남자는 눈 쌓인 추운 겨울에도 춤을 췄습니까?"

"그는 눈 쌓인 날뿐 아니라 비가 오는 날도 쉬지 않았다."

기정풍은 한동안 이해가 되지 않는다는 표정으로 입을 다물었다. 그동안 노태상의 이야기는 계속되었다.

폭설이 내리는 날이었다.

지난날 자존심을 크게 다친 여인은 다시는 사내를 찾지 않으리라 다짐했다. 하지만 얼마 못 가 다시 걸음을 옮기고 말았다. 눈이 너무 많이 오니 사내가 걱정된다는 핑계였다. 본래 사랑은 그런 것이 아닌가?

허벅지까지 쌓인 눈을 헤치고 간신히 도착했다. 사내는 어김없이 춤을 추고 있었다. 여인은 죽음을 무릅쓰고 눈 쌓인 산길을 올랐건만 사내는 변한 것이 없었다. 한마디 건네는 것은 고사하고 눈길조차 주지 않았다.

억장이 무너지는 듯한 슬픔을 느낀 여인은 한숨과 함께 등을 돌렸다.

"아악!"

여인의 비명이 눈 덮인 산중을 뒤흔들었다. 사내가 놀라 바라보니 눈을 화등잔만 하게 뜬 대호가 여인을 노려보고 있었다. 폭설로 먹잇감이 없어 산 아래까지 내려온 모양이었다.

사내는 춤을 즉시 멈췄다. 솟아오르는 피를 꿀꺽 삼킨 사내는 여인을 뒤로 숨겼다.

"이놈은 내가 막을 테니 그대는 속히 산을 내려가시오!"

처음 듣는 사내의 음성이다.

여인은 사시나무처럼 떨다가 사내의 넓은 등이 막아주자 거짓말처럼 편안해졌다. 등에 기댄 여인이 조용하나 여간해서는 변치 않을 듯한 투로 말했다.

"절대로 당신을 두고 떠날 순 없어요."

"한 마리 고양이쯤 능히 상대할 수 있으니 속히 말을 들으시오."

대호가 반 자나 되는 송곳니를 드러내며 으르렁거렸다. 찰나의 시간이 억겁같이 흘러도 여인은 떠나지 않았다. 사내는 목이 탔다.

"그, 그래도 저는……."

"이 멍청한 계집! 신경 쓰이니 당장 꺼지란 말이다!"

"다, 당신이 어떻게……?"

여인은 사내의 과격한 말에 놀라 말을 잇지 못했다.

둘이 말다툼을 벌이는 사이, 대호는 그들을 기다려 주지 않았다.

대호가 입을 있는 대로 벌리고 이 장 간격을 단숨에 좁혀 들어왔다. 사내는 등 뒤의 여인 때문에 피할 수도 없었다. 다급해진 사내가 여인을 거칠게 밀어냈다.

눈밭을 뒹군 여인이 몸을 일으켰을 때 사내와 대호가 한 몸이 되어 눈밭을 구르고 있었다. 일인일수(一人一獸)가 지난 자리에 혈화(血花)가 짙게 피어났다. 대호에 물린 사내의 팔에서 나온 선혈이었다.

"아악!"

여인이 할 수 있는 거라고는 눈물을 철철 쏟으며 비명을 지르는 것밖에 없었다. 차라리 대호에 물려 있는 것이 자신이었으면 하고 바랐다. 하지만 비정한 현실은 변하지 않았다.

시간은 속절없이 흘러 대호의 발톱에 사내의 등이 갈기갈기 찢겨졌다. 여인은 천지신명을 찾으며 울부짖었다.

갑자기 찾아온 정적. 가슴이 철렁 내려앉은 여인은 사내를 찾았다.

"아!"

사내와 대호는 부둥켜안은 자세 그대로 멈춰 있었다. 여인이 무릎걸음으로 기어가 살펴보니 사내는 대호의 목덜미에 고개를 처박고 있었다.

얼마나 거칠게 물어뜯었던지 대호의 목이 걸레가 되어 있

고, 그때까지도 붉은 선혈이 줄줄 흘러내리고 있었다. 사내의
팔은 이미 떨어져 나가 차가운 눈밭에 나뒹굴고 있었다.

둘을 간신히 떼어낸 여인은 한가닥 기대를 가지고 사내의
심장에 귀를 가져다 댔다.

두근두근.

언제 죽을지 모르는 위중한 상태였지만 그는 분명 살아 있
었다.

“그분이 제 사부였습니까?”

겨울에도 수련했다기에 의심했는데, 왼팔을 잃었다 하니 사
부가 분명했다.

“그의 이름은 곽산! 네 사부가 맞다.”

기적적으로 살아난 곽산은 일 년이 넘는 요양 끝에 기력을
되찾을 수 있었다. 여인의 헌신적인 보살핌 때문이었다. 여인
은 일 년 사이 사내에 대해 많은 것을 알게 되었다.

곽산은 무공의 제약으로 여인과 가까이 할 수 없는 사람이
었다. 또한 기공을 십성 달성하기 전까지는 하산조차 할 수 없
는 운명이었다. 사내가 여인을 모질게 대한 이유였다.

“사부 또한 여인을 깊이 사랑했군요.”

“그걸 어찌 아느냐?”

“여인이 사부를 보기 위해 같은 장소를 매일 찾은 것 같이
사부도 그리하신 겁니다.”

일일적심단심기는 겨울에 수련해도 별 효과가 없는 심법이
다. 주위의 열기를 몸에 흡수하는 기공이니…….

그것을 모를 사부가 아니다. 필시 여인을 보기 위해 매일 쉬지 않으셨으리라.

"옳다. 여인도 후에 그러한 사실을 알게 되었지. 하지만 둘은 결코 맺어지지 않았다."

"역시 동자공 때문입니까?"

"그렇지 않다. 여인은 그런 것 따위는 상관하지 않았지."

"그렇다면 무엇 때문입니까? 여인의 집에서 반대가 심했습니까?"

"물론 반대가 컸지만 그 때문도 아니었다. 그건 사내의 자존심 때문이었지. 아니, 어쩌면 여인에 대한 지독한 사랑 때문인지도……."

기정풍은 자신이 이야기 속의 사부와 비슷한 입장인지라 사부의 마음을 이해할 수 있을 것 같았다. 차이라면 자신은 염치없게도 반여정에게 매달렸지만 사부는 끝없이 밀어내신 것뿐이었다.

"둘은 약속했다. 심공을 대성해 동자공의 굴레를 벗은 후 여인을 신부로 맞아들이기로. 하지만……."

곽산은 여인을 만난 후 조급해졌다. 이전과는 달리 자신만을 바라보는 여인이 있지 않은가? 그러나 무공이 어찌 일조일석에 이루어지랴. 심공의 성취 속도는 지독히도 느린데, 익히는 자는 마음만 조급하다.

기정풍도 뒤의 얘기는 알고 있었다. 평생 혼자 살아오신 사부가 아닌가?

“그런 일이 있었는지 몰랐습니다.”

“여인만 아니었다면 네 사부는 심법을 대성했을지도 모른다. 조급한 마음을 준 여인이 오히려 방해가 되었던 게야.”

노태상은 크게 한숨지으며 아쉬워했다.

第三章

유황곡(硫黃谷)

1

지팡이에 의지해 간신히 선 기정풍은 수척한 모습이었다. 이런 모습도 몇 달에 걸친 치료 끝에 얻은 결실이었다.

그는 멀리 늙어 꼬부라진 노파가 보이자 깊이 허리를 접었다. 지난 몇 달간 그가 살 수 있었던 것은 모두 노태상 덕이었다.

"오셨습니까?"

"차도가 있어 보여 다행이구나. 들어가자."

노태상은 한사코 됐다는 데도 하루에 한 번씩은 노구를 이끌고 찾아왔다. 그리고는 관심도 없는 세상 돌아가는 이야기와 백화문에서 있었던 그날그날의 일들을 쏟아놓았다. 살아갈 이유를 잃은 기정풍에게 삶의 의욕을 불어넣어 주기 위함이었다.

오늘도 어김없이 노태상이 이야기보따리를 풀어놓으려는 찰나였다. 기정풍이 준비했던 솔잎차를 따르며 입을 열었다.

"오늘은 드릴 말씀이 있습니다."

'오십니까' 와 '안녕히 가십시오' 밖에 모르던 그가 웬일로 할 말이 있단다. 노태상은 반가운 기색을 숨기지 않았다.

"오냐, 말해봐라."

"저도 제 조상들이 해왔던 미련한 짓을 해볼까 합니다."

"무슨 말이냐? 조상이라니?"

"저는 뿌리를 모릅니다. 단심문의 주인들이 제 조상이지요."

"그렇다면 너는……?"

"오십 년이 걸리든 백 년이 걸리든 일일적심단심법을 대성해 볼 생각입니다."

그동안 말이 없어 삶의 의욕을 잃은 줄 알았는데 그게 아니었던 모양이다. 노태상은 반가운 기색이다가 금세 안타까운 한숨을 쉬었다.

"지난 몇 달간 조개처럼 꾹 다물고 생각해 낸 것이 그것이었느냐?"

"그동안은 외면했으나 더 이상 사부께 죄를 지을 수 없지요."

"혹 내가 해준 이야기 때문이 아니냐?"

"전혀 아니랄 수는 없습니다."

"네가 비로소 길을 찾은 듯해 마음은 놓이나, 결코 쉽지 않은 길이 될 것이다.”

“사부님이 걸으신 길입니다. 못난 제자가 마저 걸어야지요.”

“내 도울 일이 있다면 돕겠다. 뭣이든 말만 해라.”

“그리 말씀하시니 부탁이 하나 있습니다.”

“허허, 있어도 없다 할까 봐 걱정했거늘, 망설이지 말고 속히 말하거라.”

“사모(師母)라 불러도 되겠습니까?”

노태상이 허허 웃더니 고개를 끄덕였다.

“오냐, 오냐.”

노인의 주름진 눈가에 벌써 이슬이 맺혀 있었다. 일전 이야기 속의 여인이 그녀가 아니면 누구겠는가?

곽산은 끝내 심공을 이루지 못하자 천애 고아인 기정풍을 제자로 들였다. 노태상은 그런 곽산을 기다리다 십 년 전 아주 출가해 버렸던 것이다.

“사모, 어째서 사부의 장례에 오지 않으셨습니까?”

“나는 네 사부에게 평생의 짐이었다. 어찌 마지막 가는 길까지 짐을 지울 수 있겠느냐.”

“사부께선 자주 멍한 표정이셨습니다. 이제야 그 이유를 알 것 같습니다.”

“다 부질없다. 세월 무상이라, 남녀 간의 사랑도 세월 앞에 스러지니…….”

“부끄럽습니다.”

“그 말을 듣자고 하는 말이 아니니라. 타는 열정은 아무도 막지 못하지.”

노태상은 정말이지 오랜만에 미소 지었다. 가뭄의 논바닥같이 갈라진 얼굴일망정 참으로 아름다운 미소였다. 아마도 처녀 시절을 상상하고 있으리라. 노태상의 상념을 방해하지 않고 한동안 기다린 기정풍이 입을 열었다.

“기왕 마음을 잡은 바에야 폐관 수련을 해볼까 합니다.”

“지금도 폐관이나 마찬가지가 아니냐.”

기정풍이 완전히 식어버린 솔잎차를 한입에 털어 넣고 답했다.

“유황곡에 들 생각입니다.”

유황곡(硫黃谷).

사철 들끓는 유황온천이 있는 계곡이다. 양기가 그보다 충만한 곳이 또 있을까? 단지 문제라면 유황 연기가 독해 결코 사람이 살 만한 곳이 아니라는 것이다.

“그곳은 안 된다. 그곳에서의 수련은 곽산조차 포기한 곳임을 모르느냐?”

기실 유황곡은 기정풍의 사부인 곽산뿐 아니라 단심문 대대로 뜻은 있으나 포기한 곳이었다.

“알고 있습니다.”

“안다면서 그런 소리냐?”

삼대문주는 수련에 가장 적합한 곳을 헤매다 유황곡의 열지를 발견했다. 단심문이 심태산에 터를 잡은 것이 바로 이때부

터였다. 하나, 기대와 달리 유황곡은 연약한 피부를 가진 인간을 절대로 허락하지 않았다.

양기를 뿜어대는 열지가 어디 흔한 곳인가? 삼대문주는 후대에 이르면 그 독기가 약해지리라는 기대를 걸고 터를 잡았다.

"깊이는 들어가지 않을 생각입니다."

기정풍은 이미 유황곡 주변에서 수련해 본 경험이 있었다. 비록 일 년에 한두 시진씩 두 차례뿐이었지만 말이다.

그때마다 독기에 노출된 피부는 수포가 생기고 벗겨졌지만 단 두 시진의 수련만으로도 열흘을 수련한 것보다 많은 효과가 있었다. 열지(熱地), 즉 양기가 충만한 땅 때문이었다.

하지만 열흘의 효과가 있다 해도 보름을 앓아누우니 유황곡은 그림에 떡에 불과했다. 그런 곳을 폐관 장소로 잡겠다니 제정신으로는 하지 못할 일이었다.

"깊이 들어가지 않는다고 독 안개를 피할 수 있는 것은 아니다."

노태상이 크게 걱정하며 말렸으나, 기정풍의 고집은 끝내 꺾을 수 없었다.

한 달 후, 기정풍의 거처에 노태상이 찾아왔다. 노태상 말고도 익숙한 얼굴들이 눈에 띄었다.

"무량수불, 정풍 시주, 오랜만입니다. 건강은 어떠십니까?"

자미를 비롯한 백화문의 다섯 명의 자(紫) 자배 도사들이었다.

“자미 도사님, 오랜만이군요. 덕분에 많이 좋아졌습니다.”

“다행입니다. 이번에 폐관에 드신다는 소식을 들었지요. 이건 저희들의 작은 선물입니다.”

도사들이 사람 반만 한 항아리를 줄줄이 내려놓았다. 주둥이가 단단히 밀봉되어 있어 무엇이 들어 있는지 알 수 없었다.

“이것이 무엇입니까?”

“잡곡과 솔잎을 섞어 만든 벽곡단입니다. 폐관 수련에 필요하실 듯하여 가져왔습니다.”

“혹, 백화문의 도사님들이 드셔야 할 식량이 아닙니까?”

“이미 반년치 식량이 있습니다. 나머지는 다시 만들면 되니 부담 갖지 마십시오. 정풍 시주께서 지난 삼 년간 해주신 일에 비하면 아무것도 아니지요.”

“이 아이 말이 맞다. 어찌 작은 것에 연연하느냐? 너를 돕고자 육포까지 준비했으니 수련에만 전념해라.”

사양하는 것만이 능사는 아니다.

“예, 어르신. 그저 감사히 받겠습니다.”

젊은 도사들이 모두 돌아간 후 기정풍과 노태상이 마주 앉았다.

“이것은 내 작은 선물이다. 얼마나 도움이 될지 모르겠다만 받아라.”

노태상이 무명에 싸인 조그만 물건을 건넸다. 풀어보니 팔정권(八正拳)이라 적힌 한 권의 책이었다.

“권법서가 아닙니까?”

"그저 그런 권법서가 아니다. 권의 형(形)보다 마음가짐을 중시한 책이다. 권을 익히는 자라면 일독해 볼 가치가 있을 것 같아 주는 게다."

노태상은 그저 참고만 하라 말했지만 실상은 보통 책이 아님을 알고 있었다. 단순히 일 권을 쳐내는 데도 형보다 마음을 중시하는 무공이다. 어찌 하류의 무공이라 할 수 있겠는가?

"전 드릴 것이 없습니다."

"유황곡은 위험한 곳이다. 무사히 나오는 것이 나에 대한 선물이라 생각해라. 다시 말하지만 과욕은 금물이다."

노태상은 유황곡 근처에서 수련한다는 다짐을 여러 차례 받고서야 물러났다.

2

기정풍이 높은 산에 올라 계곡 아래를 내려다보았다. 사시사철 누런 안개를 품은 유황곡은 언제 봐도 정이 들지 않았다. 하지만 이제 저 안개에 대항해 살아야 한다. 적응하면 오십 년의 기간이 반으로 줄어들 것이다. 그렇지 못한다면 죽음뿐이다.

부정한 생각을 애써 지운 기정풍은 설움과 다짐을 실어 소리쳤다.

"세상에는 뜻을 버렸다! 무공을 대성하기 전에는 결코 살아서 밖으로 나오지 않으리라!"

이제부터 목숨을 건 무공 수련이 될 것이다. 마음을 다잡은 그는 계곡을 향해 천천히 내려갔다. 몇 벌의 옷, 그리고 백화문에서 준비해 준 식량, 한 권의 책만을 가진 채였다.

유황곡에 가까워질수록 극한 환경에 적응한 몇몇 독충을 빼고는 풀 한 포기조차 찾아볼 수 없었다. 무턱대고 안개 속으로 들어갔다가는 질식해 죽을 것이 뻔했다. 우선 일 년에 두어 번 묵었던 동굴을 찾아 짐을 풀었다.

일각이 지나기도 전인데 벌써 목이 칼칼하고 눈이 따끔거렸다. 기정풍은 동굴을 나와 짙은 안개가 밀집한 곳을 뚫어지게 바라보았다.

"시작은 여기부터다. 하지만 저 안개를 뚫고 열지(熱地)의 중심에 발을 들여놓는 날이 있을 것이다. 반드시!"

기정풍은 먼저 벽곡단 한 알을 털어 넣고 아작아작 씹었다. 솔잎의 알싸한 향에 지끈거리던 머리가 맑게 게이는 듯했다.

노태상이 준 팔정권이라 적힌 책을 펼쳤다. 우선 눈에 띄는 것은 지독한 악필(惡筆)이었다. 하나를 보면 열을 안다고, 이 정도 글씨면 읽지도 않고 버릴 만한 책이다.

하나, 기정풍은 사모나 마찬가지인 노태상이 준 책이라 편견을 버렸다. 꾹 참고 읽어 내려가던 기정풍은 금세 책에 몰입했다. 그는 도무지 책에서 눈을 떼지 못했다. 시작부터가 흥미로웠다.

나는 팔정권의 형에 얽매였을 때 삼류 권사에 지나지 않았다. 하나, 나에겐 세상 누구보다 뛰어난 의제(義弟)가 있었다. 복이 많은 나는 그의 도움으로 팔정권의 숨은 묘미를 얻어 무인이면 누구나 소원하는 절정의 경지를 밟을 수 있었다.

필시 그대에게도 유용하리니 언제 어느 때고 권을 펼칠 때 여덟 가지를 정(正)히 하라.

나의 의제이자 위대한 그는 이것을 팔정도(八正道)라 일컬었다.

"팔정도라……."

비로소 노태상이 마음의 공부라 했던 것이 이해가 되었다.

하나. 정견(正見), 올바로 보라.

둘. 정사, 정사유(正思, 正思惟), 올바로 생각하라.

셋. 정어(正語), 올바로 말하라.

넷. 정업(正業), 올바로 행동하라.

다섯. 정명(正命), 목숨을 올바로 유지하라.

여섯. 정근, 정근진(正勤, 正精進), 올바로 부지런히 노력하라.

일곱. 정념(正念), 올바로 기억하고 생각하라.

여덟. 정정(正定), 올바로 마음을 안정하라.

그렇다면 정(正)은 무엇이냐?

정의 반대는 사(邪)다. 그대가 악한이라 할지라도 일말의 양심은 있을 터, 사유하고 행함에 있어 거리낌이 있다면 그것은 사(邪)니 삼가고 멀리하라. 그리하면 정(正)이 저절로 찾아들리라.

정의 씨앗이 머리에 들어차거든 마음을 바로 하라. 팔정도를 끊임없이 읊어, 정한 심성을 갈고닦는 것이야말로 팔정도를 대성으로 이끌어줄 유일한 열쇠니라.

다만 그대의 본성이 유리알같이 맑으면 팔정도의 성취가 클 것이요, 진흙처럼 탁하다면 미미할 것이다.

기정풍은 근 반 시진 만에 마지막 장을 넘겼다. 눈을 감고 내용을 새겼다. 책의 핵심은 악필로 쓰인 한 장의 서문과 팔정을 익히는 방법이었다. 후로는 팔정권의 형과 초를 기술한 일반 권서(拳書)였다.

유황곡 한 달째.

기정풍의 피부는 온통 수포로 덮였다. 또한 그치지 않는 두통으로 잠을 이룰 수 없어 수련이 불가능할 지경이었다. 하나, 그는 하루도 수련을 멈추지 않았다.

괴인이 된 기정풍은 해가 기울자 동굴로 들어섰다. 거친 숨소리가 동굴 벽을 울린다. 한 알의 벽곡단을 씹어 삼키고, 유황이 든 오염된 물로 입을 축였다. 쓰러지듯 드러누워 중얼거린다. 정해진 일과였다.

"정견, 정사, 정어, 정업……."

유황곡 다섯 달째.

그는 아직 살아 있었다. 살아 있을 뿐만 아니라 섬혼백십칠기의 투로를 따라 부지런히 움직이고 있었다. 수포가 사라진 대신 피부가 시커멓게 죽어 있었지만, 그것은 생존의 한 과정에 불과했다. 두통도 점차 사라지고 있었다.

무공의 진도는 느껴지지 않았다. 그렇다고 성과가 아주 없는 것은 아니었다. 유황 섞인 공기 속에서도 견딜 만했다. 그것이 가장 큰 발전이었다.

아직 짙은 안개는 두려움의 대상이었지만 그는 조급해하지 않았다.

다음날 기정풍의 거처는 유황곡의 중심부로 이십 장 전진한 자리로 옮겨졌다. 다섯 달 만의 쾌거였다.

유황곡 이 년째.

어느 날부터 기정풍은 날짜를 세지 않았다.

짙은 유황 안개는 결코 만만치 않았다. 중심부로 다가갈수록 명을 연장하기만도 버거워 날짜나 헤아리고 있을 정신이 없었다. 그는 정명(正命), 목숨을 바로 유지하기 위해 필사적이었다.

까맣게 탔던 피부는 다시 벗겨져 진물이 흘렀다. 날마다 마신 유황 섞인 물 때문인지 구토도 잦았다. 굳게 먹었던 마음이 흐트러졌다.

'나는 이 독지에서 뭘 하고 있는가?

후회가 끊이지 않았다. 뛰쳐나가고 싶었다. 그렇다면 그동안 버텨온 나날은 뭐가 되는가? 이를 악물고 지난날 모용극에게 당했던 치욕을 상기했다.

누군가를 증오하고 독한 생각을 품는 것. 정사유(正思惟)에 위배된다. 역시나 가슴 한구석이 찌릿했다. 팔정이 소리 소문 없이 그의 안에 들어와 자리 잡았다는 증거였다. 그동안 단심기가 칠성을 향한 것과 함께 얻은 자그마한 성취였다.

그의 부르튼 입술에 얕은 미소가 감돌았다.

"정견, 정사, 정어, 정업……."

유황곡 십 년째.

열지와 한층 가까워지니 내뻗는 팔이 잘 보이지 않을 정도로 운무가 자욱하다. 기정풍은 그 속에서 섬혼백십칠기를 펼치고 있었다.

그는 안개가 품은 독기로 인해 머리카락이 모두 빠진 상태였다. 머리털뿐 아니라 명지 터럭 한 올도 남지 않았다. 몸 또한 새까맣게 타 있었다. 이와 입속, 손톱마저도 예외는 아니었다. 아마 내장까지도 새까맣게 변색되었을 가능성이 높았다. 그는 세상에 다시없을 한 마리 괴수였다.

한 치 앞도 보이지 않을 때 섬혼백십칠기를 멈췄다. 짙은 안개 때문에 달빛 한 점 스미지 않아 그야말로 완전한 어둠이 만들어졌다.

하나, 별 장애가 되지 않는 듯 그의 걸음은 망설임이 없었다. 그가 도착한 곳은 처음 묵었던 곳보다 족히 이백 장은 전진한 거리에 위치한 동굴이었다. 이백 장의 거리야말로 그가 십 년간 이루어낸 결과였다.

기정풍은 늘 그래왔듯 벽곡단 한 알과 육포를 꺼내 씹었다. 육포는 누렇게 변색되어 있었고, 벽곡단 또한 솔잎 특유의 향을 잃은 지 오래다. 그나마 열기와 독기로 인해 썩지 않은 것이 다행이었다.

하지만 기정풍은 그저 먹는 것이 아니라 눈까지 감고 맛을 음미했다. 그는 음식의 소중함을 잘 알고 있었던 것이다.

하루를 간신히 연명하던 지난날엔 밤에는 그저 쓰러져 자기 일쑤였는데, 지금은 한결 여유가 생겼다. 내가 공력이 늘어서 일어난 현상인지 적응의 힘인지 알 수 없었지만, 낮 동안 죽어라 수련하고도 힘이 남았다.

식사를 마치자마자 팔정권을 수련했다. 그는 팔정권을 수련하면 마음이 차분해지고, 책머리에 쓰여 있던 팔정이 새롭게 다가와 하루도 쉬지 않았다. 악필의 저자는 팔정도를 뺀 팔정권 자체는 삼류라 했는데, 나름의 묘용이 있는 모양이었다.

세월은 유수와 같이 흘렀다.

십 년? 아니면 이십 년? 아니, 그보다 더 흘렀을 수도 있었다. 세월이 흐른 만큼 점점 열지의 중심부를 향해 나아갔다. 그럴수록 그의 몸과 마음은 큰 변화를 겪었다. 까맣던 몸은 갈라지고, 찢어지고, 다시 타기를 반복했다. 전혀 적응이 되지 않는 고통을 인내하느라 그의 마음은 한없이 굳어졌다.

얼마의 시간이 더 흘렀을까? 물이라고는 부글부글 끓어오르는 유황물이 전부였고, 식량은 이미 떨어진 지 오래였다.

단심기는 이제야 십성의 경지. 아직 대성의 길은 멀고 먼 일이었는데, 난감한 상황이었다. 그는 수차례 껍질이 벗겨져 나가는 육체의 괴로움과 외로움 등, 온갖 고통을 웃으며 넘겼다. 하지만 아무리 철혈의 인간이 되었다 해도 먹지 못하면 견디지 못한다.

"잠시 나갔다가 벽곡단만 가지고 올까?"

기정풍은 금세 고개를 저었다. 대성 전에는 죽으면 죽었지 나가지 않겠노라 다짐하지 않았던가? 밖으로 나가면 다시 들어오고 싶지 않을 게다. 아니, 한번 나가면 다시는 이 지긋지긋한 지옥으로 들어오지 못할 것 같았다.

열지를 벗어나는 것은 단심기의 대성을 포기하겠다는 것과 같은 말이다. 하루를 미루고 이틀을 미뤘다. 삼 일을 유황물만 마시고 견디려니 하늘이 노랬다.

주저앉아 고민하는 기정풍의 곁으로 벌레 한 마리가 기어왔다. 그동안 거들떠도 보지 않았던 독충인데 손이 저절로 갔다.

"아드득!"

독충은 어느새 입에 들어와 있었다.

등딱지가 깨져 나가자 시큼쌉쌀한 맛이 났다. 의외로 먹을 만했다. 독충이 식량으로 둔갑하는 순간이었다.

기정풍이 세월마저 잊고 한 마리 괴수가 되어가고 있을 때, 유황곡과 수천 리 떨어진 와이엔 부족은 특별한 손님을 맞이했다.

와이엔은 고비사막 동북 끝자락에 위치한 작은 부족이다. 여진의 피를 이은 이들은 유목 생활로 생계를 꾸리고 있었다.

“족장님, 저기 뭔가가 옵니다.”

한가롭게 양을 치던 수바차우는 북서쪽을 가리켰다. 족장 우르무치가 바라보니 과연 흑색의 뭔가가 모래 바람을 일으키며 다가오고 있었다.

“사람이 작은 용권풍을 만들며 달리다니……!”

무공의 무 자도 모르는 자들이다. 하나, 탁 트인 벌판에 사는 이들의 시력은 범인의 그것을 능가했다. 족장 우르무치는 깨알같이 작은 자가 점점 커질수록 거부할 수 없는 운명이 다가옴을 느꼈다.

“설마, 저게 사람입니까?”

정녕 사람이었다. 순흑색 피풍의, 거기에 얼굴마저 흑색 천으로 감싸 눈만 내놓은 사내는 도착하자마자 말했다.

“아이들을 보여다오.”

인간 같지 않은 자의 한마디다. 어찌 소홀할 수 있으랴.

족 전체에 있는 갓 태어난 아이를 시작해 십 세 미만의 아이들이 나란히 세워졌다. 괴인의 눈은 광포함이 서려 있어 감히 반항할 엄두를 내지 못했다.

“모두 좋다.”

피풍의 사내는 무엇이 좋다는 건지 연신 감탄한 끝에 아이 중 하나를 지목했다.

“이름.”

아이는 새까만 눈동자를 또르르 굴리며 답했다.

“카슈카르.”

"이제부터 너는 내 수제자다."

"저… 이 아이를 어쩌시려고……."

족장은 간신히 공포를 억누르고 물었다. 오십에 이르는 아이 중 하필 자신의 아들일 게 뭔가.

"근심은 접어라. 나 또한 와이엔 족, 이 아이들은 크게 쓰일 것이다."

그날 이후 와이엔 족은 고비사막 북단에 웅크린 채 더 이상 유목을 하지 않았다.

열지 정복 첫날.

원수 같은 열지! 바로 눈앞에 유황 안개의 생성지가 있다. 펄펄 끓는 연못에서 누런 유황을 품은 기체가 뿜어져 나오고 있었다. 별 볼일 없는 광경인데 감개무량했다.

자그마치 십 년, 아니, 이십 년? 어쨌든 장구한 시간이 걸려 도착한 곳이다. 세상에 이보다 더한 절경이 없으리라 생각했다.

흥분하니 정정(正定)이 흐트러진다. 뛰는 가슴을 간신히 억눌렀다. 주위를 찬찬히 정견(正見)했다. 열지 주변은 그 많은 독충이 한 마리도 보이지 않았다.

끓는 소리가 들려 다가가 보니 붉은 쇳물이 온천을 이루고 있었다. 철(鐵)을 품어서 그런지 거리가 꽤 있는데도 엄청난 열기가 느껴졌다.

최대한 참고 열지 중심부로 다가갔다. 순간 독기에 낡을 대로 낡은 옷에 불이 붙었다.

"어억?!"

서둘러 껐으나 옷은 이미 재만 남은 상태였다.

열지에 들기 위해 수많은 단련이 있었음에도 숨이 턱턱 막혔다. 그는 살기 위해 애쓰며 잠깐 한두 시진 눈을 붙이는 것을 제외하고는 오로지 단심기를 연마했다. 밤낮 구분없이 양기가 절정인 곳이기에 가능했다.

그렇게 얼마의 세월이 흘렀을까?

굼벵이 무공이 이렇게 변할 줄이야? 단심기를 최대한 끌어올려 바위에 대고 섬혼백십칠기를 펼쳤다. 그의 손발에 강타당한 바위는 수백 조각이 되어 흩날렸다.

하지만 기정풍은 미심쩍은 기색이 역력했다.

정념(正念)하니 사부가 남겼던 서찰이 방금 읽은 것마냥 생생히 떠올랐다.

"단심기를 대성하면 진기를 극성으로 끌어올리지 않는 한 아무런 현상도 일어나지 않는다. 그 흔한 바람 소리조차 없으니, 지극히 강한 것은 오히려 평범한 이치니라. 그때에 이르면 섬혼백십칠기를 언제든 멈출 수 있겠고, 원하는 초식을 순서에 상관없이 쓰리라."

오성의 힘을 실어 섬혼기를 펼치니 열기가 뿜어진다. 종이나 옷 정도는 충분히 태울 정도다. 극으로 펼치면 옷 따위는 순식간에 불이 붙을 것 같았다.

　분명 사부의 말과는 달랐다. 그렇다면 혹 사부가 잘못 알고 계셨던 것은 아닐까?

　순서를 무시하고 곧장 칠십이기 천망회회(天網恢恢)를 펼쳐 보았다.

　천망회회는 손가락을 강철같이 펴 하늘을 빠르게 다섯 번 긋는 초식이다. 절정에 이르면 잔상이 남아 하늘에 쳐진 그물 같아 보인다 하여 지어진 이름이다.

　치켜들었던 팔이 욱신거리고, 곧이어 속까지 매스꺼웠다. 도저히 초식을 진행시킬 수가 없었다. 중도에 멈췄기에 망정이지 끝까지 펼쳤다가는 필시 피를 토했을 터이다.

　대성에 이르면 순서와 상관없이 초식의 수발을 뜻대로 할 수 있다 하지 않았던가. 하면 이마저도 사부가 잘못 알고 계셨던 것은 아닐까?

　충분히 강해진 것 같은데 대성이 아니라니? 이 무공의 끝은 대체 어디란 말인가?

　정념이 흐트러졌다. 마음에 거리낌이 있다는 뜻.

　"역시 대성이 아니었구나."

　맥이 딱 풀렸다.

　"휴우, 아직 삼십 년도 안 된 모양이구나."

　크게 실망했으나 곧 마음을 추스렸다. 열지의 중심에 섰으니 필시 대성하는 것도 멀지 않았다 자위했다.

　팔정도를 가슴에 품고 적심기에 대해 끊임없이 탐구했다.

대체 몇 년이 흐른 걸까.

혈기 방장하던 기정풍은 노인이 되었다.

머리칼 하나 없던 머리는 어느새 길게 자라 백발이 성성했다. 옷이 타 없어질 정도의 지독한 열기 속에도 머리카락은 금속처럼 멀쩡했다.

그는 긴 머리를 수도(手刀)로 몇 번이나 잘라냈으니, 세월이 무척이나 흘렀으리라 짐작했다. 그럼에도 대성의 길은 좀처럼 보이지 않았다. 팔정도를 연마해 마음을 가라앉혔기에 망정이지 일찍이 뛰쳐나가고도 남았을 터다.

"적심기라……."

단전은 열지의 기를 가득 품어 포화 상태다. 기정풍은 더 이상의 수련은 무의미하다는 것을 깨달았다. 자신과 단심문의 선조들이 대대로 놓친 무엇인가가 있을 터이다.

단심기가 온전치 않든지 수련 방법이 잘못되었든지 둘 중 하나라 결론지었다. 그 무엇인가는 결정적인 것이라 찾기 전에는 대성할 수 없을지도 몰랐다.

기정풍은 그대로 주저앉아 명상에 잠겼다. 무식한 방법이지만 끝없이 궁리하여 원인을 밝혀낼 생각이었다.

第四章
기인을 찾아라

1

향화객이 끊이지 않아야 할 백화문은 정적에 묻혔다. 분위기가 심상치 않았다. 아무리 겨울이라지만 향화객이 하나도 없다니, 백화문 개파 이래 처음 있는 일이다.

백화문의 대소사를 결정짓는 만생전(滿生殿). 백화문을 이끄는 원로들이 한자리에 모여 있었다. 한결같이 수심에 찬 얼굴들이다.

"이제 더 이상 기다리고 있을 수만은 없게 되었어요."

더없이 친근한, 그러면서도 수심에 가득한 목소리가 만생전을 잔잔히 울렸다. 도관을 쓴 몹시 늙은 도인, 현 백화문의 문주 자미였다. 자미는 지난날의 아리땁던 모습은 온데간데없었지만 대신 인자함과 후덕함이 가득했다.

"모용세가에서는 아직 소식이 없습니까?"

지객당의 당주 수전(秀佺)이 어두운 표정으로 물었다.

"모용세가에서 온다 해도 시간이 모자랍니다. 이레까지만 버티면 될 텐데……."

흑룡왕이 공표한 날이 닷새니 이레면 이틀이나 버텨야 한다는 말이었다. 쌍압문을 상대로 이틀이라니, 문파 하나쯤은 잿더미가 되고도 남을 시간이다.

여기저기서 깊은 한숨만 터져 나왔다.

"우리 전력으로는 결코 쌍압문(雙鴨門)에 이틀을 버틸 수 없습니다."

"그래서 이렇게 모인 겁니다."

쌍압문은 오 년 전에 세워진 문파로 흑룡강성을 제패(制霸)한 거대 문파다. 흑도의 성격이 짙은 쌍압문의 주인은 카슈카르라 하는 이족(夷族)이었다. 정확히는 알 수 없으나 여진족이라는 설이 지배적이었다.

그는 어느 날 오십여 명을 이끌고 홀연히 나타나 흑룡강성 쌍성(雙城)에 문파를 세우고 쌍압문이라 칭했다.

본래 흑룡강성은 변방 중의 변방. 이족이 반이라 처음에는 누구도 그들에게 신경 쓰지 않았다.

하지만 카슈카르라는 자는 흑룡강성의 모든 문파에 대해 간섭하고 싶어했다. 쌍압문의 현판이 내걸린 다음날, 흑룡강성의 문파에는 크든 작든 똑같은 혈첩이 배달되었다. 혈첩은 도착 시기로 보아 쌍압문을 세우기 전에 발송된 것이 분명했다.

발신인은 쌍압문의 초대 문주. 내용은 너무나 간단했다.

모 일 모 시까지 각파의 수장은 본좌 앞에 무릎을 꿇어라. 시행치
않으면 쌍압문의 오십 사자의 방문을 받을 것이다.

이것이 전부였다. 첩지를 받은 사람들은 하나같이 콧방귀를
뀌었다. 더러는 광인이라 생각해 혀를 차거나 크게 비웃었다.
당연히 혈첩의 내용을 따르는 자는 아무도 없었다.

그러나 무시의 대가는 너무나 컸다.

쌍압문주가 공표했던 다음날부터 흑룡강성의 대소 문파가
차례로 쓰러지기 시작했다. 어떤 문파도 한 시진을 버티지 못
했다. 도문이든 절이든 무(武)를 내세운 모든 문파는 쌍압문의
칼날을 피하지 못했다.

압도적인 무력 앞에 보름 만에 이십여 문파가 멸절되고 수
백이 죽었다. 흑룡강성에 있던 문파의 반이 괴멸되자, 비웃던
자들이 버선발로 뛰어와 카슈카르 앞에 무릎을 꿇었다. 그리
고 굴종을 맹세하고 종복을 자처했다.

그것이 오 년 전의 일이다. 오늘날 쌍압문을 거대 문파로 성
장시킨 카슈카르는 흑룡강성의 절대자로 군림하고 있었다.

‘흑룡왕.’

카슈카르가 단지 오 년 만에 얻은 흑룡강성의 패자임을 나
타내는 별호였다. 그런 그가 길림성을 노리고 있다. 정확히 말
하면 길림성에 있는 문파가 바로 그 대상이었다.

오 년 전, 흑룡강성을 휩쓸었던 전주곡 혈첩. 그것이 길림의 모든 장원과 문파에 도착했다. 백화문 또한 예외가 아니었다.

내달 초닷새. 흑룡왕께서 친히 장춘에 오시리니, 장백파(長白派)를 비롯한 대소 문파의 수장은 버선발로 마중 나와 엎드리라.

혈첩을 받은 자들마다 흑룡왕의 무게에 짓눌려 숨을 바로 쉬지 못했다. 초닷새면 겨우 칠 일이 남았을 뿐이다.

길림과 흑룡강성은 조정이나 중원 무림에 있어 변방일 뿐이다. 성도와 거리가 먼 데다, 거대 문파 하나 없는 두 성은 그들에겐 관심 밖의 대상이었다. 구원의 손을 뻗어봐야 잡아주지도 않겠지만, 혹여 그들이 도울 의향이 있다 해도 너무 멀어 사후처리나 해야 할 터였다.

백화문은 지푸라기라도 잡는 심정으로 모용세가에 사람을 보냈다. 따로 보낼 필요도 없이 백화문에서 수련 중이던 모용선을 보낸 것으로도 충분했다. 영리하고 정이 많은 아이이니 필시 세가의 무인들을 이끌고 올 터이다.

하지만 시간이 문제였다. 이틀의 공백이 생긴다. 아마도 흑룡왕은 그것까지 계산해 날짜를 잡았음이 분명했다.

흑룡왕의 힘만 해도 버겁거늘, 주위에 머리를 쓰는 자까지 있음이 분명했다. 근심이 태산 같았다.

시간은 무심히 흘러 오늘로 동짓달 초이틀. 단지 사흘이 남았을 뿐이다.

"수량(秀亮), 향화객과 빈객(貧客)은 빠짐없이 하산시켰겠지요?"

문주가 말하는 빈객은 귀한 손님을 일컬음이 아니다. 겨울을 나기 위해 백화문을 찾은 빈민을 말하는 것이었다. 그 수가 근 백에 달했다.

"향화객들은 알아듣게 설명해 내보냈지만 빈민들은 그대로 있습니다."

"어찌 보내지 않았나요? 백화문은 더 이상 그들의 울타리가 될 수 없어요."

"백화문에 있다가는 언제 죽을지 모른다 말했지만, 좀처럼 떠나려고 하지 않습니다. 추위 속에 굶어죽으나 칼에 찔려 죽으나 매한가지라 하니 방법이 없습니다."

빈민들이 마지막 희망을 걸고 찾아온 곳이 백화문이다. 설령 칼을 들이밀고 가라 해도 떠나지 않음이 당연했다.

참으로 난처한 상황이었다. 백화문도만 백여 명에 빈민이 백여 명이다. 이백의 목숨이 걸린 일인데 좀처럼 길이 보이지 않았다. 아니, 어쩌면 처음부터 길은 정해졌는지도 몰랐다. 백화문은 호생지덕(好生之德)을 제일의 덕목으로 삶고 있는 도문이 아닌가.

"휴, 어쩔 수 없습니다. 저들의 목숨을 위해서라도 자존심을 버릴 수밖에요."

"문주님, 그건 죽어도 안 될 일입니다. 어찌 문주께서 오랑캐 따위에게 무릎을 꿇는단 말씀이십니까?"

수전 도사의 반대를 시작으로 모든 도사들이 일어나 부당함을 토로했다. 한결같이 칼을 물고 죽을지언정 백화문의 자존심을 지켜야 한다고 했다.

"내 한 몸이라면, 아니, 우리 백화문의 존폐와 관련된 일이라면 검을 들고 싸우겠어요. 하나, 아무 죄도 없는 가난한 이들이 백 명이에요. 백화문의 자존심이 그들보다 중한가요?"

문주가 잔잔하나 굳은 신념이 담긴 어조로 설득했다.

"문주님, 백화문이 쌍압문에 고개 숙인다면 그 늑대 같은 자들이 어찌 나올지 생각해 보셨습니까?"

수검(秀劍)이 누구도 생각하지 못했던 핵심을 찔렀다.

"어찌 나오다니요?"

"문도 중 젊고 건강한 아이가 반입니다."

수검은 수 자배 중 무예에 특출난 면이 있어 연 자배 어린 도인들의 수련을 책임지고 있었다. 젊은 아이들을 상대하는 만큼 그들에 대한 걱정이 남다를 수밖에 없었다.

백화문도의 반은 젊고 아름다운 아이들이다. 수검 도사의 한마디는 모든 이의 가슴을 섬뜩하게 만들었다. 호생지덕을 고집하던 자미 문주 또한 몸을 떨며 탄식했다.

"휴, 정녕 길이 없는가?"

만생전은 한동안 정적에 잠겼다.

나이 든 도사들 사이에 십칠팔 세로 보이는 젊은 도사가 있었다. 그녀는 수검의 제자로 연의(淵懿)라는 도명을 쓰는 연 자배 중 가장 총망받는 여인이었다. 어린 나이에 이런 중차대한

회의에 참석할 수 있었던 것도 그를 크게 키우려는 어른들의
안배 덕이었다.

연의는 영롱한 눈동자를 굴리며 입을 열까 말까 망설이고
있었다. 감히 원로들이 고민하는 일에 대해 말할 용기가 없어
보였다. 마침 그 모습을 본 자미가 물었다.

"연의, 혹 좋은 의견이 있으면 기탄없이 말해봐요. 그러라고
부른 자리이니."

연의는 모두의 시선이 자신에게 쏠리자 낯을 붉혔다. 그 모
습이 잘 익은 능금 같아 아름답기 그지없었다.

이토록 어여쁜 아이를 데리고 쌍압문에 투항할 생각을 했다
니……. 문주는 자신의 짧은 생각 때문에 일어났을 일을 생각
하니 치가 떨렸다.

"저, 그냥 옛날이야기가 생각나서……."

연의의 실망스러운 대답에 원로들이 크게 한숨지었다. 그중
연의의 사부 수검은 연의의 생각없는 언사를 크게 꾸중했다.

"내 본래 너를 중히 보았는데 이게 무슨 짓이냐? 여기가 어
디 장난이나 하자고 모인 장소더냐? 뜬금없이 옛날이야기라
니?"

"수검, 그 아이를 다그치지 말아요. 영리한 아이이니 필시
그리 말한 연유가 있겠지요. 이야기를 끝까지 들어봐야겠어
요."

연의는 수검 도사의 꾸중 덕에 잔뜩 오그라들었던 마음이
스르르 풀렸다. 문주의 응원에 용기를 얻은 연의가 입을 열

었다.

"갑자기 백화문에 전해지는 옛날이야기가 생각났어요."

문주만이 귀를 기울일 뿐 나머지는 시큰둥한 표정들이었다. 숨을 깊이 들이쉰 연의가 말을 이었다.

"심태산 유황곡에 은거했다던 기인요. 그분이 만약 지금도 살아 계시다면 도움을 청하면 어떨까 하여……"

경청하던 자미 문주가 고개를 돌리고 눈을 감아버리자, 연의는 얼굴이 새빨개져서 입을 다물었다. 어린애 같은 자신이 심히 부끄러워졌던 탓이다.

옆에 있던 수검 도사가 엉거주춤 서 있던 연의를 끌어 앉혔다.

"문주님, 아이가 천지 분간 못하고 한 말이니 너무 속상해하지 마십시오."

"그렇지 않아요. 연의의 말에 일리가 있어요."

"문주님, 그건 그냥 꾸며낸 전설 같은 이야기가 아닙니까?"

자미는 수량 도사의 물음에도 유황곡에 들던 기정풍을 생각하느라 답하지 못했다. 너무 오래전 일이라 가물가물했지만, 따가운 햇살 속에서 밝게 웃던 기억만은 생생했다.

당시 백화문의 최고 어른이었던 노태상은 언젠가는 그가 반드시 용이 되어 나올 것이라 입버릇처럼 말했었다. 노태상이 크게 믿는 사람이었던 걸로 보면 분명 특출난 데가 있는 사람이었다.

하지만 그는 몇 항아리의 벽곡단과 육포만을 가지고 들어간 후 소식이 없었다. 노태상이 죽고 그에 대한 일을 까맣게 잊고 있는 지금에 와서도 말이다. 굶어 죽어도 백번 죽었을 터.

"문주님?"

"그는 어쩌면 살아 있을지도…….”

지금은 실낱같은 희망에 목을 매야 할 때였다. 비록 기정풍이 살아 있을 확률이 전혀 없다 해도 확인해 볼 가치는 충분했다. 무려 이백의 목숨이 걸린 일이 아닌가?

문주는 결심을 굳히고 문도들에게 지난날 기정풍이 유황곡에 들었던 사연을 이야기했다. 대부분 흥미를 보였지만, 벌써 육십 년이 넘는 얘기라는 사실을 알게 되자 맥이 빠진 모습이었다.

"아직 사흘이라는 시간이 있으니 내일 날이 밝으면 그를 찾아가 보지요."

이들은 이때까지도 사흘이라는 시간이 온전히 남은 걸로 생각했다.

2

유난히 바람이 거칠고 추운 날이었다. 고요에 싸인 유황곡이 난데없이 소란스러워졌다.

"정풍 도우!"

"정풍 어르신!"

"어르신!"

"거기 아무도 없나요?"

자미 문주를 위시한 이십여 명의 백화문 도사들이 유황곡 입구에 모여 있었다. 그녀들은 손을 동그랗게 모아 입에 붙이고 기정풍을 애타게 불렀다.

벌써 몇 시진째였다. 목이 쉬어 더 이상 부를 수 없을 정도가 되어도 계곡 안은 잠잠했다. 무심한 독무(毒霧)는 애타는 심정도 모르고 발길을 허용치 않고 있었다.

"문주님, 이래서 되겠습니까?"

"별수없지요. 저 운무는 독성이 강해서 함부로 접근할 수 없으니."

"제가 들어가 보겠습니다."

"수경, 그것은 현명치 못한 방법이에요. 그는 무정한 사람이 아니니 부름을 들었다면 필시 나올 사람입니다."

"그렇다면……."

"그는 없는 것 같군요."

"하지만 계곡 안까지는 십 리가 넘잖습니까?"

"만약 그가 짙은 유황 안개 속에서 살아 있을 정도로 공력이 고절하다면 못 들었을 리 없어요."

"그건 문주님 말씀이 맞는 것 같습니다. 계곡이라 공명 현상이 일어나 생각보다 멀리 울려 퍼집니다. 만약 그분이 계시다면 듣지 못했을 리 없습니다."

수련의 이치에 맞는 말에 모두가 공감했다.

"휴, 역시 기인은 없는 건가?"

수검 도사의 절망에 찬 소리에 연의는 영롱한 눈을 떼구루루 굴리며 중얼거렸다.

"계시는데 안 나오실지도 모르지요."

그녀의 말은 누가 들어도 억지 주장에 가까웠다.

"계집애야, 또 무슨 말을 하려고 그러느냐? 네 덕에 이리 생고생을 하고 있는데!"

수검의 호통에 움찔 놀란 연의는 입을 조개처럼 꾹 다물었다. 그녀를 보는 동기들과 사숙들의 눈초리가 곱지 않았다.

"연의, 어째서 그분이 안에 있는 데도 나오지 않는다 생각한 거죠?"

기죽어 있던 연의의 얼굴에 화색이 돌았다. 언제나 문주는 자신의 편이지 않은가?

연의는 호랑이 같은 사부 수검의 눈치를 살피며 입을 열었다.

"예를 들면, 그분은 사람이 너무 오랜만이라 부끄러워서 나오지 못하신다거나……."

"시끄럽다! 기인이 무슨 요조숙녀라도 된다더냐?"

"연의, 그분은 매우 순진한 분이셨지만 사람들 앞에 낯을 들지 못할 정도로 수줍음을 타는 분은 아니었답니다."

이번에는 문주까지도 아니라고 하자 연의는 더 이상 말을 꺼낼 수가 없었다. 더 말했다가는 지기 싫어하는 아이의 투정으로 비춰질 터였다.

여인들은 한동안 쉬었다가 다시 기정풍을 애타게 불렀다. 하지만 기인은 고사하고 개미 새끼 한 마리 나오지 않았다.

"대범한 사람도 몇십 년이 지나면 혹시 수줍음을 탈지도 모르는데… 아야!"

수검이 연의의 고운 볼을 잡아 늘였다.

"아직도 수줍음 타령이냐? 네 상상력의 끝이 어딘지 의심스럽구나."

다음날 다시 한 번 만생전에서 회의가 열렸다.

이제 흑룡왕이 약속한 날짜는 불과 하루 반나절이 남아 있을 뿐이다. 얼마 후면 이들의 운명은 흑룡왕의 손에 쥐어지게 될 것이다.

"큰일입니다. 쌍압문의 무사들이 이미 산 아래에 도착해 있어요."

쌍부(雙斧)가 수놓아진 무복을 입은 사내들이 아침부터 하나씩 눈에 띄었다. 그들은 노골적으로 개벽산을 헤집고 다니며, 백화문도와 마주치면 입맛을 다시는 등 파렴치한 행동을 서슴지 않았다.

시간이 정오를 넘기자 놈들의 행패에 살기가 어리기 시작했다. 장춘까지는 이틀 거리, 쌍압문에 투항하려면 자미는 하루 전에 출발했어야 한다. 아직도 자미는 백화문에 있으니 투항 의사가 없음이 드러난 셈이다. 저들은 그것을 알고 사나운 이를 드러내는 게다.

“이제 선택의 여지가 없습니다. 철딱서니없는 것의 말에 하루를 허비해 버렸습니다.”

수검은 깊이 탄식했다. 하나, 꾸지람의 주인공인 연의는 이곳에 없었다.

“어찌 그 아이의 잘못인가요. 모두 빈도가 부덕한 탓입니다.”

“흑룡왕은 모용세가조차 감당할 수 있을지 의문이 드는 강한 집단입니다. 이럴 시간이 없습니다.”

수전의 말에 모두의 고개가 끄덕여졌다.

“이 자리는 잘잘못을 따지자고 모인 자리가 아니니 그 이야기는 그만둡시다.”

“수경의 말씀이 참으로 옳아요. 이제 우리는 마지막 결정을 내려야 합니다. 의견을 말씀해 보세요.”

깊은 한숨 소리만 들릴 뿐 누구도 선뜻 입을 열지 못했다. 오랜 침묵을 견디지 못했음인지 수검이 먼저 의견을 말했다.

“일전에도 말씀드렸지만, 문주님께서 그들 앞에 무릎을 꿇는다는 것은 있을 수 없는 일입니다. 남은 길은 오로지 결사항전만이 있을 뿐입니다.”

“사저의 말씀도 일리가 있습니다. 하지만 그저 목숨을 내걸고 싸우는 것은 부질없는 짓입니다.”

자미는 수경의 말에 숨은 뜻이 있으리라 짐작하고 물었다.

“수경, 혹 무슨 복안이 있나요?”

“기발한 복안은 아닙니다. 다만 싸우더라도 계획이 있어야 한다는 겁니다."

"계획이라니요?"

"무슨 일이 있어도 연 자배 아이들과 함께 빈민들을 내보내야 합니다. 젊은 아이들만이라도 살려서 백화문의 맥을 이어야 합니다."

수경의 의견은 지극히 합당했다. 백화문의 맥을 잇는 것 말고도 연 자배 아이들은 젊으니 놈들에게 잡히면 어떤 치욕을 당할지 알 수 없었던 것이다.

"사매의 뜻은 우리가 아이들의 생로를 열어주자는 말인가?"

"그렇습니다."

"수경의 말이 가장 최선책인 듯합니다. 피할 수 없다면 최대한 많은 인명을 살려야겠지요. 내 수검에게 무거운 짐을 지어줄까 합니다."

크게 격동한 수검은 자미 문주 앞에 무릎을 꿇었다.

"문주님, 무슨 일이든 시켜주십시오. 죽음으로 봉행하겠나이다."

"그대라면 믿음직합니다. 새벽을 틈타 아이들을 데리고 길림성을 빠져나가세요."

"문주님, 그게 무슨 말씀이십니까?"

수검은 깜짝 놀라 벌떡 일어서 소리쳤다. 그녀는 흑룡왕을 베라 하면 웃으면서 나가 죽을 생각이었다. 하지만 이것은 아니었다.

"수검, 그대밖에 없어요. 큰 짐을 지워줘서 미안합니다."

"문주님!"

"수검 사저, 부탁합니다. 문주님 말씀대로 사저밖에 그 일을 해낼 사람이 없습니다."

수검은 현 백화문의 최고수다. 그것은 모두가 인정하는 바였다.

"수량, 너까지 그리 말하는 것이냐? 네가 해라. 어찌 나 혼자 살아남으라 하는 것이야?"

"사저, 저는 하고 싶어도 못합니다. 아이들만 데리고 백화문을 일으켜 세울 자신이 없단 말입니다."

수량의 울먹임에 사내보다 강직하고 굳센 수검마저 굵은 눈물을 흘렸다.

백화문의 핵심 인물들이 절망에 빠져 있을 때, 연의는 백화문 끄트머리에 위치한 암자에 있었다. 이 암자는 역대 문주들의 위패가 모셔진 조사전(祖師殿)이었다.

사부에게 크게 꾸중을 들은 그녀는 염치가 없어 차마 회의에 참석하지 못했다. 동기들 앞에 나설 낯도 없어진 그녀는 이 외딴 곳에 엎드려 있었다.

"나 때문에 하루가 헛되이 지나가고 말았어."

연의는 눈물을 방울방울 떨어뜨리며 고운 입술을 잘근 씹었다. 그녀는 자신이 쓸데없는 말만 하지 않았어도 상황이 이렇게 되지 않았을 것이라 자책했다.

지금은 정말이지 최악이었다. 쌍압문의 고수들이 이미 진을 친 상황이니 오로지 죽는 길밖에 없었다. 아니, 깨끗이 한 목숨만 사라지고 만다면 근심이 덜하겠다. 만약 짐승 같은 자들에게 능욕이라도 당한다면?

"흑흑, 조사님들, 이 못난 년 때문에 백화문의 여린 생명들이 풍전등화의 위기에 놓였습니다. 제발 도와주세요."

그녀는 조사전을 눈물로 적셨다.

자꾸만 낮에 본 짐승 같은 자들이 떠올랐다. 동기들이 그들에게 능욕당하는 장면이 떠올라 미칠 것만 같았다.

"안 돼! 내 잘못이 아니야! 난, 난 그 모습을 볼 수 없어!"

그녀는 얼마 전까지만 해도 자신이 세상에서 제일 똑똑한 줄 알았다. 그런데 아니었다. 오히려 가장 멍청한 계집이었다. 연의는 슬픔이 극에 달해 끝없는 절망을 맛봤다.

연수, 연화, 연정 등 동기들의 얼굴이 차례로 떠올랐다. 그녀들은 죽어가며, 혹은 능욕당하며 자신을 원망할 것이다.

"그래, 난 살 필요가 없는 년이야."

저주의 말을 토해낸 연의는 눈물을 뿌리며 조사전을 빠져나왔다. 곧 조사전 뒤편 절벽에 다다랐다. 깜깜한 밤중이라 끝이 보이지 않았다. 다행이었다. 저 어둠에 몸을 맡기면 모든 괴로움이 사라질 터이다.

그 시각, 기정풍은 칼바람이 몰아치는 절벽을 오르고 있었다. 웬일인지 탐스럽던 은발은 온데간데없고, 까만 머리카락이 이제 막 돋아나 밤송이 같았다.

그는 수련 중에 백화문도들이 자신을 애타게 부르는 소리를 들었다. 하나, 벌거벗은 몸으로 몸을 드러낼 수 없어 밤을 틈타 백화문을 찾아가는 중이었다.

어쨌든 연의의 말마따나 기정풍은 수줍어서 나타나지 않은 것이 맞았던 것이다.

절벽이라면 사람을 만날 일이 없다. 어두운 밤이지만 혹, 누구라도 만나게 되면 개망신이다. 그가 편한 길을 놔두고 험로를 오르는 것은 벌거벗었기에 택한 어쩔 수 없는 선택이었다.

눈발이 날리는 데다 어두운 밤이라 암벽을 타는 것은 살 떨리는 작업이었다. 돌다리도 두드려 건너는 심정으로 겨우 절벽을 반쯤 올랐을 때였다.

"아악!"

위쪽부터 여인의 찢어지는 비명이 들렸다. 기정풍은 모골이 송연해지는 소리에 깜짝 놀랐다. 오르던 것을 잠시 멈추고 위를 바라보았다. 안력을 돋우니 희끗한 무엇인가가 바람을 가르고 떨어져 내리는 것이 보였다.

눈 한 번 깜빡임에 이삼 장씩 가까워진다. 기정풍으로서도 쉬이 감당 못할 속도였다.

'자살?

그는 무간지옥이나 다름없는 유황곡에서도 꿋꿋이 살아남았다. 자살 따위나 하는 인간이라니……. 저절로 욕이 튀어나왔다.

"이런, 제기랄! 하필 지금 뒈지고 지랄이야?"

비명으로 보나 허우적거리는 품새로 보나 틀림없는 사람이다. 그것도 비명 소리와 복장으로 유추해 보건대 백화문도일 확률이 높았다.

어쩌지?

찰나지간 고민했다. 하지만 그는 곧 제 머리를 쥐어박았다.

"백화문도잖아! 허허! 사모 밑에 있는 사람인데 구해야겠지?"

막상 구하려고 맘을 먹었으나 난감했다. 그 순간에도 시시각각 떨어져 내리고 있었다. 재고 따지고 할 시간이 없었다.

"우아앗!"

단단한 암벽인지 아닌지 가릴 정신이 없었다. 손에 잡히는 거면 뭐든 상관없이 잡고 이동했다. 그러다 떨어지면? 그건 그때 생각해 볼 문제였다.

푸스슥!

"허억?"

다급한 중에 잡은 돌이 풍상에 찌든 허약한 돌이라니? 십여 장을 속절없이 떨어져 내렸다. 다시 오 장여를 떨어지고 나서야 암벽에 손톱을 쑤셔 박아 겨우 멈춰 설 수 있었다. 손톱이 뜯겨져 피가 솟아 나왔다.

그가 한숨을 돌렸을 때, 둘의 거리는 십 장 이내로 좁혀져 있었다. 여인의 낙하 속도는 그가 떨어져 내린 속도보다 훨씬 빨랐으니 당연한 결과였다.

하지만 여인을 받으려면 아직 좌측으로 일 장을 더 가야 했다. 그는 포기하지 않았다.

기정풍의 이런 끈질긴 점이야말로 그의 사부가 높이 본 장점이다. 그가 아니면 누가 심산에 묻혀 육십 년이 넘게 무공을 파고 있었겠는가?

"하압!"

고함과 함께 그의 몸이 절벽을 뱀처럼 스르륵 미끄러졌다. 성공이었다. 하지만 문제는 이제부터다. 무시무시한 속도로 떨어지는 여인을 무슨 수로 받을 것인가?

칠 장… 오 장…….

짧은 순간 무수한 생각이 스쳤다.

한 팔로 받을 수 있을지 의문이었다. 요행히 붙잡더라도 떨어지는 충격으로 팔이 부러지거나 옷이 찢어져 함께 떨어져 내릴 것 같았다.

'바위 틈새에 다리를 끼워 넣고 두 팔로 받아?

팔은 멀쩡하겠지만 대신 허리가 작살날지도 몰랐다.

'분명 좋은 방법이 있을 거야. 정념(正念), 정념…….'

번뜩 스치는 생각이 있었다. 이제 이 장. 여인은 두려움에 혼절했는지 미동도 없었다. 망설일 틈이 없었다. 급작스레 떠오른 생각을 그대로 실천했다.

파삭!

절벽에 매달린 채로 바짝 움츠렸다가 순간 몸을 펴며 뛰어올랐다. 이 장 거리가 순간에 좁혀지고 두 팔 안에 종달새처럼 가냘픈 여인이 폭 안겼다.

그가 솟아오른 속도만큼 떨어지는 속도가 줄어들기는 했지만 여전히 엄청난 속도. 바닥에 떨어지면 곤죽이 되기에는 차고도 넘쳤다.

"크핫!"

기정풍은 팔에 안긴 여인을 살펴볼 틈도 없이 공력을 끌어올려 곧장 수직으로 던져 올렸다. 여인은 이삼 장가량 치솟았다.

하지만 그에 대한 반작용으로 기정풍은 배나 빠르게 떨어져 내렸다.

그그긍!

손가락을 꼿꼿이 세워 암벽을 훑어 내렸다. 끓는 유황 물 속에서도 멀쩡했던 손가락인데 형편없이 찢기고 부러졌다. 덕분에 떨어져 내리는 속도가 점점 줄어들었다.

간신히 몸을 멈춰 세우자 또다시 옷자락 펄럭이는 소리가 들렸다.

몸을 튕겨 올렸다. 여인을 품에 안는 동시에 다시 던져 올렸다. 그같이 세 번을 반복하고서야 여인을 온전히 구할 수 있었다.

숨을 돌리고 보니 양 손바닥이 걸레가 되어 있었고, 오른팔은 탈골되고 양 손가락이 사이좋게 두 개씩 부러져 있었다. 목숨을 내건 것치고는 미미한 부상이었다.

"휴, 운이 좋았다."

그 같은 짓을 하고서도 단지 작은 손해만 입은 것은 운도 운이지만, 고절한 공력과 강철 같은 육체가 없고서는 불가능했다.

"참, 염치없는 아이군."

기정풍은 바닥에 내려놓고 얼굴 한번 찡그림 없이 부러진 손가락을 맞췄다.

몸을 추스르고 여아를 만져 보니 얼음장처럼 싸늘했다. 주위를 둘러보니 멀지 않은 곳에 작은 암자가 있었다. 얼마 전 연의가 통곡했던 조사전이었다.

다행히 인기척이 없어 안심하고 들어갔다. 한 치 앞도 보이지 않는 어둠 속에서도 그는 망설임이 없었다. 노란 운무도 꿰뚫어보던 그인데 대수로울 것도 없었다.

기정풍은 연의를 반듯이 눕히고 찬찬히 살펴보았다.

전체적으로 갸름한 얼굴이다. 콧날이 우뚝하고 감은 눈 선이 고왔다. 뽀얀 귀밑머리 하며, 미인의 덕목은 두루 갖춘 아이였다.

"그나저나 정말 예쁜 아가씨군. 이렇게 예쁜 아이가 왜 죽으려 했을까? 혹시 남자한테 차였나?"

창백한 낯빛과 파랗게 언 입술이 애처로웠다. 문득 반여정에게 차였을 때 죽고 싶었던 기억이 났다. 지금이야 우스운 일이지만 그때는 그보다 더한 고통이 없었다. 오죽했으면 지금까지 반여정만 생각하면 기분이 나쁠까.

반여정에 대한 분노는 시간이 흐르고 팔정을 단련해도 좀처럼 사라지지 않았다. 삭아 없어질 만도 하건만 그날의 기억만은 북해(北海)에 내던져 놓은 듯 꺼낼 때마다 변함이 없었다.

시련의 고통을 당했을 아이를 생각하니 불쌍한 생각이 들어 단심기를 일으켰다. 극성으로 운기하자 곧 그의 몸에서 훈풍이 일었다. 이 상태로 섬혼기를 펼치면 조사전은 잿더미가 될 테지만, 섬혼기 없는 단심기는 봄볕처럼 따사롭기만 했다.

따뜻한 공기가 조사전을 가득 메울 때쯤 연의의 얼굴을 내려다보던 기정풍도 깜빡 잠이 들었다.

얼마쯤 지났을까. 기정풍은 잠결에 인기척이 느껴져 눈을 떴다. 혼절했던 아이가 부스럭거리며 일어나고 있었다.

"이제야 정신이 드느냐?"

"아악!"

정신 차리자마자 칠흑 같은 어둠 속에서 말소리가 들리자, 연의는 자지러지게 놀라 소리쳤다.

"네가 살아 있다는 게 놀라서 소리친 거겠지?"

"제, 제가 살아 있나요?"

"그럼 이곳이 지옥인 것 같으냐?"

"맞아요. 난 분명히 절벽에서 떨어졌는데?"

온몸을 만져 보던 연의가 안도의 한숨을 내쉬었다. 그러더니 금세 울음을 터뜨렸다.

"난 죽어야 해요! 지옥불에 떨어져야 한다고요! 흐윽!"

기껏 살려놨더니 한다는 소리가 저 모양이다. 기정풍은 연의의 뒤통수를 냅다 후려치려다 간신히 참았다. 심한 충격을 받은 아이를 모질게 대할 수가 없었다.

내버려 두자 한참을 울던 연의가 서서히 울음을 그쳤다.

"그런데 당신은 누구죠? 아, 잠깐만요."

연의가 손을 더듬어 무언가를 찾았다. 어둠 속이라 눈이 있으되 장님이나 진배없었다.

"화섭자를 찾는 거라면 좌측으로 석 자 떨어진 곳에 있다."

기정풍은 잠시 후 일어날 일은 생각도 못하고 제 무덤을 파고 말았다.

"당신은 뭐가 보이나요?"

그녀는 기정풍의 도움으로 어렵지 않게 화섭자를 찾아 불을 밝혔다.

"꺄악!"

초를 켠 연의는 기정풍을 손가락질하며 죽어라 비명을 질렀다. 절벽에서 뛰어내리던 때보다 오히려 더욱 절박하고 떨리는 비명이었다. 낯빛도 못 볼 걸 본 듯 하얗게 질려 있었다.

"……?"

그는 지난 세월 한 번도 동경을 보지 못한 몸이다. 모르는 사이 자신의 머리에 뿔이라도 돋았나 싶었다.

"내 몸에… 헉!"

자신의 몸을 내려다보던 기정풍은 숨이 턱 막혔다. 그걸 잊다니…….

망신, 망신, 이런 개망신! 생전 단 한 번도 보여준 적 없는 순결한 몸을 어린 계집에게 보이다니…….

기정풍의 당황에 가득한 눈과 유난히 영롱한 연의의 눈이 마주쳤다. 놀라 굳은 건지, 아니면 뻔뻔한 건지 연의는 궁금한

점을 물으며 시선은 돌리지 않고 있었다.

"다, 당신은 사람인가요?"

"이 망할 계집! 무슨 생각을 하는 거냐?! 당장 나, 나가!"

연의는 그제야 퍼뜩 정신을 차리고 시선을 돌렸다. 눈은 돌렸는데, 영상이 머릿속 가득 남는 이유는 무언가?

연의는 문을 열고 뛰쳐나왔다. 밖은 진눈깨비가 날리고 있었다. 싸늘한 바람이 한줄기 불어와 달궈진 얼굴을 식혔다. 시간을 헤아려 보니 대략 축시 정도 된 듯했다. 몸을 더듬어보니, 아픈 곳도 없고 달라진 점도 없었다. 다행히 우려하던 일은 없는 듯했다. 조금만 늦게 깨어났으면 정말이지 큰일날 뻔했다.

"이, 이봐, 도사 아가씨."

벌거벗은 기정풍이 문어 대가리 같은 머리만 문 밖으로 빼꼼히 내밀었다. 기겁한 연의가 뒷걸음치며 소리쳤다.

"스님은 날 어떻게 하려고 했죠?"

"이런 빌어먹을! 노부는 색마 따위가 아니다. 그리고 내가 뭘 어쨌다고 그러느냐?"

"정말 몰라서 묻는 건가요? 당신은 오, 옷을……."

연의는 두 가지를 오해하고 있었다. 기정풍의 백발은 얼마 전 죄다 빠져 버렸다. 이제야 나기 시작한 거뭇한 머리카락은 땡초의 그것과 흡사하니 충분히 오인할 만했다. 기정풍은 그 정도도 이해 못할 만큼 속 좁은 사람이 아니다.

한데, 어린 계집이 하고 있는 또 다른 오해는 이해하고 넘어갈 성질이 아니었다. 감히 정결한 숫총각에게 덤터기라니…….

"노부는 너를 살린 사람이다. 어찌 모함을 하느냐?"

"흥! 누가 살리랬나요? 그리고 살린 의도가 불순하잖아요!"

죽자고 뛰어내린 계집을 살린 것은 자신이니 할 말이 없다.

"휴, 오해다. 노부는 험한 꼴을 당해 옷을 잃었다. 옷을 한 벌만 가져다 다오."

기정풍은 화가 치밀었지만, 윽박지르는 것보다 차분히 얘기하는 것이 나을 것 같았다. 어쨌든 급하게 된 쪽은 자신이니.

연의라는 계집은 영롱한 눈을 굴릴 뿐 답하지 않았다. 아무래도 믿기지가 않았던 것이다.

'노부라고? 젊은 사람 같았는데 왜 스스로를 늙은이라 자처할까? 맞아. 늙은이라 속여 안심시키려는 속셈이야.'

"너는 왜 말이 없느냐? 설마 구명지은의 은혜가 한 벌의 옷보다 못하다는 것이냐?"

"분명 당신이 절 구했나요?"

"이게 그 증거다."

기정풍은 피가 말라붙은 손을 쑥 내밀었다. 연의는 달빛에 의지해 상처를 확인했지만 완전히 믿지 않았다. 무슨 수로 자신을 구했는지는 모르지만 손의 상처가 자신을 구한 증거가 될 수는 없다고 생각했던 것이다.

"뭘 고민하느냐? 아까 말했듯이 노부는 색마(色魔)가 아니다. 설사 너를 어쩌고 싶어도 노부는 동……."

그는 동자공을 익혔다 말하려다 입맛을 쩝 다셨다. 동자공을 익힌 게 무슨 자랑이라고 동네방네 소문낸단 말인가.

"색마가 색마라고 써 붙이고 다니나요? 그리고 동… 뭐죠?"

연의는 기정풍과의 대화 중에도 수상한 낌새만 보이면 도망치려 엉거주춤한 자세를 취하고 있었다.

"알 것 없다, 의심 많은 계집애야. 넌 영리한 척하지만 정말 멍청하구나."

"제가 멍청하다고요?"

"내가 색마라면 벗은 몸이 부끄러워 이렇게 나가지도 못하고 널 보고만 있겠느냐?"

"아! 정말 그렇군요. 당신은 왜 그러고 있는 거죠?"

"이러고 있지 않으면? 혹 노부가 뛰쳐나가 너를 어떻게 해주길 바라느냐?"

기정풍은 정말 나갈 뜻이 있는 것처럼 몸을 들썩였다.

"악! 안 돼요!"

연의는 깜짝 놀라 달음질쳤다. 기정풍이 어둠 속으로 사라지는 그녀를 보며 소리쳤다.

"옷 한 벌 가져다주는 거 잊지 마라!"

第五章
백화문의 위기

1

얼어붙은 백화문 하늘 위로 진눈깨비가 흩날리기 시작했다. 축시가 지나자 눈발이 굵어지며 달빛 한 점 보이지 않았다.

백화문은 그야말로 칠흑 같은 어둠에 싸였다. 그 흔한 등불 하나도 밝히지 않은 상태였다.

연 자 항렬의 숙사가 위치한 인정전(仁靜殿). 어둠 속에서 흑의를 입은 인영들이 부산하게 움직였다.

"모두 모였느냐?"

어둠 속에서 수검의 음성이 낮게 깔렸다.

"서른둘입니다. 한 명이 없습니다."

연의와 함께 수위를 다투는 수량의 제자 연수다.

"누구냐? 시간이 없다."

얼마간의 소곤거림 후 연수가 입을 열었다.

"연의가, 연의가 없습니다."

연의라면 바로 자신의 애제자다. 수검이 깜짝 놀라 되물었다.

"무슨 소리냐? 연의가 없다니?"

저녁나절 크게 꾸중했던 기억이 났다. 단 한 번도 속 썩이지 않았던 영리한 아이가 결정적일 때 말썽이었다.

"다시 찾아봐라. 어서!"

각기 흩어져 인정전 구석구석을 찾았으나 연의는 끝내 찾아내지 못했다. 마음만 급해 발을 동동 구르는데 수전 도사가 들어와 재촉했다.

"사저, 무슨 일입니까? 시간이 촉박합니다. 문주님께서 기다리고 계십니다."

갈등하던 수검은 아무 일도 없다는 듯 답했다.

"곧 가겠다. 아니, 지금 가자."

수검은 얼굴을 들 수가 없었다. 다른 누구도 아닌 자신의 제자가 문제라니……. 백 수십의 목숨이 걸린 일. 한쪽 가슴이 무거웠지만 어쩔 수 없다. 마냥 찾아 헤맬 수도 없는 노릇이었다.

서른이 넘는 인원이 흩날리는 눈발을 뚫고 은밀히 이동했다. 시간은 벌써 축시 말을 향해 달리고 있었다.

만생전 앞마당에 문주를 위시한 칠십여 백화문도가 모여 있었다. 하나같이 백화문의 상징인 백의 도복 대신 흑색을 갖춰 입고 검을 착용한 상태였다.

"늦어서 죄송합니다. 별일 아니니 속히 일을 진행하십시오."

문주는 수검의 낯빛이 굳어 있었지만 어둠 속이라 알아보지 못했다.

"계획한 것은 모두 숙지하고 있으리라 생각해요."

문주가 애틋한 눈길로 문도 하나하나를 바라보았다. 문주의 눈과 마주치는 눈길마다 가늘게 떨렸다.

"문주님, 보중하십시오."

수검을 시작으로 백다섯 명 전원이 눈밭에 무릎을 꿇었다.

"보중하십시오."

격정을 참지 못한 한 도사가 흐느끼자 여기저기서 억눌린 울음이 터져 나왔다.

"오늘로 끝이 아닙니다. 여기 있는 도우 중 단 하나만 살아남는다 해도 백화문은 다시 일어설 것입니다."

"우리도 싸우고 싶습니다. 어찌 저희만 살라 하십니까."

연수가 울며 매달리자 문주가 낮게 호통 쳤다.

"연수, 잘 들어요. 우리는 그대들에게 짐을 지워주는 겁니다."

흐느낌이 잦아들자 문주가 조용히 명했다.

"수량은 수검을 도와 끝까지 일을 성사시켜 주세요."

이들의 계획은 간단했다.

각각 스물다섯 명씩 세 개 조로 나눈다. 각 조는 문주와 수전, 수량이 이끈다. 문주와 수전이 이끄는 두 개 조는 서쪽에 위치한 쌍압문을 급습한다. 혼란에 빠진 틈을 이용해 수검이 이끄는 연 자배 어린 도사들이 빠져나간다.

그리고 혹시 모를 추격을 대비해, 수량의 조가 뒤를 받치게 했다.

놈들이 서쪽에만 진을 치고 있기에 가능한 작전이었다. 동쪽은 북쪽처럼 깎아지른 절벽은 아니었지만 눈 쌓인 겨울에는 왕래를 엄두도 내지 못할 만큼 산세가 험했다. 밤중이라면 더욱 말할 필요도 없었다.

"빈민들은 정말 괜찮겠습니까?"

"혹 낯선 사람들이 백화문을 점령하면 그들의 지시대로 하라 했으니 무사할 겁니다. 쌍압문의 무인들도 인간인 이상 저항하지 않는 양민을 해치진 않겠지요."

자미는 그리 말하면서도 가슴이 무거워졌다. 정탐 결과 적의 수는 이백 남짓. 하나하나가 결코 호락호락해 보이지 않은 자들이었으니 절대 승산이 없는 싸움이었다.

탈출을 시도하는 연 자배를 제외한 백화문도는 전원 사망할 확률이 높았다. 양민들의 목숨은 오로지 쌍압문 무사의 인간성에 달린 문제라 해도 과언이 아니었다.

"문주님, 저기 정찰 나갔던 수완입니다."

서편으로부터 굵어진 눈발을 뚫고 흑색 인영이 빠르게 다가오고 있었다. 수 자 항렬의 막내 수완(秀緩)이었다. 그녀는 도명과는 달리 경공술에 탁월한 조예를 가지고 있었다.

적진(敵陣)의 정찰을 마치고 돌아온 수완 도사가 기쁜 빛을 띠며 말했다.

"문주님, 적들은 솥을 내걸어 고기를 삶고 술을 마시고 있습니다. 만취해 몸을 가누지 못하는 자가 태반입니다."

간만의 희소식이었다. 깊이 잠든 시각에 급습하려 했는데, 잔뜩 취해 있다니 오히려 더욱 좋았다. 어쩌면 승산이 있을지도 몰랐다.

"수완, 수고했어요."

문주는 거친 숨을 내쉬는 수완을 위로했다.

"문주님, 수완의 말대로라면 한번 해볼 만합니다."

수전의 말에 수검이 냉큼 나섰다.

"수전의 말대로 전력을 나눌 것이 아니라 힘을 응집해 그들을 쓰러뜨리는 것이 옳은 판단입니다."

"그럴까요?"

반문하는 문주의 표정은 썩 밝지 못했다.

"문주님, 혹 다른 의견이……?"

"그들이 과연 우리의 상황을 모르고 있었을까요? 아마 손바닥 보듯 훤히 알고 있을 겁니다."

"그 말씀은 상대가 기만술(欺瞞術)을 쓰고 있다는 말씀이십니까?"

그들의 만취한 모습을 직접 보았던 수완은 믿을 수 없다는 표정으로 물었다.

"그들이 그렇게까지 할 필요가 있었겠습니까? 그냥 공격하면 될 텐데요."

수검이 수완의 말에 힘을 보탰다.

"적 중 만만치 않은 자가 있는 것 같군요."

흑룡왕이 공표한 시간은 내일 정오. 그전에 그들이 공격해 들어온다는 것은 신의를 잃어버리는 짓이 될 것이다.

본래 신의 있는 자들이 아닐지라도 수장의 명으로 날짜를 약속한 이상 그 약속만은 지킬 터이다. 이백이 넘는 병력으로도 아직까지 잠잠한 것만 봐도 알 수 있었다.

그러나 백화문 쪽에서 선공을 가한다면 얘기는 달라진다. 그것은 곧 백화문은 흑룡왕의 뜻을 이행할 의사가 없음을 의미하는 것.

"하면, 그들은……?"

"우리를 방심시켜 손실을 최소화하겠다는 거겠죠."

적은 백화문의 문주가 아직 개벽산에 머물고 있는 것을 확인했다. 즉, 백화문이 결전을 준비한다는 것을 알고 있다는 말이다. 백화문의 현 상태야말로 독 안에 든 쥐 신세요, 막다른 길에 처한 형국이다.

백화문의 마지막 저항은 누구나 예상할 수 있는 일인 것이다. 그것도 이렇듯 칠흑 같은 밤이라면 더욱 그랬다.

"시커먼 사내들뿐이라 어리석게 봤는데, 만만히 볼 자들이 아니군요."

압도적인 힘을 가지고도 그런 냉정한 판단을 하고 계략을 짜는 자라면 결코 쉽지 않은 상대가 분명했다.

수완이 치를 떨었다. 자신의 잘못된 보고로 까딱 잘못 판단했다면 문도 전원이 불나방처럼 뛰어들 뻔하지 않았은가.

"문주님, 그렇다면 그들이 야습을 대비하고 있을 때, 전원 동쪽 길로 빠져나가는 것은 어떻습니까?"

수완이 문주 대신 답했다. 그녀는 적을 염탐하고도 깜빡 속아 잘못된 정보를 들려줬다. 그리도 간악한 자들인데, 순진하게 염탐꾼 하나 배치하지 않았으리라 보는 건 바보짓이었다.

"물론 보는 눈이 없다면 수전 사저의 말대로 해도 될 겁니다. 하지만 발각되면 우리는 전원 몰살당하고 말 거예요."

"수완의 말이 옳아요. 그건 최악의 수가 될 수 있어요."

수완의 말이 이치에 합당하고, 문주까지 이리 말하니 틀림없을 것이다.

"생각이 짧았습니다."

"문주님, 오는 길에 보니 벌써 눈이 제법 쌓였습니다. 챙을 준비하는 게 좋을 것 같습니다."

챙이란 억새풀과 가는 나뭇가지 따위를 엮어 만든 것이다. 신발에 덧대면 눈 쌓인 산길을 걸을 때 깊이 빠지지 않도록 만든 도구였다.

"좋은 생각이에요. 계획 변경은 없습니다. 모두 이른 대로 하세요."

자미 문주는 하늘을 바라보고 기도를 올린 후, 무리를 이끌고 서쪽으로 나아갔다. 비장함으로 똘똘 뭉친 그들의 등은 무심한 눈에 금세 가려졌다.

문주가 떠난 후 일각의 시간 차를 두고 나머지 두 개 조가 동쪽으로 출발했다. 이때가 인시(寅時) 초였다.

2

산야가 꽁꽁 얼어붙은 밤.

강추위 속에서 엷은 홑옷만 입은 오십대 무인이 전방을 주시하고 있었다. 우람한 덩치와 터질 듯한 근육, 짙은 구레나룻이 인상적인 사내였다.

그는 누군가를 기다리는 듯 시선을 고정시킨 채 미동도 없었다.

얼마쯤 지난 시각. 한 인영이 어둠을 뚫고 그를 향해 빠르게 다가왔다. 털모자를 깊이 눌러쓴 깡마른 사내였다.

"화군(火君), 냄새나는 계집이 방금 떠났습니다."

한마디 할 때마다 하얀 입김이 뿜어져 나왔다.

"수고했다. 언 몸을 녹여 곧 있을 공격에 대비하라."

구레나룻의 사내는 중원인이 아닌 듯 어눌한 말씨였다.

"아닙니다. 화군께서 밖에 계신데 소인이 어찌……."

"네놈 때문이 아니야!"

서슬 퍼런 기세에 사내는 고양이 앞의 쥐처럼 고개를 냉큼 처박았다. 난폭한 화군이 자신에게 마음 써준 이유를 깨달은 것이다.

"죄송합니다. 속히 들어가겠습니다."

구레나룻의 사내, 즉 화군은 사내가 물러간 후에도 무엇이 못마땅한지 여전히 찡그린 상이었다.

화군(火君) 이아륵.

그는 백화문을 지우기 위해 파견된 쌍압문 이백 무인의 통솔자다.

어둠을 응시하던 화군이 뜬금없이 이를 갈았다. 그는 며칠 전 현자(賢者)와 있었던 일을 상기했다.

"화군께서 나서주셔야겠습니다. 백화문을 지워주세요."

정확히 오십이 명이 모인 넓은 대전에 미성(美聲)이 잔잔히 울려 퍼졌다.

카슈카르와 그를 따르는 오십의 전사들. 하나, 목소리의 주인공은 오십일 명 중 누구도 아니었다.

현자(賢者).

붉은 입술, 갸름한 턱 선. 가히 미색(美色)이다.

그럼에도 화군은 토할 것만 같았다. 그가 미인을 증오해서가 아니었다. 그는 남색(男色)에는 취미가 없었기 때문이다.

"단, 주의하셔야 할 것이 있어요. 화군, 제 말을 듣고 계신 건가요?"

"듣고 있으니 계속하게."

현자라 불린 이가 다소곳한 자태로 배시시 웃었다. 어찌 사내가 이런 고혹적인 미소를 날릴 수 있단 말인가? 여기저기서 억눌린 탄식 소리가 터져 나왔다.

"제가 괜한 걱정을 했군요."

화군은 의지에 반하는 몸의 움직임에 아예 눈을 감아버렸다. 현자라는 놈은 정말 요망한 놈이었다.

"백화문을 치시되……."

붉은 입술이 벌어지며 한동안 설명이 이어졌다.

회상을 마친 화군은 주먹을 불끈 쥐며 한자한자 씹어뱉었다.

"현자, 이 애송이 놈."

화군은 생각할수록 어이가 없었다.

백화문을 치라 명한 것까지는 좋았다. 도랑 치고 가재 잡는다는 식으로, 그동안 쌓인 불만도 풀 겸 계집도 맛볼 수 있는 좋은 기회라 여겼던 것이다.

그런 속셈이 있었기에 계집처럼 계교를 짜서 적을 안심시킨 후 일망타진하라는 간섭까지는 그런대로 참아 넘겼다. 놈의 말대로라면 계집들을 단숨에 사로잡아 달짝지근한 맛을 볼 수 있을 것이다. 한데, 현자의 계속된 말로 그의 기대는 철저히 묵살되었다.

"뭐? 백화문을 치되 선공(先攻)을 하지 말고, 죽이되 능욕은 하지 말라고?"

그런 미친놈이 있단 말인가? 전쟁에서 이기면 사로잡은 적은 전리품이 되는 것이 당연했다. 전사들의 사기 진작 차원에서도 하등 꺼릴 이유가 없는 것이다.

'사내도 계집도 아닌 애송이 놈.'

이 말이 목구멍까지 솟았지만 그는 끝내 내뱉지 못했다. 현자는 절대적인 존재, 카슈카르의 양자인 까닭이었다.

눈발이 갈수록 거세졌다. 쉬지 않고 불어대는 싸늘한 칼바람이 분노를 삭여주었다.

"슬슬 움직일 때가 됐군."

화군의 중얼거림이 끝나기가 무섭게 검은 인영이 불쑥 튀어나왔다.

"화군, 지살대(地殺隊) 배치가 끝났습니다. 반은 따로 추려 동편으로 보냈습니다."

동쪽 산기슭은 매우 험해 이같이 눈이 내리는 밤이라면 실상 신경 쓸 필요도 없었다. 하지만 화군은 병력의 반을 떼어 동쪽으로 보냈다. 이 또한 현자의 지시였다.

쌍압문 이백 무사 중 취한 자는 아무도 없었다. 자미 문주의 예상대로 술을 마시고 고기를 뜯는 것은 계략이었다. 자미가 두려워했던 머리 쓰는 자가 바로 현자였던 것이다.

화군은 현자의 지시를 따르면서도 속으론 비웃고 있었다. 그는 자신들이 빈틈을 보였으니 백화문에서 총공세를 펼쳐 올 것으로 내다보았다.

"잔치다. 죽일 계집은 죽이고, 사로잡을 수 있는 것들은 사로잡아라."

"하오나 현자께서는 욕보이지 말고 주살하라고……."

"합평, 네 이놈! 정녕 죽고 싶더냐?"

엎드린 자는 쌍합문을 떠받치고 있는 오대 중 가장 서열이 낮은 지살대주 합평이었다.

"속하, 실언을 했습니다."

"현자를 가까이한다는 소문은 들었다. 그것은 네놈이 알아서 할 일! 하나, 내 앞에서 현자에 현자(賢字)도 꺼내지 마라!"

화군이 합평의 멱살을 틀어잡아 내동댕이쳤다. 합평은 패대기쳐지는 즉시 튕기듯 일어나 꿇어 엎드렸다.

"용서하십시오."

합평은 이백이 넘는 대원들의 수장임에도 화군 앞에선 찍소리도 못했다. 화군은 쌍압문의 진정한 힘, 천군 오십좌의 일석을 차지한 자로 그와는 비교할 수 없는 위치였던 것이다.

"지살대 전 대원에게 전해라. 살아남는 자만이 도사를 맛볼 수 있을 것이라고."

책략을 짜고 계집처럼 숨는 것이 아니라 대문을 뚫고 쳐들어가 죽인 후 취할 것은 취하는 것. 이것이 바로 화군이 싸우는 방식이었다.

화군은 현자의 지시는 듣되 마지막 취할 것은 취하는 것만큼은 자신의 뜻대로 할 생각이었다.

"존명!"

3

연의는 미끄러운 산길을 몇 번이나 굴러 인정전(仁靜殿)에

간신히 도착했다. 이각 만에 도착한 백화문은 완벽한 정적에
묻혀 있었다. 그녀는 시간이 시간인 만큼 모두 잠들었으리라
짐작했다.

까치발을 하고 조용히 방문을 열었다. 호흡마저 정지한 채
방 안으로 들어선 그녀는 순간 굳어버렸다. 사형제들의 쌔근
거리는 소리가 들려야 정상인데 너무나 조용했던 탓이다.

불안이 엄습했다. 방 안은 뻗은 손끝도 보이지 않을 만큼 어
두웠다. 눈밭에 있다 들어온 터라 더욱 그랬다. 시간이 흐르자
차차 어둠에 적응했다. 단 한 사람도 보이지 않았다. 연의는
가슴이 철렁 내려앉는 것을 느끼고 밖으로 뛰어나갔다.

보이는 것이라고는 눈 위에 어지러이 찍힌 발자국뿐이었다.
그나마도 쉼없이 내리는 눈에 묻혀 희미했다. 희미한 흔적을
따라 만생전에 도착했다. 역시 아무도 없었다.

"날 두고 탈출했어."

백화문 정문을 축으로 동서로 길게 찍힌 발자국을 보며 중
얼거렸다.

다급한 상황이라 자신을 두고 떠날 수밖에 없었음을 이해했
지만 가슴 한구석이 무너진 듯 쓰리고 아팠다. 이 넓은 백화문
에 혼자라고 생각하니 눈물을 억제하기 힘들었다.

한줄기 칼바람이 스쳐 지나자 정신이 번쩍 들었다. 대체 울
기만 해서 뭘 하겠다는 건가?

눈물을 훔치고 폭설에 묻혀가는 흔적을 살폈다. 대충 봐도
서쪽으로 향한 발자국이 더 많았다.

‘동쪽은 험지, 서쪽은 쌍압문 놈들이……?

연의의 머리가 팽팽 돌아갔다.

“성동격서(聲東擊西)?”

곧 머리를 내저었다. 전력이 비슷할 때 얘기지 적의 숫자가 배는 많은데 그런 전술이 효과를 보기는 힘들 것이다.

“일부 탈출이구나!”

얼마 전 있었을 상황이 머릿속에 환히 그려졌다.

문도를 두 패로 나눈다. 한쪽이 방패막이가 되고 나머지를 탈출시킨다.

“그렇구나. 동쪽으로 난 발자국이 탈출할 사람들일 거야.”

연의는 어느 쪽으로 가야 할지 망설였다. 동쪽은 험지나, 살 확률이 높았다.

‘어떻게 살아났는지는 모르지만 어차피 죽었던 몸이야. 백화문이 누구 때문에 이 지경이 됐는데 내가 이런 고민이나 하고 있지?

그녀는 입술을 깨물며 서쪽을 향해 달음질쳤다. 칼에 찢긴 문도들이 눈에 선했다.

“문주님, 사부님!”

연의의 불안 가득 스민 음성이 고요한 산야에 조용히 울려 퍼졌다.

그 시각 기정풍은 툇마루에 앉아 감상에 젖어 있었다. 몇십 년 만에 보는 눈이라 감회가 새로웠던 탓이다. 그러나 아무리

신기한 일도 오래 보면 질리는 법.

"젠장! 목숨 구해주고 옷 한 벌 얻어 입을까 했더니……. 하여튼 계집들은 믿을 게 못 된다니까."

투덜거림과 함께 벌떡 일어나 어둠 속으로 몸을 날렸다. 연의가 내려간 방향이었다.

기정풍은 거침없이 내달리다 백화문 건물이 하나씩 보이자 신중히 움직였다. 이 순간 그가 가장 무서운 것은 초롱초롱한 여아들의 눈이었다. 다시 알몸을 들켰다가는 이번에는 그가 단애에 몸을 맡기게 될지도 몰랐다.

"이상한데? 인기척이 없다니……. 그동안 문도 수가 줄었나?"

인기척이 없어 기이한 느낌이 들었지만 손해 볼 것은 없었다. 움직임이 대담해졌다. 한동안 옷이 있을 만한 곳을 들쑤시고 다녔지만 방마다 타다 남은 향과 썰렁한 공기뿐이었다.

"그나저나 이상한데? 아무리 문도 수가 줄었다 해도 그렇지."

기정풍은 백화문의 반을 돌았는데 개미 새끼 한 마리 찾아볼 수 없자 불길한 생각이 들었다. 문득, 하루 전 자신을 애타게 부르던 백화문도들이 떠올랐다.

"이런! 백화문에 무슨 변고가 있었구나!"

무슨 일인지 알아내려면 반 시진 전쯤 헤어진 여아를 찾아야 했다. 몸을 날려 적극적으로 기척을 찾아다녔다. 혹 사람이라도 마주칠까 두려워하던 조금 전과는 정반대였다.

그러나 노력에도 불구하고 모든 건물을 돌아보아도 아무런 소득이 없었다. 마지막으로 백화문의 중지, 노자(老子)의 상이 모셔진 청양궁(靑羊宮)을 돌아 나왔다.

"귀신이 곡할 노릇이군."

중얼거림이 끝나기가 무섭게 인기척이 느껴졌다. 거리는 십 장 이내. 다른 곳이 아닌 방금 전 살핀 청양궁이었다. 대체 어디서 나타났을까. 그야말로 땅에서 솟듯 순식간에 나타난 사람이었다. 하나, 그것은 시작에 불과했다.

하나, 둘, 셋, 넷… 기척은 계속 나타났다.

"뭐야? 한두 사람이 아니잖아?"

기척을 숨기고 있다가 불쑥 솟아나는 기척들.

'무림 고수란 말인가?'

하나, 나타나는 사람마다 하나같이 호흡이 불규칙하고 거칠다. 내공을 익힌 자라면 심히 지치거나 내상을 입기 전에는 있을 수 없는 일.

백화의 여인들은 백화문의 비전 심법을 익혀 상당한 내공을 쌓고 있다. 결국 인기척은 백화문도들이 아니거나 부상이 심각하다는 얘기였다.

진실은 십 장 거리에 있는데, 백날 고민해 봐야 머리만 아플 뿐이다. 인기척이 느껴지는 건물을 향해 몸을 날렸다.

그 시각 자미를 비롯한 칠십여 백화문도들은 놈들이 쳐놓은 막사 근처까지 접근해 있었다. 막사에서 이백 장쯤 떨어진 곳에 멈춘 자미가 수전을 시켜 다시 한 번 정탐케 했다.

수전은 막사가 내려다보이는 곳에 납작 엎드려 주위를 꼼꼼히 살폈다. 아무리 봐도 수상한 낌새는 느껴지지 않았다. 수전은 더 있어봐야 시간 낭비라 생각하고 돌아가 보고했다.

"문주님, 매복은 없는 듯합니다. 적은 깊은 잠에 빠져 있는 것 같습니다."

수전의 말대로라면 수완의 보고대로 쌍압문도들은 술에 취해 자고 있을 가능성이 컸다. 한데, 굉장한 희소식인 데도 불구하고 문주의 표정은 썩 좋지 않았다.

"문주님, 무슨 문제라도 있습니까?"

"수전, 발 빠른 자 다섯을 추려 적의 막사에 불을 놓으세요."

기습을 해도 시원찮을 판에 불을 놓으라니? 물론 화공이 성공하면 적을 혼란에 빠뜨릴 수는 있겠지만 문주의 뜻은 그게 아닌 것 같았다. 화공을 쓰려면 다발적으로 불을 놓아 일제히 공격해 들어가야 하는데 고작 다섯이라 하지 않는가?

"문주님, 오히려 일거에 치는 것이 좋지 않겠습니까?"

문주는 고개를 저었다.

"아무래도 이상해서 하는 말입니다."

문주는 끝없이 내리는 눈을 보며 깊은 생각에 빠졌다. 그녀는 적이 술에 취해 자고 있다고 믿지 않았다. 그런 정도의 오합지졸이라면 흑룡강성을 단숨에 집어삼키고 길림성까지 넘보지 못했을 것이라 생각했다. 어중이떠중이들이 모인 문파에 무너질 만큼 세상은 그렇게 호락호락하지 않다.

백화문이 존폐의 위기에 몰리자 자미의 신중함과 지혜가 빛을 발했다. 전대 문주가 자미를 문주로 낙점한 이유가 바로 이러한 점 때문이었다.

얼마 후 수전과 수완을 비롯해 경공에 조예가 깊은 다섯 명이 적진 깊숙이 들어갔다. 그리고는 각각 막사에 동시에 불을 질렀다. 이들의 임무는 이것으로 끝이 아니었다.

다섯 명의 백화문도들은 고함과 함께 미친 듯이 사방을 뛰어다녔다. 그림자가 불길에 어른거려 수십 명으로 보였다.

불타는 막사 안에서 검은 인영이 속속 튀어나왔다. 막사에 남아 있던 사십 명이었다. 이들은 내외에서 합공하고자 남겨 놓은 자들이었다. 그들이 막상 검을 빼 들고 싸우려 할 때 백화문의 다섯은 사라지고 없었다.

화군과 합평이 그 모습을 반대편 언덕 위에서 보고 있었다.

"화군, 냄새나는 것들이 걸려들었습니다."

합평의 말을 듣는 화군은 오직 심각해 보일 뿐 기쁜 표정이라고는 없었다.

"걸려들었다고? 네놈 눈에는 저게 걸려든 것처럼 보이느냐?"

크게 꾸중을 들은 합평은 움찔 목을 집어넣고 다시 자세히 살폈다. 오십 장이 넘는 거리였지만 막사가 불타오르고 있어 언뜻언뜻 보였다. 부산하던 움직임이 점점 줄어들더니 들려야 할 병장기 부딪치는 소리도 없었다.

"아무래도… 이상하군요."

화군은 자신없게 대답하는 합평을 죽일 듯 노려본 후 땅을 박찼다. 그가 막사에 도착했을 때는 이미 불길이 거세 꺼볼 엄두도 못 낼 정도였다.

"이 미련한 것들아! 식량이라도 속히 꺼내야 할 것 아니냐!"

화군은 분기탱천해 소리치며 식량을 보관한 막사에 장풍을 내질렀다. 하지만 그의 노력에도 불구하고 불은 꺼지기는커녕 거센 산바람과 장풍의 힘에 더욱 거세게 타올랐다.

우두머리가 직접 나서는지라 무사들도 화상을 두려워 않고 불속을 넘나들며 식량을 챙겼다. 그러나 기껏 꺼내놓은 것이라야 숯덩이가 전부였다.

그들이 화마와 악전고투를 벌이고 있는 사이, 합평과 나머지 지살대원들이 도착했다. 화군이 도착하고도 반이 더 지난 때였다. 그들 또한 땀에 흠뻑 젖어 낭패한 몰골이었다. 무릎까지 파고드는 눈 때문이었다.

현자의 계획은 완전히 실패했다. 깊이 유인해 양쪽에서 협공하는 계획은 기동력이 절대적으로 필요하다. 그러니 이렇게 쌓인 눈 앞에서는 애초에 불가능한 전략이었다. 수백 리 밖에 있는 현자로서는 개벽산의 기후를 짐작하지 못했던 것이다.

엄밀히 따지면 정황을 고려치 않고 하란다고 한 화군의 잘못이 컸다. 퍼붓는 눈을 보고 계획을 바꾼 자미와 비교되는 그였다.

하지만 화군은 제 잘못은 생각지도 않고 강한 불만을 터뜨렸다. 그는 본래 칼과 주먹이 오가는 싸움에 계교를 섞는 자체를 달갑게 여기지 않았잖은가?

"현자, 네 이놈을!"

"화군, 그보다 속히 산을 내려가야 하지 않겠습니까?"

　아무리 무공을 익힌 고수라 한들 한서에 대항하는 것도 한계가 있다. 이런 추위에 몇 시진만 더 노출돼 있다가는 동사해 버리고 말 것이다.

　"적이 코앞에 있거늘 그걸 말이라고 하느냐? 잔소리 말고 속히 따르라!"

　화군은 합평의 의견을 일언지하에 묵살하고 앞서 나갔다. 나머지 지살대대원들은 대오를 정비할 시간도 없이 서둘러 화군을 따랐다.

　지살대원들은 금방 지쳐 버렸다. 끝없이 내리는 눈, 칼날 같은 바람, 비탈진 산길 어느 것 하나 쉬운 것이 없었다. 화군은 아랑곳없이 백화문의 도사들 것으로 보이는 발자국을 따라 전진할 뿐이었다.

　"발자국이 비정상적으로 크구나. 설마 이것들이?"

　화군은 발자국이 비정상적으로 크고 깊이 파이지 않은 것을 주의 깊게 살폈다.

　"화군, 무작정 흔적을 쫓을 것이 아니라 백화문으로 가는 것이 어떻겠습니까? 그것들도 사람인 이상 백화문으로 돌아갈 것이 아닙니까?"

　"네놈은 이 밤중에 백화문을 바로 찾아갈 자신이 있느냐?"

　합평은 화군의 물음에 꿀 먹은 벙어리가 되었다. 낮이라면 어떻게 찾아보겠으나, 손바닥만 한 산도 아닌데 겨우 하루 이틀 머문 것이 전부인 그가 백화문을 찾기란 불가능했다.

　혹여 길을 안다고 치자. 백화문에 도착해 기다리는데, 그것들이 산을 내려가 버린다면 어찌할 것인가?

중원인은 하나같이 밥통들이란 말인가? 화군은 밥통 같은 합평에게 더 이상 묻지 않았다.

"적은 한낱 계집들뿐이다! 우리가 힘들면 적은 더 힘들다! 이후로 누구든 한마디라도 불평했다가는 눈 속에 아주 묻어놓고 떠날 테니 그리 알라!"

근 백 명에 이르는 대원들은 열 개도 되지 않는 횃불에 의지해 행군을 계속했다. 눈 속에 묻어버린다는 말이 결코 허언이 아님을 알고 있는 대원들은 누구도 입을 열지 않았다. 하지만 입이 저절로 열릴 때도 있는 법이다.

"으아악!"

산등성이를 오르던 대원 중 하나가 발을 헛디뎌 십여 장 아래로 실족했다. 구슬픈 비명을 토해내며 속절없이 구른 대원은 눈 속에 흔적도 없이 묻혀 버렸다.

"멍청한 놈, 수고할 것도 없이 제가 알아서 묻히는구나."

끔찍한 모습에 잔뜩 긴장해 있던 대원들은 화군의 냉정한 말에 심장까지 싸늘해졌다. 후로도 세 명이 더 실족했지만, 화군은 눈썹 하나 깜짝하지 않았다.

시간이 흘러 쌍압문도들은 산속에 완전히 고립되었다. 그들은 최선을 다해 흔적을 뒤쫓았지만 끝내 꼬리를 잡지 못했다. 이들은 무공과 실전은 위였을지 몰라도 개벽산에 관한한 백화문도들을 따르지 못했던 것이다.

"잠깐!"

사람이 죽어나가도 행군을 계속하던 화군이 웬일로 걸음을
멈춰 세웠다. 연유를 물으려던 합평은 화군의 심각한 얼굴을
보곤 입을 다물었다.

한동안 말이 없자 부대주 원관이 다가와 횃불을 비췄다. 합평
과 원관의 의아한 표정이 곧 화군의 그것처럼 딱딱하게 굳었다.

줄곧 한 길로만 나 있던 흔적이 두 갈래로 바뀐 것이다. 합
평은 불빛에 비친 흔적을 아무리 살펴도 대체 어떤 방향으로
가야 할지 감을 잡지 못했다.

"화군, 어떤 길로 가야 합니까?"

합평과 오십보백보인 화군인데, 그라고 알 리 없었다. 다만
반만이라도 살아보겠다는 얄팍한 수라 짐작할 뿐이었다. 하
나, 부하들 앞에서 모른다고 할 수도 없는 일. 그는 한쪽 길을
택해 당당히 앞서 나갔다.

그 후의 길은 정말이지 험난했다. 몇몇 고수를 제외한 평대
원들은 그야말로 죽을 맛이었다. 다시 다섯 대원이 눈길에 미
끄러져 계곡 아래로 굴렀다. 반 시진의 사투 끝에 제법 완만한
곳에 도착한 이들은 다시 걸음을 멈출 수밖에 없었다.

흩어졌던 흔적이 합쳐져 있었다. 그럼에도 화군의 낯빛은
벌겋게 달아올라 있었다. 적이 다시 하나로 모였으니 쫓으면
일망타진할 기회인데 그는 왜 화를 내는 것일까?

"아니, 이게 어찌 된 일일까요?"

화군은 고개만 갸웃거리는 대주와 부대주를 한심한 눈으로
바라보았다. 어찌 이리도 멍청한 놈들이 있단 말인가?

백화문도들이 길을 두 갈래로 잡은 이유는 간단했다. 뒤쫓는 쌍압문 무사들을 지치게 만들기 위함이었다.

백화문도의 반은 가파르고 험한 길을 따라 도주하고, 반은 상대적으로 쉬운 길로 도주한다. 약속 장소에서 만난 이들은 역할을 바꿔 떨어진 체력을 보충하는 식이었다. 하지만 뒤쫓는 입장에서야 어느 쪽이 편한 길인지 모르니 운에 맡길 수밖에.

화군의 설명을 들은 합평이 별것 아니라는 듯 의견을 내놓았다.

"그런 거라면 우리도 반으로 나눠 뒤쫓으면 될 일 아닙니까?"

"이런 멍청한! 그것이야말로 계집들이 바라는 일이다!"

화군의 말대로 둘로 나눠 쫓는 것을 눈치 챈다면 각개격파될 위험이 컸다. 두 길이 언제 만날지 모르는 상황에서 한쪽이 먼저 도착하면 미리 합쳐 있는 백화문도들의 밥이 될 수밖에 없는 일 아닌가?

현재 백화문의 전력은 동쪽으로 빠져나간 수를 제외하면 오십여 명이 전부다. 게다가 다시 반으로 나눴으니 스물다섯이 고작이다. 세 개조로 나뉜 백화문은 이들 또한 나눠 쫓아도 충분했지만 화군은 그 사실을 알지 못했다.

그는 백화문 전 문도가 나섰을 거라 생각했다. 지살대의 반을 동쪽으로 보낸 것은 단순히 현자의 말을 따른 것일 뿐 그의 생각이 아니었다. 현자의 계략이 하나도 통하지 않은 시점인지라 더욱 그렇게 믿었다.

"허! 참으로 그렇군요."

적의 의도는 알았으되 계략을 파훼할 방도가 없었다. 어쩔 수 없이 길을 재촉했으나, 두 번이나 좋지 않은 길로 들어섰다.

"이런 빌어먹을! 운마저 없다니."

화군이 멈춰 서서 이를 갈았다.

그가 멈춰 선 이유라면 뻔했다. 합평이 하얀 입김을 뿜으며 다가와 횃불을 비췄다. 두 길이 합쳐지고, 다시 두 갈래의 길이 이어져 있었다. 미치고 팔짝 뛸 노릇이었다.

"내 이 계집들을 만나면 갈가리 찢어 죽이리라."

백화문 여인들은 구경조차 하지 못했는데 모두 기진맥진해 있었다. 물론 백화문도 또한 지쳤겠지만 이들에 비하면 형편이 나을 터이다.

뒤로 대원들이 줄줄이 도착했다. 그들은 맹추위 속에서도 끊임없는 행군에 땀을 팥죽같이 흘리고 있었다.

대체 어느 길로 가야 한단 말인가? 화군은 고민했지만 한참을 아무런 결정도 내리지 못했다. 한 번 더 험난한 길로 접어들었다가는 지친 대원들이 버티지 못할 공산이 컸다. 한 걸음 떼기가 무서웠다.

가쁜 숨을 헐떡이던 대원들이 으슬으슬 떨었다. 행군을 멈추자 땀이 얼어붙어 체온이 급격히 떨어졌던 것이다. 보다못한 합평이 나섰다.

"화군, 어떤 길이든 일단 가야 하지 않겠습니까. 대원들이 동사할……."

"쉿!"

화군은 합평의 말을 제지시킨 후 어둠을 응시했다. 표정이 자못 심각했다.

"예서 잠시 기다려라."

화군이 사라지자 이제야 쉴 기회를 얻은 지살대원들은 긴 한숨과 함께 자리에 주저앉았다. 합평은 잠시 인상을 찡그렸을 뿐 부하들의 행동을 나무라지 않았다. 그조차 입에서 단내가 나던 차였으니, 상대적으로 무공이 낮은 평대원들이 얼마나 힘들지 짐작이 갔던 것이다.

잠시 후, 화군이 사라졌던 방향에서 여인의 짧은 비명과 함께 한차례 둔탁한 소리가 들려왔다. 놀란 대원들이 벌떡 일어나 각자 병장기를 뽑아 들었다.

"대주님?"

부대주 원관이 마른침을 삼키며 다가왔다.

"호들갑 떨지 마라."

정확히 반 각이 지났을 때 화군이 돌아왔다. 기절한 한 여인을 어깨에 매단 채였다.

"백화문의 어린 계집이다."

화군은 기절한 여인을 눈밭에 내동댕이쳐 버렸다. 고생시킨 백화문에 대한 분노의 표출인 동시에 깨우기 위한 행동이었다. 과연 기절했던 여인은 얼굴에 차가운 눈이 닿자 부스스 깨어났다.

거의 삶을 포기해 가던 지살대원들의 얼굴에 화색이 돌았다. 살길이 열린 것이다.

“계집, 허튼소리 했다가는 단숨에 으깨 죽이겠다.”

여인은 깨어나자마자 화군의 으스스한 협박에 참새마냥 바르르 떨었다.

“다, 당신들은 누구……?”

“이런 미친 계집을 보았나! 네년은 물을 입장이 아니니 묻는 말에 답이나 해라!”

부대주가 소리치며 들고 있던 횃불을 여인의 얼굴에 들이댔다. 일렁이는 불빛에 비친 여인은 문주 일행을 찾아 나섰던 연의였다.

연의의 미모에 놀란 부대주는 기세등등하게 소리치던 처음과는 달리 말을 잃고 침을 꿀꺽 삼켰다. 곧이어 여기저기서 군침 삼키는 소리가 들렸다. 백화문 제일 미녀라 해도 손색이 없을 연의의 외모는 추위조차 잊어버리게 하는 힘이 있었다.

하지만 연의는 운이 없었다. 그녀의 미모는 화군만은 흔들어놓지 못했던 것이다. 화군은 현자로 인해 미녀라면 아주 학을 떼는 지경이었으니, 연의가 아니라 양귀비, 서시가 와도 그의 마음은 흔들지 못했을 것이다.

“쌍압문?”

“이런 가증스러운 년을 보았나. 중원의 것들은 하나같이 요물이로구나. 지금껏 우리를 물먹인 계집년이 이제야 알아본 듯한 연기라니…….”

“절 어쩌려는 거죠? 난 아무것도 몰라요. 무리와 떨어져서 찾고 있던 중이란 말이에요.”

"네가 낙오자든 후방을 살피는 계집이든 상관없다. 내가 알고자 하는 것은 그것이 아니니."

연의는 사방에서 쏟아지는 진득한 눈길의 의미를 정확히 알 수는 없었지만 온몸에 소름이 돋았다.

그녀는 몇 시진 전 이미 죽음을 각오했었다. 캄캄한 절벽 아래로 뛰어내리던 용기를 끌어올려 앙칼지게 소리쳤다.

"난 정말 아무것도 몰라! 아니, 알아도 네놈들에게 말할까 보냐?"

"제법 용기가 있구나. 네게 두 가지 길이 있다. 하나는 네년들을 쫓느라 꽁꽁 얼어붙은 이들의 몸을 녹여주는 것이고, 나머지 하나는 어르신의 일에 고분고분 협조하는 것이다."

말을 마친 화군은 '네깟 게 어쩔 테냐?' 하는 표정으로 팔짱을 끼며 내려다보았다.

"언 몸을 녹여줘?"

화군이 반문하는 연의의 멱살을 잡아 올렸다.

"암내 나는 계집, 순진한 척하지 마라!"

연의는 그제야 몸을 녹여준다는 의미를 깨달았다.

"나, 나는……."

"그래, 어쩔 테냐?"

"세 번째 길을 택하겠어!"

말을 마친 연의는 망설임 없이 혀를 깨물었다. 그녀로서는 최선의 선택이었다. 하나, 화군은 그리 호락호락한 자가 아니었다.

"아악!"

화군은 연의의 따귀를 사정없이 후려치고 다물어진 연의의 입을 강제로 벌렸다. 단순히 아혈만 점하면 될 일인데, 최대한 고통을 주고 있었다.

곧 연의의 새하얀 목덜미로 눈 시리게 붉은 피가 흘러내렸다. 그 모습이 더욱 자극적이라 대원들의 침 삼키는 소리가 잦아졌다.

"세 번째를 택하겠다고 했느냐? 세 번째는 곱게 죽는 게 아니라 차례로 윤간을 당한 후 길 안내를 하는 것이다."

화군은 아혈을 점한 후 손에 묻은 피를 연의의 옷에 닦아냈다. 아혈을 짚은 것은 더 이상 타협점이 없다는 뜻이었다.

절망의 벽에 맞닥뜨린 연의가 도리질 치며 입을 열려 애썼다. 끝내 말이 나오지 않자, 수정 같은 눈물을 방울방울 떨어뜨렸다. 그 모습이 하도 애처로워 군침을 삼키던 자들은 한숨만 푹푹 내쉬었다.

"너희들의 목숨은 그년에게 달려 있다. 일각의 시간을 주겠다. 그동안 최대한 고분고분하게 만들어놔라."

화군이 자리를 피하자 부대주가 먼저 입을 열었다.

"대주님, 현자께서 엄명을 내리셨는데……."

"참으로 난감하구나. 하나, 한 가지 분명한 것은 순간의 쾌락과 목숨을 맞바꿀 수는 없다는 것이다."

눈치를 보며 바지를 까 내리던 사내들은 목숨 운운하자 즉각 행동을 멈췄다. 그중 미련이 남은 한 대원이 소곤거렸다.

"저, 대주님, 이 일은 대주님과 저희 말고는 아무도 모릅니다. 일을 마치고 입만 다물면 누가 알겠습니까? 혹여 추궁당하더라도 화군께서 명한 일이라 해명하면 됩니다."

"이런 멍청한 놈. 자그마치 백에 가까운 인원이다. 네놈은 이 많은 사람의 입을 막을 자신이 있느냐?"

물론 못 막을 것도 없다. 하지만 그러기 위해서는 한 사람도 빠짐없이 여인을 윤간하는 일에 동참시켜야 한다. 그래야 제 목숨이 걸린 일이니 함부로 떠들지 못할 것이 아닌가?

그렇지만 여인은 하나요, 시간 또한 일각이 전부다.

"그래도 화군의 명이 있지 않았습니까."

"화군도 두렵지만 현자님은 그보다 상위의 서열이다. 그런 변명이 통하리라 보느냐?"

놈은 부대주의 말에 도리질 치더니 애써 내렸던 바지를 추켜올렸다. 그 순간에도 연의의 피를 머금은 입술에서 눈을 떼지 못했다.

연의는 어찌 된 영문인지는 몰랐지만 점점 분위기가 유리하게 돌아가자 내심 안도했다.

그 모습을 못마땅하게 본 합평이 연의의 앞으로 다가와 앉았다.

"네가 들은 바대로 우린 널 어쩌지 못한다. 하지만 좋아하긴 이르다. 네 옷을 발가벗기는 것 정도는 그분께서도 뭐라 하시진 않을 테니."

대주는 말과 동시에 상의 한 자락을 뜯어냈다. 곧 눈처럼 하얀 어깨가 일렁이는 횃불에 훤히 드러났다.

연의로서는 다시금 죽음을 그리워할 만큼 끔찍한 일이었다. 그녀는 수치심에 죽고 싶었지만 겉옷이 전부 찢겨 나가도록 몸부림 한번 치지 못했다.

'모두 무사해서 다행이야. 이미 죽었을 몸, 잠깐의 수치쯤은 얼마든지 참을 수 있어.'

연의가 끝내 굴복할 뜻을 비치지 않자 부대주가 소리쳤다.

"대주님, 어차피 그년이 길 안내를 하지 않으면 우린 죽습니다!"

"부대주님 말씀이 옳습니다. 이래 죽으나 저래 죽으나 마찬가진데, 기왕이면 극락을 맛보고 죽는 편이 좋지 않겠습니까?"

연의에겐 청천벽력 같은 소리였다. 죽음에도 급이 있는 것이다. 알몸을 내보이는 것이라면 얼마든지 참겠으나, 윤간이라면 다르다.

그녀는 끔찍한 상상이 떠올라 도리질쳤다. 어떻게든 시간을 벌어야 했다.

"우우웁!"

"생각이 바뀌었느냐?"

연의는 눈을 번쩍 뜨고 고개를 죽어라 끄덕였다.

"아혈을 풀어주겠다. 다시 아까와 같은 짓을 했다가는 평생 후회하게 될 것이야."

第六章
노동자(老童子) 기정풍의 신위

1

문을 박차고 들어가니 얼마 전까지만 해도 텅 비었던 청양궁은 사람들로 가득했다. 정견을 펼치니 컴컴한 어둠 속이 대낮이다. 한데, 백화문도와 무인이라 할 만한 이는 하나도 없었다. 하나같이 빌어먹게 생긴 사람들뿐이었다.

그들은 기정풍이 들어오자마자 고개를 처박고 사시나무 떨듯 떨어댔다.

백화문이 언제부터 거지 소굴로 탈바꿈했단 말인가?

"너희들은 뭐냐?"

"나리, 살려주십시오. 가진 것 없고 아는 것 없는 촌 것들입니다."

남녀 가릴 것 없이 머리를 땅에 처박고 살려달라고 아우성이다. 여인들은 숫제 울부짖고 있었다. 제 어미가 울자 아이들은 영문도 모르고 따라 운다.

기정풍은 그들이 울거나 말거나 상관치 않고 구석구석 살폈다. 없던 이들이 나타났으니 어딘가 통로가 있을 것이 아닌가.

"이봐, 어디서들 기어나온 거야?"

사내 중 하나가 더욱 고개를 처박으며 손가락으로 한쪽을 가리켰다. 과연 지하로 연결된, 어른 한 명이 간신히 통과할 만한 통로가 있었다. 내려가 봤지만 아래층엔 개미 새끼 한 마리도 없었다.

엎드렸던 자들은 기정풍이 지하로 내려갔다 올 때까지 미동도 없었다. 계속해서 목숨만은 살려달라고 애원하고 있었다.

이들은 쌍압문 무사가 들이닥치면 저항하지 말고 무조건 복종하는 것만이 살길이라 언질받은 터였다. 덕분에 기정풍은 이들에게서 백화문이 왜 텅 빈 절간처럼 된 건지 알아낼 수 있었다.

기정풍은 단걸음에 백화문을 나섰다. 그는 더 이상 알몸이 아니었다. 작아서 꽉 끼는 데다, 여기저기 기운 누더기였지만 어쨌든 옷 한 벌 얻어 입고 나온 참이었다. 줬다는 자에게 물으면 강탈당했다 할 테지만 기정풍은 어디까지나 기증받은 거라 생각했다.

백화문도의 행방도 대충 알았겠다, 최대 고민이었던 옷도 해결한 마당이다. 그는 호호탕탕 거칠 것 없어야 하는데 웬일인지 쉽게 걸음을 떼지 못했다.

"휴, 대체 산 중턱이 어디야?"

빈민들에게서 산 중턱 어딘가란 말을 듣고 기세 좋게 나섰는데, 생각해 보니 막막했다.

개벽산은 중원오악이나 장백산에 비할 바는 못 되더라도 결코 작은 산이 아니다. 엎친 데 덮친 격으로 그동안 쉼없이 내린 눈은 정강이까지 쌓여 있었다.

하지만 망설임은 일을 해결해 주지 않는다. 이러는 동안 백화문도에게 어떤 위험이 닥칠지 모를 일이다.

일단 걸음을 떼었으나 쌓인 눈은 조급한 마음도 모르고 그의 발목을 붙들었다. 까까머리로 떨어진 눈은 순식간에 녹아 얼굴을 타고 떨어져 내렸다. 결코 좋은 느낌은 아니었다. 그렇지 않아도 작은 옷인데, 녹은 눈에 흠뻑 젖어 몸에 척 들러붙었다.

한숨과 함께 얼굴로 흐르는 땟국물을 훔쳤다.

"이런 제길, 정말 막막하군."

병장기 부딪치는 소리라도 들리면 쉬이 찾으련만 산은 적막 그 자체였다. 근 한 시진여를 더 헤맨 후에 혹시나 싶어 백화문으로 돌아가려던 참이었다.

채챙!

희미했지만 분명 금속성이다. 포기하려는 찰나에 그토록 기다리던 병장기 부딪치는 소리라니……. 고요한 산야임에도 소리가 미미한 것으로 보아 상당히 먼 곳이 틀림없었다.

기정풍은 귀를 쫑긋 세워 방향을 가늠하고 눈밭을 내달렸다.

단심기를 오성 이상 끌어올리자 열기가 후끈 솟아 젖은 옷에서 뿌연 김이 모락모락 피어올랐다. 달릴수록 금속성이 커졌고, 간혹 고함치는 소리도 섞여 들렸다.

수검이 이끄는 연 자배 도사들과 수련이 이끄는 스물다섯은 비탈진 산길을 무사히 내려왔다. 시간은 꽤 지체됐지만 이대로라면 탈출은 별 무리 없이 성공할 듯했다.

"이럴 줄 알았으면 저희들은 문주님과 행동을 같이할 것을 그랬습니다."

수련의 허탈한 음성이었다. 아무 방해 없이 산을 내려온지라 혹여 있을지 모를 적에 대비해 어린 도사들의 탈출을 돕고자 나섰던 그녀는 마음이 무거웠다.

무사 탈출을 좋아할 수만은 없었다. 눈앞에 한 명의 적도 없었다는 것은 문주 일행이 적의 결집된 병력을 상대하고 있다는 뜻과 다름이 아니다. 그녀뿐 아니라 산에 남은 문도들의 걱정에 모두의 어깨가 축 처졌다.

"문주님은 오히려 기뻐하실 것이다. 어차피 이리된 일, 돌아가기엔 늦었다. 서두르자."

"수검 사저 말씀이 옳습니다. 제 생각이 짧았습니다."

수검의 격려에도 분위기는 좀처럼 나아지지 않았다. 어쨌든 일행의 멈췄던 걸음은 계속 옮겨졌다. 무릎까지 쌓인 눈을 헤치고 개벽산을 거의 내려와 완만한 구릉에 닿았을 때였다.

갑자기 사방이 환해지며 언덕 저편에서 검은 그림자가 불쑥 솟아 나왔다. 횃불을 든 이들은 잠깐 사이에 봄 불 번지듯 그녀들을 둘러쌌다. 이들이야말로 미리 매복하고 있던 백여 명의 지살대대원들이었다.

"왜 이리 늑장이냐? 하마터면 이 서방님들은 너희들이 오지 않는 줄 알고 철수할 뻔하지 않았더냐?"

그림자 중 하나가 앙천대소를 터뜨리며 너스레를 떨었다.

"누, 누구냐?!"

수련은 속히 검을 빼 들었지만 크게 당황해 말소리가 떨려 나왔다.

"이 오라버니는 대 쌍압문의 지살대 부대주 파불군이다! 알았으면 속히 칼을 버리고 무릎을 꿇어라! 친히 예뻐해 주리라!"

자신을 거창하게 소개한 자는 원관과 함께 지살대의 부대주를 맡고 있는 파불군이었다. 그가 부리부리한 눈을 치켜뜨며 호통 치니 제법 위엄이 우러나왔다.

수검은 침착한 눈빛으로 어른거리는 횃불에 비친 적들을 살폈다. 언뜻 봐도 백 명에 가까웠다.

전력 차가 심각했다.

백화문도의 수는 고작해야 육십. 그중 서른둘은 실전 경험이 전무한 연 자배 아이들이다. 그나마도 밤새 가파른 산을 내려오느라 공력이 대부분 고갈된 상태다. 숫자, 몸 상태 등, 어떤 것을 비교해도 완벽한 열세다.

수검을 포함해 수 자배 스물여섯은 그나마 나았지만 적이 오합지졸이라면 모를까 역시 감당키 어려운 차이였다.

대강의 전력을 비교해 본 수검은 착잡한 심정으로 문도들을 돌아보았다. 검은 빼 들었으나 잔뜩 위축된 상태였다. 근 두배에 이르는 적을 보고 겁을 집어먹은 탓이다.

이 상태라면 싸워보나마나 필패. 분위기를 바꿀 필요가 있었다.

수검은 내공을 끌어올려 목소리에 가늘면서도 끈끈한 내기를 실었다.

"백이라……. 해볼 만하군."

수검의 음성은 싸워 이길 수 있다는 자신감으로 가득했다. 그녀의 근원도 없는 자신감은 떨던 이의 마음을 다독였다. 문도들의 긴장되고 짓눌린 분위기가 한결 이완되고 편해졌다.

순간 얼어 있던 수련도 용기를 얻어 맞장구쳤다.

"문주님이 한결 수월해지셨겠습니다."

개벽산에 오른 적은 대략 이백여 명. 그중 반이 이곳에 있으니 문주가 상대할 자들 수가 반이 됨은 당연했다.

"와!"

백화문도들은 저마다 소리치며 검을 치켜들었다. 객관적인 전력이야 변하지 않았지만 기세만은 압도적이다. 이제야 싸워볼 만한 분위기가 만들어진 것이다.

"웃기는 계집들이군. 야들야들한 것들만 남기고 늙은 것들은 모조리 베어라!"

포위망이 점점 좁혀져 삼 장에 이르렀다.

"사저, 저희들이 길을 뚫을 테니 아이들과 함께 빠져나가십시오."

"그건 안 된다. 차라리 같이 싸우는 편이 나아."

막상 큰소리는 쳤지만 수검 또한 긴장되기는 마찬가지였다. 하지만 그녀는 일행의 수장인 이상 어떤 상황에서도 냉정해질 필요가 있었다.

수검은 공력을 휘돌려 펄떡이는 심장을 가라앉히고 명했다.

"수 자배 하나에 연 자배 하나다. 나머지는 수련과 내 곁으로 모이라."

여인들은 수검의 명에 따라 속히 대열을 짰다. 무공이 높은 수 자 항렬이 상대적으로 약한 아이들을 보호할 수 있는 대오였다.

수 자 항렬은 스물다섯, 연 자배는 서른둘이다. 하나씩 차례로 배열하면 연 자배 일곱이 남는다. 그녀들은 수 자배 중에서도 무공이 가장 뛰어난 수련과 수검의 곁으로 모였다.

순간적으로 대오가 갖춰지자 전투 분위기가 무르익었다. 수 자배 도인들은 아이들을 지켜야 한다는 사명감으로, 연 자배는 그런 어른들의 기세에 힘입어 긴장을 풀 수 있었다.

백화문은 강호 문파라기보다는 향화객이 찾는 도문의 성격이 짙다. 그러니 딱히 검진이랄 것도 없었다. 하지만 검진의 가장 중요한 핵심은 시전자의 마음. 서로를 끔찍이 아끼는 여인들에게는 간단한 배치가 최상의 검진이 되었다.

챠창!

첫 번째 금속성과 함께 오십칠 대 백의 싸움이 시작됐다.

"계집들! 발버둥쳐 봐야 소용없다!"

파불군은 부하들을 독려하며 대도를 휘둘렀다. 엄청난 무게의 거도를 다루는 솜씨가 귀신같았다. 과연 순수한 무력만으로 부대주 자리까지 꿰찬 자다웠다.

파불군이 휩쓸고 지난 자리마다 수 자배, 연 자배 할 것 없이 크게 휘청였다. 타격받은 백화문도는 일반 지살대원이 펼치는 다음 공격을 감당키 어려웠다. 삽시간에 크고 작은 부상을 입은 백화문 여인들은 이를 악물고 버텼지만 점차 사기가 떨어졌다.

일이 뜻대로 되는지라 신이 난 파불군은 더욱 부지런히 대오를 흩트리고 다녔다.

까강!

"우욱!"

파불군은 파죽지세로 몰아치다 순간 암초 만난 배처럼 헛바람과 함께 멈춰 섰다. 결코 자의가 아니었다. 그의 걸음을 잡아 세운 장본인은 도사답지 않은 이글거리는 눈을 가지고 있었다. 호랑이라도 단숨에 씹어 삼킬 듯한 기세에 사내 중 사내인 파불군조차 섬뜩한 느낌이 들었다.

"나를 넘지 않고는 너의 뜻을 이루지 못할 것이다."

백화문 제일검사 수검은 검을 바짝 고쳐 쥐며 한자한자 씹어뱉었다. 그녀는 신음하는 문도들을 보자니 억장이 무너지는 기분이었다.

"허! 계집이 제법이다."

파불군은 한낱 계집에게 겁먹은 자신을 책망하며 짐짓 아무렇지도 않은 듯 칭찬의 말을 했다.

"오냐, 빈도는 개 한 마리쯤은 충분히 제압할 수 있다."

"개, 개?"

"오냐, 네놈이 바로 개니라."

"이런 쳐 죽일……!"

대노한 파불군은 다짜고짜 대도를 내리찍었다. 일도에는 단조로우나 억센 기세가 서려 있었다.

"하압!"

수검은 짧은 기합과 함께 떨어져 내리는 거도를 날렵하게 비켜 막았다. 본래 백화검법은 공격보다 수비에 강하다. 그러나 수검은 수비 초식을 공격으로 전환하는 데 있어 남다른 재능이 있었다.

"백화토번(白花吐煩)!"

수검의 검이 순간 다섯으로 갈라지며 파불군의 상체를 찔러들어갔다. 파불군은 공격이 실패해 순간 움찔했지만 넓은 도면을 이용해 쇄도하는 검끝을 막아갔다.

땡! 때댕!

철판 위 콩 볶는 소리가 연달아 울렸다. 대부분의 검초가 파불군의 대도 아래 막히는 소리였다. 그러나 한번 시작한 공격은 쉬이 멈추지 않았다.

"일진흡(一眞吸), 다점홍(多点紅)!"

수검은 진기를 크게 한 모금 마신 후 눈부신 속도로 검을 밀

어 넣었다. 전신 모공을 막아 위력을 극대화시켰다. 쾌와 변이
상승에 이른 뒤에야 흉내라도 낼 수 있는 속사포 같은 공세에
파불군은 가슴 한쪽을 움켜쥔 채 연신 밀려났다.

둘, 셋, 넷…….

파불군의 상의는 상처가 늘어나 벌집이 된 듯 터져 나가고
피가 튀었다. 하지만 주요 대혈은 번번이 한 치씩 빗겨 나갔
다. 많은 상처에도 쓰러지지 않는 이유였다.

그는 쓰러지기는커녕 악독한 마음을 두 눈동자에 담아내고
있었다. 경악, 증오, 마지막 감정은 거대한 분노였다.

급기야 수치심에 얼굴이 벌겋게 달아올랐다.

"이익! 뒈져라!"

커도 무작스럽게 큰 대도가 수검의 전신을 휩쓸었다. 수검
은 거친 풍랑에 흔들리는 작은 돛단배처럼 위태로워 보였다.
하지만 수검은 침착했다. 도검이 난무하는 곳에서도 냉정할
수 있는 것. 그녀가 가진 또 다른 장점이었다. 그녀에겐 파불
군이 일으킨 거친 파도를 잠재울 수단이 있었다.

까가강!

찰나지간 양철북 두드리는 소리가 사위를 휩쓸었다. 허리를
쓸어오는 대도와 수검의 가냘픈 검이 십여 번 부딪치며 난 소
리였다.

"절정의 쾌검!"

파불군은 진정 경악했다. 작은 문파에 이런 경지의 무인이
라니……. 여자라고 무시했던 마음을 고쳐먹었다. 상대는 아

무리 낮게 잡아도 자신보다 반 수 위의 실력자다.

이완된 육체에 긴장을 고조시켰다. 검은 여자가 휘두르나 남자가 휘두르나 맞으면 죽는 무기다. 특히 이 같은 빠르기라면 순간의 방심에 심장이 꿰뚫릴 터.

수검은 떨리는 팔을 부여잡았다. 엄청난 힘이 실린 일도를 십여 번에 걸쳐 나눠 막았지만 충격이 대단했다. 오른팔에 일었던 전율이 가시자 파불군을 매서운 눈으로 쏘아보았다.

'저자를 죽여야 해. 그것이 이번 전투의 해답이다!'

잡힐 듯 잡히지 않는 것처럼 안타까운 것이 있을까? 수검의 심정이 딱 그랬다. 단 한 치만 정확하면 곰 같은 놈을 대번에 쓰러뜨릴 수 있을 것 같은데 번번이 빗나간다. 파불군과 수검의 무위는 반 수 차이. 파불군은 막고 피하기에 주력한지라 마치 짜놓은 각본처럼 치명적인 상처는 허용치 않았던 것이다.

수검은 안타까운 마음에 마른침을 꿀꺽 삼켰다. 무아경 속에서 정신없이 공격하는데, 그녀의 귓속으로 짧은 비명이 파고들었다. 퍼뜩 정신을 차리고 보니 본래 자신 곁에 있었던 연자배 아이들이 하나둘 쓰러지고 있었다.

"아!"

그녀는 열 걸음이 넘게 대오에서 이탈한 상태였다. 수검은 가슴이 쓰라려 견딜 수가 없었다. 지나치게 싸움에 몰입한 탓에 아이들을 돌볼 생각을 못했다. 뒷걸음치는 파불군을 생각 없이 뒤쫓은 결과였다.

시간이 지날수록 백화문의 열세가 확연했다. 수 자배 중에 사망자가 나오기 시작했다. 연 자배 아이들을 돌보느라 물불을 가리지 않는 이유도 있었지만 적이 늙은 그녀들에게는 손 속에 정을 두지 않았기 때문이다.

여리고 정 많은 연 자배 아이 중 하나가 죽어 자빠진 도사를 붙잡고 오열했다. 도검이 난무하는 중에 울리는 통곡 소리는 마치 백화문의 앞날을 보는 듯했다.

소리쳐 독려해도 모자랄 판에 통곡이라니! 전세가 기운 판에 사기마저 떨어졌다.

"크윽!"

"아악!"

들리는 것은 백화문도의 비명 소리요. 쓰러지는 사람 또한 백화문도뿐이었다.

수검은 절망 깃든 눈으로 팔이 떨어지고, 또 쓰러져 가는 사형제들을 담았다. 공포에 떨고 분노해 울부짖는 아이들도 담았다.

"너희에겐 미안하구나. 세상이 어찌……."

수검은 차마 말을 잇지 못했다. 죽는 것은 두렵지 않다. 하지만 만 번 고쳐 죽을지언정 능욕당하는 아이들을 볼 자신은 없었다. 자결할 요량으로 검을 목에 가져갔다.

"이런 죽일 놈들!"

벼락같은 호통과 함께 칠흑같이 우스운 몰골의 사내가 나타났다. 빈티를 줄줄 풍기는 기정풍이었다. 고수 티가 팍팍 풍겨도 모자랄 판에 구원자랍시고 나타난 자가 빌어먹는 거지라니……. 수검은 기정풍이 필시 백화문에 거하는 빈민 중 하나라고 생각했다.

한가닥 기대를 품었던 수검은 탄식과 함께 목을 그었다. 하지만 그녀의 뜻은 이루어지지 못했다.

"허! 나참, 얘는 또 뭔데 자살이야?"

죽어 자빠진 백화문도를 보고 분노했던 기정풍은 자결하려는 여인을 보고는 노발대발했다. 몇 시진 전, 죽을힘을 다해 자살하려는 연의를 구했던 그로서는 화가 날 수밖에 없었다.

"이익! 이거 놔라!"

기정풍의 두 손가락에 끼인 검은 수검의 목 한 치 앞에서 멈춰 미동도 없었다. 수검은 젖 먹던 힘까지 쏟아 부었지만 헛수고였다.

"아주 뒈지려고 기를 쓰는구나! 요즘 백화문의 유행이 자살이냐?"

기정풍은 고집 센 수검이 한사코 죽으려 하자, 하는 꼴이나 보자 하고 검을 놓지 않았다.

"근데 저 새낀 뭐야?"

허름한 옷에 맨발로 나타난 기정풍이 같잖아 보였던지 지살대대원 중 하나가 검을 갈라왔다. 하지만 기정풍의 옆차기 한 방에 단말마의 비명을 지르며 훨훨 날아갔다.

"아따 그놈, 잘도 난다."

욱해서 여럿이 달려들었지만 누구도 기정풍의 일퇴를 감당하지 못했다.

2

시각을 잊고 허벅지까지 쌓인 눈을 헤치는 자들이 있었다. 백화문이 한가닥 기대를 걸고 있던 모용세가의 구원병이었다. 한데 구원병이라야 일곱 명뿐이다. 그야말로 지독한 강행군에 무공이 고강한 자들만 남고 나머지는 뒤처진 결과였다.

칠 인은 갓 오십대에 접어든 초로인 하나, 삼십대 다섯, 그리고 십대 후반의 여아였다.

초로인은 당금 모용세가의 가주인 모용문후의 이복동생 모용수였고, 다섯은 모용검대의 검수들이었다.

"숙부, 더 서둘러야 해요."

모용선은 숨을 헐떡이면서도 서두르자 말하고 있었다.

그녀는 모용승천의 하나뿐인 딸이다.

그녀의 아비인 모용승천은 모용극과 반여정 사이의 장자로 팔삭둥이로 태어났다. 하지만 그는 주위의 우려에도 불구하고, 열 달을 다 채우고 난 자식들보다 뛰어났다.

그 뒤로 줄줄이 태어난 이복동생들, 모용문후, 모용철, 모용결, 모용수……. 그 누구도 모용승천의 재질을 앞서지 못했다.

그럼에도 불구하고 그는 태어나자마자 모용극에 의해 냉대를 받았고, 자라오는 내내 관심조차 받지 못했다. 냉대의 절정은 그가 가주 승계에서 밀려난 일이었다.

모용승천은 아비의 결정에 스스로가 팔삭둥이인고로 당연한 일이라며 순순히 돌아섰다. 그 후로도 자신이 있으면 가주에게 방해가 된다며 두문불출하고 있는 실정이었다.

"선아, 네 마음은 이해한다만 지금도 최선을 다하고 있지 않느냐?"

모용수는 극심한 내공 소모로 하얗게 질린 질녀를 달랬다. 선아라 불린 여인은 숙부의 도움에도 불구하고 한시도 쉬지 않은 강행군으로 지칠 대로 지친 상태였다. 그녀보다 내공이 높은 다섯 모용검수들도 파김치가 되기는 마찬가지였다.

"자, 잠깐! 이건……!"

길을 뚫던 모용수는 심각한 얼굴로 동작을 멈췄다.

"숙부, 무슨 일이죠?"

"근처에 싸움이 있는 것 같다."

모용수는 희미한 병장기 소리를 듣자마자 질녀를 번쩍 들고 설산을 내달렸다.

그들이 도착했을 때 싸움은 소강상태였다. 다만 웬 거지 몰골의 사내가 수검의 목에 검을 들이밀고 있었다.

"악적, 멈춰라!"

깜짝 놀란 모용선은 숙부의 품에서 벗어나 달음질쳤다.

모용수는 질녀가 겁도 없이 사내의 무리 속으로 달려가자, 얼른 앞서나갔다. 예상했던 대로 사내들은 번뜩이는 창검으로 그를 막아섰지만, 검법이 경지에 이른 그에게는 별 위협이 되

지 않았다. 인의 장막을 헤친 그는 모용선의 손을 잡고 싸움의
중심에 섰다.

기정풍은 땀을 뻘뻘 흘리며 죽으려 하는 수검에게 향했던
시선을 옮겼다.

"새로운 적인가?"

기정풍은 부용이 수놓아진 모용수의 옷소매를 보고 문득 떠
오르는 생각이 있었다.

'부용화라……. 부용… 모용극?!'

비천한 놈이라며 비웃던 눈망울이 생생하다.

"이놈아, 사부님을 놔라!"

"반 여 정?"

이런 빌어먹을 계집 같으니라고! 기억 속의 그녀와 너무도
비슷하다. 아니, 판박이다. 틀림없이 반여정의 딸이지 싶었다.

"사부님, 걱정 마세요. 그 징그러운 악적은 저희 숙부께서
처치하실 거예요."

모용선은 주위에 널린 시체를 보며 울음을 터뜨렸다. 반면
모용수는 침착했다. 적이 인질을 잡고 있는 이상 신중할 수밖
에 없었다.

놈은 어수룩한 차림새로 기만하고 있지만 질녀의 사부를 아
무렇지도 않게 다루고 있다. 게다가 중원 말을 유창하게 하는
것으로 보아 한족이 분명했다.

"요구 조건이 뭔가?"

기정풍은 모용세가의 인간들이 나타나자 기분이 상했다. 게

다가 반여정의 환생인 듯한 계집이 나타나다니? 그는 모용선이 반여정의 손녀로는 생각지 못하고 딸로 오해했다.

계집은 그 어미에 그 딸년이라고, 보자마자 악적이라 몰아붙인다.

백번 양보해서 그것까진 참겠다. 한데, 나이 든 놈은 자신을 숫제 인질극이나 벌이는 파렴치한으로 보고 있지 않은가?

'오냐. 원한다니 인질범이 되어주마.'

"요구 조건? 기고만장이구나. 네놈은 무엇이든 들어주겠다는 거냐?"

수검은 자신을 놓고 흥정하자 어이가 없었다. 한사코 죽으려던 그녀는 목으로 당겼던 검을 놓으려 했다. 생각지도 못했던 모용세가에서 구원이 왔으니 죽을 일이 사라진 바다.

하지만 웬일인지 검을 놓지도, 그렇다고 말을 할 수도 없었다. 손은 검에 달라붙어 꼼짝도 하지 않았고, 입도 열리지 않던 것이다.

'언제 아혈을……?'

그녀는 죽으려던 것이 실패했을 때보다 더욱 놀랐다. 눈앞에 보이는 약관의 거지 청년은 짐작지도 못할 만큼 대단한 사람이란 말인가?

그녀가 어안이 벙벙해 있을 때 그녀만큼이나 어이없어하는 자가 있었다.

이야기의 중심에서 완전히 소외된 파불군이었다.

그는 기정풍 못지않게 화가 났다. 갑자기 나타난 거지같은 놈이 부하들을 여럿 날려 버렸을 때도 화가 났지만 갑자기 자신의 먹이를 놓고 흥정하자 참을 수가 없었던 것이다.

"이익, 무슨 개수작들이냐?!"

모용수는 작은 상처들로 피 칠갑한 사내가 버릇없이 나서자 호통을 쳤다.

"윗사람들끼리 대화 중이니 졸은 빠져라."

"이런 개……!"

"저자의 말이 맞다. 넌 닥치고 있어라."

기정풍이 맞장구쳤다.

파불군은 분통이 터져 게거품을 물었다. 그는 극도로 분노한 중에도 모용세가는 아무래도 꺼림칙한지라 기정풍에게 달려들었다.

"요구 조건이 생각났다. 저 멧돼지를 포함해서 이놈들을 전부 쓸어봐라. 그럼 이 죽지 못해 안달하는 도사를 놓아주지."

"홍! 자신만만하군. 네놈 부하들이 차가운 눈밭에 나뒹구는 것을 보고도 그런 자신감이 남아 있을지 두고 보겠다."

모용수의 눈빛이 한광을 품었다. 그의 눈은 허리에 비켜 찬 서슬 퍼런 검만큼이나 위험해 보였다. 험난한 여정에 상당히 지쳐 있었음에도 불구하고 전투에 임하자 사람이 달라졌다.

뇌전이 치고, 곡성이 울렸다.

얼마 후, 모용수의 호언장담대로 파불군을 포함한 전원은 남김없이 눈밭을 굴렀다. 모용세가의 다섯 검수도 분전했지만 대부분 모용수의 검하(劍下)에 쓰러졌다.

"오호라, 대단하군."

"놈, 대담한 척할 것 없다. 우선 도사님을 놓아다오."

무리한 진기 운용으로 낯이 창백해졌지만 모용수는 애써 담담함을 유지했다.

"이봐, 말코. 또다시 죽고 싶은 일이 있거든 제발 내가 없는 데서 죽으라고."

기정풍은 약속대로 수검을 놓아주었다. 어쨌든 힘써 처리해야 할 녀석들을 모용세가에서 대신 처리해 준 셈이니 손해는 아니었다.

"사부님!"

모용선과 연 자배 아이들이 수검을 둘러쌌다. 수검은 언제, 어떻게 아혈이 풀린지도 모르게 입이 열렸다.

"웬 호들갑이냐! 상처를 돌보고 명을 달리한 사숙들을 속히 모아라."

수검은 피눈물을 삼키며 아이들을 독려했다. 사망자는 수 자배 칠 명, 연 자배가 두 명이었고, 상처가 없는 이가 드물었다.

모용수는 부하들이 모두 쓰러졌음에도 일말의 표정 변화도 없는 기정풍을 보며 감탄했다. 약속대로 수검 도사를 놓아준 것 또한 감탄에 일조했다.

"아직까지 담담한 걸 보니 간이 제법 크구나."

"어린 놈이 어르신께 제법이라? 모용가 놈들은 하나같이 무례하구나! 혼이 나봐야 정신을 차리려느냐?"

기정풍은 반여정을 닮은 여아가 모용수를 숙부라 칭하는 것을 보고 모용극의 아우라 여겼다.

"이제 보니 간이 큰 것이 아니라 숫제 미친놈이로구나!"

"모용세가는 예나 지금이나 싹수가 없군."

모용수는 가문이 모욕당하자 참지 못하고 검을 뽑아 들었다. 필살을 다짐한 그는 쾌검의 정수를 유감없이 발휘했다. 발검 즉시 횡으로 그어 내리는데, 놈이 허리를 숙이는 것이 보였다.

횡으로 그어진 검을 허리를 숙여 피한다?

'미친놈이군?'

"멈추십시오, 모용시주! 그는 적이 아닙니다!"

수검은 자신의 자살을 방해했던 사내가 위기에 처한 것을 보고 놀라 소리쳤다. 어쨌든 생명의 은인이 아닌가?

하지만 그녀의 제지는 늦은 감이 있었다. 이미 모용수의 검은 기정풍의 지척에 이르러 있었던 것이다.

모용수는 무리한다면 멈추지 못할 것도 없었지만 가문을 모욕했던 상대에게 아량을 베풀 마음이 없었다.

기정풍은 살벌한 기를 품은 검이 코앞에 이르렀을 때 숙였던 허리를 폈다. 그가 허리를 펴는 속도는 모용수의 쾌검에 비해 모자람이 없었다. 검은 아슬아슬하게 기정풍의 안면을 따라 올라왔다.

슝!

기정풍의 허리가 활처럼 굽어지는 것과 함께 모용수의 쾌검은 허공을 갈랐다. 모용수는 성공할 것으로 믿어 의심치 않았던 일검이 실패하자 안색이 변했다. 하지만 에서 당황한다면 어찌 고수라 할 수 있으랴. 곧바로 이격을 날렸다.

신기의 동작으로 쾌검을 무위로 돌린 기정풍은 뒤로 활처럼 구부렸던 허리를 폈다. 이 단순한 동작이 빚어낸 결과는 놀라웠다.

기정풍의 몸이 운무에 가려진다 싶은 순간 무시무시한 파공음이 뒤따랐다. 파공음의 정체는 아이의 주먹만 한 눈 뭉치였다.

쒜엑! 퍽!

"커억!"

모용수는 왼쪽 눈이 순간 번쩍하더니 눈두덩에 엄청난 통증을 느꼈다. 세상이 돌고 별이 보였다. 그는 질녀의 외마디 비명을 듣는 것을 끝으로 의식의 끈을 놓았다.

기겁한 모용선은 비명을 지르며 눈에 파묻힌 모용수를 꺼냈다. 숙부는 왼눈이 파랗게 멍든 상태로 혼절해 있었다.

어찌 된 영문일까?

어둡기도 했지만 워낙 순식간에 일어난 일이라 누구도 모용수가 쓰러진 이유를 알지 못했다.

"무량수불! 멈추시게!"

수검은 분노해 기정풍에게 달려드는 모용선과 모용검수를 막아섰다.

"사부님, 왜 그를 두둔하시는 거죠?"

아무리 호생지덕을 최선으로 하는 도사라도 그렇다. 얼마 전까지 목에 칼을 들이밀던 사내를 두둔하다니? 모용선은 도무지 사부의 뜻을 짐작키 어려웠다. 더욱이 평소의 사부는 말보다 손이 앞서는 사람이지 않은가?

"그는 적이 아니다."

수검의 설명에 오해가 풀렸다. 그 후로도 잠시간의 소동이 있었지만 곧 정리되었다.

앞서 길을 내며 나가던 기정풍은 뒤통수를 찌르는 따끔한 시선에 버럭 소리쳤다. 그렇잖아도 백화문의 본대가 위험에 처한 것 같아 속이 타는 판인데 짜증을 돋우난 말이다.

"계집애야, 그렇게 못마땅하면 네 잘난 숙부처럼 덤벼봐라!"

"이익!"

발작하려는 모용선을 막은 것은 양쪽 눈이 퍼렇게 멍든 모용수였다.

모용수는 일각여 전에 있었던 일을 떠올렸다.

그는 깨어나자마자 기정풍에게 덤볐다가 똑같은 꼴을 당했다. 나머지 모용검수들도 기정풍에게 덤벼들었다가 일수에 바닥을 기었다.

모용수는 그 짓을 수차례 반복한 후 자신을 기절시킨 물건이 아이 주먹만 한 눈 뭉치라는 것을 알게 되었다. 자신을 그런 식으로 굴복시킬 인간이 세상이 있을 줄이야……. 생각할수록 간담이 서늘했다. 던진 것이 눈이 아니라 하다못해 작은 바늘만 됐어도 머리를 관통하고도 남았을 터다.

밑이 보이고 끝이 보여야 시작할 마음이 나는 것이다. 그는 짐작조차 못할 상대의 무위에 전의를 상실했다. 게다가 질녀는 사부의 말을 듣자니 적이 아니란다. 입으론 운 좋은 줄 알라 했지만 내심 천만다행이다 싶었다. 구실도 생겼겠다. 어떻게든 참아보려 했다.

한데, 놈은 나이 대접은커녕 말끝마다 반말을 찍찍 해댄다. 모용세가 다섯 손가락 안에 드는 고수라는 자존심이 눈두덩의 통증을 이겼다. 그래서 소리쳤다.

"애송아, 내 나이 이미 지천명(知天命)이다! 후레자식이 아닌 이상 어찌 어른을 그리 대하느냐?"

"지천명이라고? 노부의 나이는……."

기정풍은 본인의 나이를 몰랐다. 무안해진 그는 뒤의 대답을 눈 뭉치로 대신했다. 모용수는 어김없이 번쩍하는 섬광과 함께 꼬꾸라졌다.

모용수는 끔찍한 기억에 진저리쳤다. 혼자였다면 즉시 꼬리를 내리고 물러섰을 텐데, 눈을 빤히 뜨고 있는 조카가 신경 쓰여 깨어나는 즉시 다시 달려들었다.

이번에도 기정풍이 손을 치켜들자, 그는 눈을 질끈 감아버렸다.

"애송아, 네놈은 모용극과 어떤 사이냐?"

기정풍은 모용수의 멱살을 틀어잡고 귓가에 낮게 으르렁거렸다.

모용수는 기대했던 통증 대신 난데없는 이름이 튀어나오자

감았던 눈을 번쩍 떴다.

모용세가뿐 아니라 현 강호에 모용극이 차지하는 이름은 컸다. 모용극은 세가 내에서는 이백 년 전 일검진천(一劍鎭天) 모용설 이래 가장 뛰어난 검사라 평가되고 있었고, 강호에서는 일선검자(一善劍者)라면 존경치 않은 자가 없었다.

"그, 그분을 아는가?"

"그분이라? 크큭, 네놈을 당장에 으깨놓고 싶은데 참는 중이니 그 입 닥치거라. 정히 뒈지고 싶다면 계속 달려들어도 무방하다."

기정풍의 동공은 활화산을 품고 있었다.

그 살벌함이라니……. 악귀의 속삭임도 이보다는 못하리라. 모용수는 등에서 식은땀이 솟고 정신이 혼미해 더 이상 기정풍에게 달려들 마음이 사라졌다.

모용수가 회상에 젖어 있을 때 그를 깨우는 음성이 들려왔다.

"모용수라 했던가?"

모용수는 기정풍의 물음에 온몸이 경직됐다. 냉큼 대답하고 달려가야겠으나 사람들이 보는 앞인지라 이러지도 저러지도 못했다.

그때 괴물 같은 놈이 또 허리를 굽히는 것이 보였다. 눈을 뭉치려는 동작이 아니고 뭐겠는가. 양쪽 눈이 쏙 빠질 듯 욱신거린다.

"맞네. 내가 모용수일세. 커험!"

모용수는 대답하는 동시에 단걸음에 달려가 기정풍의 곁에 시립했다. 헛기침으로 무안을 달래봤지만 턱없이 부족했다.

"혹시 조카 계집 단속 잘못해 패가망신했다는 말을 들어보았는가?"

3

본대와 이백여 장쯤 떨어져 후미의 동태를 살피던 수완은 숨이 턱까지 차올랐지만 숨 고를 겨를도 없이 보고했다.

"문주님, 적을 따돌린 것 같습니다."

여지저기서 안도의 한숨이 토해졌다. 하지만 누구도 즐거워하는 얼굴이 아니었다. 쌍압문을 따돌리느라 희생이 적지 않았던 까닭이다.

"허어! 그렇군요. 우리는 일곱의 생명을 즈려 밟고 살아남았군요."

문주의 음성에는 안도보다 슬픔이, 기쁨보다 처량함이 가득했다.

눈길에 미끄러져 실족한 수가 일곱이다. 하나하나가 꽃보다 아름다웠던 생명이려니…….

"문주님, 전원 죽음을 각오했던 바, 이 정도의 피해도 하늘의 도우심입니다."

그녀들은 서로를 위로하고 격려하며 날이 밝을 무렵에서야 백화문에 도착했다. 감개무량한 마음에 참았던 눈물을 쏟아내는 여인들이 적지 않았다. 언제나 침착한 문주마저 눈시울을 붉혔다.

이제 됐다 싶은 순간이 가장 위험한 순간이라 했던가? 끝난 줄만 알았던 그녀들의 불행은 여기서부터 시작이었다.

"빌어먹을 말코 계집들 같으니라고."

한소리 콧방귀와 함께 건물 뒤에서 사내들이 모습을 드러냈다. 여인들은 절망감에 사로잡혀 백여 명의 사내들이 에워싸는 동안 아무것도 하지 못했다.

"허허!"

자미 문주는 오히려 마음이 편해졌다. 조급함도 다급함도, 그리고 죽은 자에 대한 죄스러움도 멀리멀리 날아가 버렸다.

그녀의 마음이 모두에게 전해졌음일까? 동요하던 도사들의 마음이 잔잔히 가라앉았다.

"문주님, 결국 이리 되었군요. 차라리 잘됐습니다."

화군은 백화문도들 사이에 흐르는 분위기를 읽고 나섰다.

"아니, 그건 아니지. 너희들은 그렇게 포기하면 안 된다. 암! 아니 되고말고."

"그대는 신성한 도관을 짓밟은 것도 모자라 희롱까지 하는 것인가요?"

"늙은이! 네가 문주라는 작자였구나!"

화군은 지난밤 고생했던 것을 떠올리며 이를 갈아붙였다.

"그대들이 이겼습니다. 우린 그대의 쌍압문에 고개 숙일 마음이 없으니……."

"늙은 여우! 숙인다 해도 이미 늦었다!"

수전은 적장의 하는 짓을 보고 있자니 분통이 터졌다. 더욱이 상대는 말이 자연스럽지 않고 피부가 검은 것이 오랑캐가 분명하지 않은가.

"무례하구나! 이분은 일문의 문주! 오랑캐 따위에게 모욕 받을 분이 아니다!"

이번에는 화군을 대신해 지살대주 합평이 나섰다.

"네년이야말로 냄새나는 입 다물어라! 이분이야말로 백화문의 문주 따위와 비교될 분이 아니시다!"

"네놈은 중원인으로 보이는데 어찌하여 오랑캐의 밑에 있는 것이냐? 그러고도 부끄럽지 않느냐?"

합평은 대꾸할 말을 찾지 못해 얼굴이 벌겋게 상기되었다. 심히 못마땅히 여긴 화군은 합평을 한 번 쏘아본 후 수전에게 호통쳤다.

"입만 살았구나. 힘은 곧 법. 무림인과 나라는 힘을 잃는 즉시 명이 다한 것이다!"

"그대 말은 옳지 않아요. 하나, 힘이 없으니 명을 다하는 것은 맞는 것 같군요."

자미는 허리에 매달린 검을 풀어 눈밭에 던졌다. 그리곤 눈을 감고 경을 읊었다. 담대한 마음으로 죽음을 기다리는 자세였다.

그녀를 시작으로 모든 문도들이 검을 버렸다.

"그렇게 쉽게는 안 된다 하지 않았더냐? 끌고 와라!"

화군의 명이 떨어지자, 군데군데 옷이 찢긴 낭패한 몰골의 한 여인이 끌려 나왔다. 산중에서 사로잡혔던 연의였다. 목에 칼이 떨어지는 상황에서도 담대함을 유지했던 백화문도들에게는 청천벽력이었다.

연의는 아혈이 눌린 상태라 말은 못하고 서글픈 마음에 눈물만 뚝뚝 떨어뜨렸다. 그녀는 자신을 저주하고 또 저주했다. 이들에게 사로잡힌 순간 문도들이 산을 내려갔을 줄 알고 길을 안내했는데, 하필 다시 돌아올 줄이야……

연의는 자신을 구한 사내를 원망했다. 차라리 단애에서 떨어져 죽었더라면 이런 일은 없었을 것이 아닌가.

화군은 절망에 빠진 연의가 애처롭지도 않은지 겉옷을 완전히 찢어버렸다. 그리고는 속옷도 벗길 요량으로 손을 가져갔다.

"아직도 네년들은 목만 늘이고 있을 셈이냐?"

"이 악귀 같은 놈! 천벌이 두렵지 않더냐!"

칼을 버렸던 백화문도들은 자미를 필두로 다시 검을 집어 들었다. 분위기가 무르익자 그녀들을 둘러쌌던 지살대원들도 검을 뽑아 들었다.

그 모습에 화군은 뭐가 좋은지 앙천대소를 터뜨렸다. 날리던 눈발이 하늘로 치솟고, 기와마다 수북했던 눈도 우수수 떨어져 내렸다.

들는 자라면 누구든 대적할 마음이 사라질 만큼 가공할 내력이었다.

"합평, 너희들은 나설 것 없다! 본좌가 왜 천군 오십좌의 일인인지 보여주마!"

화군은 위험한 기도를 풀풀 풍기며 마당으로 내려섰다. 직후 가장 분노해 있던 수전이 기회를 놓치지 않고 검을 찔렀다.

쨍강!

육장과 검이 부딪친 결과였다. 너무도 뜻밖의 결과에 멍해 있던 수전은 뒤이어 나온 일수를 피하지 못했다. 아니, 그녀가 집중하고 있었어도 막지 못할 일격이었다.

"아악!"

수전이 피를 토하며 날려가자 흥분한 여도사들은 죽음을 도외시하고 줄줄이 달려들었다. 하지만 결과는 수전과 다를 바가 없었다.

벌 떼같이 달려들던 백화문도들이 강풍 속 눈송이마냥 분분히 날아갔다.

"무적의 신위!"

합평의 중얼거림처럼 누구도 화군의 일수를 감당치 못했다.

수전을 포함한 열 명이 눈을 붉게 물들였을 때, 무작정 달려들던 여인들은 주춤 물러섰다. 백화문도의 얼굴에는 억누르려 해도 숨길 수 없는 공포가 자리 잡았다.

"무량수불……. 오늘만은 노군의 뜻을 짐작키 어렵도다."

감겨진 자미의 눈에서 피눈물이 흘러내렸다. 그녀는 도가에

귀의하고 처음으로 태상노군을 불신했다. 불신뿐 아니라 저주
했다.

"왜 뒷걸음질치느냐? 부나방처럼 덤비거라!"

백화문도들이 공포에 질려 주춤하자 화군은 껄껄 웃으며 합
평에게 눈짓했다. 합평은 즉시 화군의 뜻을 눈치 채고 연의에
게 다가갔다. 아슬아슬하게 몸을 가려주던 연의의 고의를 뜯
어낼 참이었다.

"이놈! 차라리 죽이거라!"

자미는 피눈물을 뿌리며 덤벼들었다. 하나, 그녀의 몸짓은
아이의 손에 잡힌 잠자리의 날갯짓처럼 미약하기만 했다. 본
래 무공으로 문주가 된 자미가 아닌지라 일반 문도와 무공 수
위가 비슷했던 것이다.

화군은 순식간에 자미의 검을 맨손으로 두 동강 내고 마혈
을 제압했다.

"늙은 여우는 맨 나중이다. 거기 서서 아끼는 제자들이 죽어
가는 것을 똑똑히 보아라."

화군은 굳어진 자미를 한쪽에 세워두고 문주를 구하려 달려
드는 백화문도들을 상대했다. 무정한 일수에 어김없이 하나의
생명이 이슬처럼 스러져 갔다.

오십 문도 중 이십여 명의 백화문도가 도륙당하고, 지옥도
의 반이 완성되었을 때였다. 아비지옥에 천신이 노했음일까?

꽝!

백향목(柏香木) 단단한 산문이 굉음과 함께 터져 나갔다. 벼

락 치는 소리에 모든 이의 시선이 산문을 향했을 때, 흩날리는 파편을 뚫고 무엇인가가 날아왔다.

쐐엑!

그 무언가는 공기 찢어발기는 소름 끼치는 소리를 동반하며 정확히 화군의 안면을 향해 날아왔다. 화군은 무엇인지도 모르고 본능적으로 손을 들어 막았다.

쿵!

박살나는 소리와 함께 산산이 부서진 하얀 눈이 여명에 찬란히 빛났다.

쿵쿵.

그 상상을 절하는 힘이라니……. 화군은 부서져 흩날리는 눈을 보고서야 자신이 막은 것이 눈 뭉치인 줄 알았다. 어린아이 주먹만 한 눈 뭉치로 자신을 두 걸음이나 물러서게 할 자가 있다니 정녕 보고도 믿지 못할 노릇이었다.

화군은 불신의 빛으로 자신의 손과 눈이 날아온 방향을 번갈아 바라보았다.

거지?

거지라 불려도 손색이 없을 만한 이상한 작자가 몸에 뜨거운 김을 풀풀 날리며 백화문 안으로 걸어 들어왔다.

저자에 나가면 발에 치일 듯 흔히 보이는 거지다. 저런 하찮은 것 따위가 결코 눈 뭉치 하나로 자신을 물러서게 만들었을 리 없었다.

뒤이어 도착한 자는 제법 한 수 있을 법한 자였다.

오십대의 초로인.

소매에 만개한 부용이 수놓아진 옷을 입고 보검을 비켜 찼다. 양 눈은 댓잎만 먹는다는 어떤 곰의 그것같이 시퍼렇다. 두말할 것도 없이 모용수였다.

모용수의 무위를 가늠하던 화군은 고개를 저었다. 그가 본 모용수는 경지에 이른 고수였으나 눈 뭉치 하나로 자신을 물러서게 할 자는 아니었다.

"이, 이! 문주, 문주님!"

백화문도들은 하나같이 경악해 말을 잃었다. 경악의 끝은 지극한 분노였다.

여기저기 널브러진 시체들은 아직도 피를 꾸역꾸역 토하고 있었다. 시체들이 도를 닦는 여인들이었기에 더욱 처참하게 느껴졌다.

"어찌 도문에서 이와 같은 참변이 있단 말인가?"

모용수는 처참한 광경에 분노를 가눌 길이 없어 탄식했다. 하나, 그의 무게 있는 말과는 달리 멍든 모습이 우스꽝스러운지라 쌍압문의 문도들은 낄낄댔다.

"인간 말종들이로다! 어찌 인명을 해하고 웃어대는가?"

기정풍은 지난날 사모와 다름없던 노태상이 떠올라 눈을 감아버렸다. 이럴 줄 알았으면 그냥 백화문에서 기다릴 것을. 하지만 후회는 천 번을 고쳐 해도 소용없었다.

그러는 사이 혈투는 막이 올랐다.

분노한 모용수는 성난 사자처럼 무리 속으로 뛰어들었고,

수검을 선두로 한 백화문도는 자신들의 생을 돌보지 않고 싸움에 임했다. 그럼에도 밤새도록 계속된 강행군에 지친 백화문도는 조금씩 밀리기 시작했다.

모용수는 지살대주 합평과 부대주 원관에 둘러싸여 분전하고 있었다. 그는 둘을 상대로도 승기를 잡고 있었으나 빠른 시간 안에 물리치기는 힘들어 보였다.

화군은 여유를 가지고 전세를 가늠하며 자신을 물러서게 했던 자를 찾았다. 양측 모두 싸울 수 있는 자는 빠짐없이 검을 들고 있었다. 아니, 하나는 아니다.

개방 거지와 땡중을 섞어놓은 듯한 자.

행색이 초라하고 젊어 보여 처음에는 무시했던 녀석인데 자꾸만 시선이 간다. 놈은 자신이 만들어놓은 시신들을 보고는 파르르 떨더니 눈을 감아버렸다. 그는 기정풍이 도검이 난무하는 싸움을 차마 눈뜨고 보기 무서워서 그러는 것이라 생각했다.

'한족 놈들이 다 그렇지.'

피식 웃으며 시선을 거두려는데, 마침 녀석이 눈을 떴다. 꼴에 시선을 느꼈음인지 이쪽을 바라본다.

순간 화군은 몸의 털이란 털은 모조리 곤두서는 것을 느꼈다. 초보 사냥꾼이 첫 사냥에 대호(大虎)를 만나면 이러할까? 순식간에 주먹 쥔 손은 땀으로 축축해졌다.

단지 눈 한 번 마주쳤을 뿐인데 이 무슨 조화란 말인가?

'대체 이런 기분은……?'

어지간한 놈도 자신과 눈을 마주치기를 꺼려 하거늘…….
정신을 추스르고 눈에 살기를 담아봤지만 놈은 여전히 자신을
바라보고 있었다.

자신도 알 수 없는 기이한 감정에 휩싸인 화군은 그동안 닦
아온 기공을 모조리 끌어올려 눈을 부릅떴다. 놈은 시선을 돌
리기는커녕 죽일 듯한 눈초리로 응시하며 천천히 다가왔다.

기정풍은 명을 달리한 백화문도들이 단 일격에 숨을 놓았음
을 한눈에 알 수 있었다. 그럴 만한 힘을 가진 자라면 자신을
뚫어져라 바라보고 있는 자뿐이다.

"네놈이 이 육시할 놈들의 대가리렷다?"

쌓인 눈을 짓누르며 다가온 기정풍은 다짜고짜 화군의 멱살
을 잡으려 들었다. 팔정권의 여덟 초식 중 유일한 금나수 명계
문경(鳴鷄刎頸)이라는 초식이다.

하지만 화군은 결코 닭 모가지처럼 순순히 비틀라고 대주는
자가 아니었다.

둘의 격돌은 자존심 싸움 같았다.

기정풍은 한사코 멱살을 틀어쥐려 했고 화군은 막아섰다.
지축을 뒤흔드는 파공음은 단지 두 손이 부딪치며 나는 소리
였다.

좀처럼 보기 힘든 단순 무식한 싸움에 죽어라 싸우던 사람
들은 잠시 호흡을 가다듬었다. 그들은 곁눈질로 서로를 견제
하며 두 고수의 전투에 빠져들었다.

시간이 갈수록 화군의 표정엔 심각함이 깃들었다. 화군은

그제야 눈앞의 거지 청년이야말로 자신을 물러서게 했던 자라는 것을 깨달았다.

'혹시 소림사라는 곳의 중이 아닐까?'

분명 그럴 것 같았다. 소림의 권이 유명하다기에 콧방귀를 뀌었더니 그게 아니었다. 손이 얼얼해진 화군은 뒤로 펄쩍 뛰어 물러섰다.

"젊은 놈이 대단하다!"

화군은 진실로 감탄했다. 한데, 돌아온 대답은 그의 속을 뒤집어놓았다.

"젊은 놈? 땡중? 말조차 제대로 못하는 병신 놈이 눈까지 삐었구나."

기정풍 또한 팔정권을 전력으로 펼쳐도 어쩌지 못한 화군에게 감탄했으나, 백화문도를 처참히 죽인 자이기에 곱게 대하지 않았다.

"뭐, 뭐라?"

흥분하니 더욱 말더듬이가 된다.

"병신!"

"이익! 그, 그 말을 후회하게 만들어주마! 합평, 그년을 당장 죽여라!"

말싸움으로는 상대가 될 수 없는 화군은 보복의 수단으로 다시 한 번 연의를 택했다.

명이 떨어지자 모용세가의 무사들과 대치 중이던 합평은 칼끝을 연의에게 돌렸다. 합평과 연의와의 거리는 고작해야 이

장 내외. 기정풍과의 거리는 십 장이 넘었다.

합평이 연의를 향해 도약하는 즉시 기정풍은 화군이 가리키는 여인이 누군지 알았다. 지난밤 골치깨나 썩혔던 여아다. 여러모로 좋은 감정은 아니었지만 여아의 낭패한 몰골을 보자니 울컥 치솟는 뭔가가 있었다.

감정의 정체야 어쨌든 일단 살리고 볼일이다.

팟!

기정풍이 도약하는 풍압에 주위 반 장가량의 눈이 공중으로 떠올랐다. 사람은 그보다 더욱 빠르게 치솟았다.

"어딜!"

합평과 기정풍 사이에 있던 화군은 어기충소의 신법으로 솟아올라 기정풍의 앞을 가로막았다. 그의 신법은 기정풍의 그것보다 훨씬 세련되고 빨랐다.

순식간에 거리가 좁혀져 둘은 공중에서 마주쳤다.

기정풍은 예상대로 앞이 막히자 암담했다. 찰나에 수많은 방법을 그렸다. 하지만 어떤 수를 동원해도 여아를 살릴 방법이란 없었다.

'차분히 생각하자. 분명 방법은 있다.'

기정풍은 머리를 차갑게 유지시키며 정념을 가지려 노력했다.

일단 막아선 놈부터 최대한 빠르게.

단 일 격에 쓰러뜨려야 어떤 가능성이라도 보인다. 팔정권은 안 된다. 섬혼백십칠기!

또 하나의 심장, 단전이 거세게 요동쳤다.

두근.

용광로 같은 단심기가 세포 하나하나까지 들어찼다. 기정풍이 제일식을 펼치자마자 주위의 온도가 급격히 상승했다. 눈에 젖었던 옷이 마르면서 뿌연 김이 솟았다.

화군은 쏘아져 오는 기정풍에게서 심상치 않은 기세를 느꼈다. 즉시 공력을 끌어올려 방어 자세를 취했다. 어찌 나올지 모르니 일단 막고 볼일이다.

제일기 일지천공으로 시작된 섬혼백십칠기가 막이 올랐다.

화군의 선택은 탁월했으나 기정풍이 최선을 다한 공격은 대비한다고 해서 막을 수 있는 성질이 아니었다.

화군은 정신이 없었다. 손가락으로 하늘을 찌르는 것으로 시작된 적의 공격은 숫제 보이지도 않았다. 그저 본능과 막강한 양강의 내력에 의지해 손을 내밀었다.

파파팍!

공중은 가죽 북 터지는 소리로 요란했다.

일기, 이기, 삼기……. 콩 볶듯 쏟아지는 공격을 오십구기까지 막았다. 그것은 무공에만 매진해 온 화군의 쾌거였다.

하지만 거기까지가 한계였다.

퍽!

둔탁한 소리와 함께 화군의 턱이 돌아갔다. 그와 함께 비산하는 누런 이빨들…….

기정풍은 눈을 번쩍 떴다. 희망을 발견한 것이다.

섬혼기는 고삐 풀린 망아지처럼 통제를 잃고 절로 이어지려 했다. 이대로 계속 펼치면 화군을 곤죽으로 만들 수 있다. 하지만 그랬다가는 다른 목숨 하나가 스러지고 만다.

“……!”

기정풍은 육십이기 섬전쌍수(閃電雙手)의 투로를 따라 비산하는 이빨 중 하나를 간신히 움켜쥐었다. 섬혼기의 투로와 어긋나자 극심한 통증이 일었다. 근육이 뒤틀리는 고통을 인내하며아무도 없는 허공에 섬혼기를 펼쳐 냈다.

마침내 구십기가 넘어갔을 때였다.

‘이때를 기다렸다.’

섬광탄(閃光彈)!

피슝!

“큭!”

기세 좋게 베어가던 합평은 한 자를 남겨두고 짧은 신음을 토했다. 달려가던 기세가 대번에 줄어들었다. 하지만 무정한 검은 연의의 목을 찾았다.

정인을 그리는 간절한 마음만큼이나 붉디붉은 피가 흐른다.

합평은 연의의 목에 검을 들이댄 채 석상이라도 된 듯 미동도 없었다. 합평이 단 몇 푼의 힘만 실어도 연의의 목숨은 없다. 그는 왜 멈췄을까.

여기저기서 침 삼키는 소리가 흘러나왔다.

턱을 맞아 땅으로 곤두박질쳤던 화군은 아직도 얼얼한 뺨을 붙잡고 일어섰다.

한편, 옷에 불이 붙을 찰나에 섬혼기를 멈춘 기정풍은 천천히 걸어 연의에게 다가갔다. 걷는 중에 단심기를 사성만 끌어올려 열기를 식혔다. 화군을 다시금 상태하려면 옷을 얼려둘 필요가 있었던 것이다.

"크윽, 합평! 뭐 하는 거냐? 그년을 죽여라!"

간신히 일어선 화군은 항명하는 부하에게 소리쳤다. 그것이 충격이 되었을까?

주르륵.

합평의 관자놀이가 붉어진다 싶더니 피가 흘러내렸다. 연의의 그것만큼이나 붉었다.

두 방울, 세 방울, 양이 늘어날수록 피에 흰빛이 섞여 나왔다.

털썩!

합평은 썩은 나무토막처럼 쓰러졌다.

기정풍은 자신이 만든 정적을 밟으며 꾸준히 걸었다. 가는 길에 꼼짝 못하고 있는 자미의 혈을 풀어주었다. 그는 자미에게서 느껴지는 어쩐지 익숙한 느낌에 고개를 갸웃했지만 공포에 떨고 있는 연의를 보노라니 금세 지워졌다.

"다행히 죽지는 않았구나."

기정풍은 연의를 안아 들었다. 품에 안긴 작은 참새는 추운지 파르르 떨었다. 기정풍이 단심기를 사성 이하로 운용한 탓이었다.

기정풍은 여아가 애처로워 몸을 차갑게 하는 것을 포기했

다. 얼음장 같던 기정풍의 몸에서 온기가 돌자 떨던 참새는 금
세 잠이 들었다. 몇 걸음 걸은 것 같지도 않은데 어느새 수검
의 앞이다. 기정풍은 곤히 잠든 얼굴을 한번 바라보고는 수검
에게 건넸다. 품 안의 참새가 사라지자 마음이 허했다.

　이 허전함은 뭔가? 아직도 정욕이 남아 있는 걸까?

　"죽일 놈!"

　화군의 악에 찬 한마디는 공허함의 원인을 찾던 기정풍의
정신을 돌려세웠다. 그뿐 아니라 숨죽이고 지켜보던 사람들도
정신을 차리고 서로에게 칼을 겨누었다.

　"말더듬이 아이야, 아직도 살아 있었느냐?"

　"이, 이! 뒈져라!"

　화군은 전 공력을 끌어올려 기정풍을 향해 미친 수사자처럼
달려들었다.

　둘은 한 치도 물러서지 않고 치고받았다. 놀랍게도 화군은
기정풍에게 밀리지 않았다. 기정풍이 팔정권만으로 상대하는
탓이었다.

　팔정권은 단 여덟 초식만으로 한 시대를 풍미했던 권법. 물
론 화군은 인세에 보기 드문 고수였지만 기정풍이 가진 내공
과 권의 이해라면 진작 결판이 나도 났을 것이다.

　대성한 팔정권으로도 화군을 어쩌지 못하는 이유는 단심기
때문이었다. 섬혼백십칠기 이외의 무공은 거의 굼벵이로 만들
어 버리는 심법이려니.

　단심기가 십일성의 끝자락에 이른 덕에 팔정권도 제법 빨랐

지만 고수들 간의 싸움에서는 그저 그런 속도에 불과했던 것이다.

단심기를 기반으로 팔정권을 운용하던 기정풍은 결국 한계를 느꼈다. 평범한 공속을 임기응변과 전투 감각으로 메웠지만 화군이 적응하기 시작한 것이다.

기정풍은 다시 한 번 단심기가 대성이 아니라는 것을 확인했다.

대성 전의 담심기가 가진 약점들을 언제나 극복할 수 있을까.

어떤 무공을 써도 완완해지는 현상, 중도에 멈추지 못하는 것, 필요한 초식을 뽑아 쓰지 못하는 결함. 동자로 남을 수밖에 없는……

게다가 섬혼기는 오성 이상 발휘하면 옷이 불타 버린다. 이 단점투성이의 무공을 쓸 만하게 만드는 길은 오직 대성뿐인데 도무지 적심이 뭔지 감도 잡히지 않는다.

"크흠."

기정풍은 생각이 거기까지 이르자 저도 모르게 신음을 토했다. 화군은 승기를 잡았다 생각하고 더욱 거칠게 몰아붙였다.

'역시 섬혼기뿐인가?

쓴웃음을 삼킨 기정풍은 사성의 섬혼기를 펼쳤다. 일단 사성 이하의 섬혼기로 버티며 옷을 얼린 다음 일거에 끝낼 생각이었다.

쉭! 쉭!

꿋꿋이 육장을 교환하던 화군 이아륵은 기정풍이 뿜어대는 냉기에 희색이 만면했다. 본래 별호대로 양강의 공력을 수련한 터라 시원하기만 했던 것이다. 그는 기정풍이 팔정권을 펼쳤을 때보다 오히려 힘을 얻었다.

기정풍은 결국 밀리다 못해 오성 이상의 공력을 끌어올렸다. 식어가던 옷이 다시 열기를 품기 시작했다.

파팟!

요란한 마찰음, 그리고 코를 자극하는 알싸한 향.

연기?

옷에서 연기가 나고 있었다. 곧 불이라도 붙을 태세다. 열지에서 수십 년을 살아온 기정풍은 불 따위는 두렵지 않았다. 하지만 옷이 홀랑 타버리면?

그것만은 진정 두려웠다. 이제 선택의 여지가 없었다.

속전속결!

한 모금의 진기, 그리고 이어지는 빛살 같은 연타.

전력으로 펼쳐진 섬혼기가 화군의 몸에 작렬했다.

"드드득!"

뼈 갈리는 섬뜩한 타격음과 함께 혈무(血霧)가 피어났다. 섬혼기가 구십기를 막 지났을 때 화군은 혈군(血君)이 되어 날아가고, 기정풍은 불의 화신이 되었다.

"저, 저!"

기정풍은 크게 무리해 섬혼기를 중도에서 멈췄다. 그리고는 사람들의 경악성을 뒤로하고 눈밭을 데굴데굴 굴렀다. 엄청난 신위를 보인 것치고는 참 없어 보이는 행동이다. 하지만 옷이 없는 것보다야 낫다.

달궈진 쇠를 차가운 물속에 넣으면 이런 소리가 날까? 지지는 소리와 함께 연기와 김이 무럭무럭 피어올랐다.

"모용수!"

모용수는 호명되자마자 기정풍에게 도착해 있는 자신을 발견했다. 그는 심히 무안했던지 헛기침을 터뜨렸다.

"커험! 부, 불렀는가?"

"쿨럭! 벗어."

밭은기침에 피가 섞여 나왔다. 십일성에 이르는 섬혼기를 급작스레 멈추어 내상을 입었던 것이다. 기정풍은 모용수의 두루마기를 빼앗아 걸쳤다.

"자네, 다친 모양이군?"

심각하게 묻는 모용수의 눈빛은 왠지 즐거워하는 듯했다. 실제로 모용수는 즐거워하고 있었다. 완전 괴물로 알고 있던 놈이 내상을 입자 어떤 안도감이 찾아든 것이다.

"그래서 한판 해볼 용기가 생겼나?"

기정풍의 호전적인 태도에 모용수는 질겁했다.

"아닐세, 아니야."

"용기가 생기면 언제든지 덤비게. 그나저나 이제 졸만 남았군? 이 정도 했으면 알아서 처리하겠지?"

분명 물음인데 모용수에게 와 닿는 느낌은 명령이나 진배없다.

“커험! 그, 그야 당연한 것 아닌가.”

모용수는 무안함을 감추려 대소하며 돌아섰다. 그리고는 기정풍에게 당한 설움을 지살대원에게 고스란히 풀어놓았다.

第七章

그가 반로환동하는 법

1

백화문의 총 사망자는 서른두 명. 생존자 또한 대부분이 부상자라 백화문은 전형적인 초상집 분위기였다.

기정풍은 비통에 젖은 이들이 보기 안쓰러워 자리를 피해 옛적 살던 곳으로 발길을 옮겼다. 사람 손 한번 타지 않은 채 오랜 풍상에 찌든 집은 반쯤은 허물어져 있었다. 한숨으로 세월의 무상함을 날려 버리고 단걸음에 사부의 무덤이 있는 심태산 꼭대기에 닿았다.

걱정했던 것과는 달리 눈을 쓸어내고 보니 사람의 손길이 느껴졌다. 일가친척은 고사하고 하나뿐인 제자마저 세상을 등진 채 유구한 세월을 보냈는데 누가 무덤을 돌본 걸까.

"백화문이로구나."

　무덤에서 느껴지는 손길의 임자가 백화문의 여인들임을 짐작한 기정풍은 가슴이 답답해짐을 느꼈다. 그들을 위기에서 구하기는 했으나, 늦은 바가 없지 않았던 것이다. 좀 더 일찍 유황곡을 나왔더라면 빌어먹을 적심기라는 것의 실마리라도 잡았더라면…….

　시선을 멀리 둬 막힌 가슴을 달랬다. 사부의 무덤이 심태산 꼭대기인지라 산 아래가 한눈에 내려다보였다. 순백색 설해(雪海)는 그야말로 절경이었다. 하지만 기정풍은 흰 눈이 마냥 희게 보이지 않았다.

　"썩어진 세상을 태운다. 썩어진 세상을……."

　기정풍은 사부가 살아생전 입버릇처럼 하던 말을 그대로 따라하고 있는 자신을 발견했다.

　"세상은 정말 썩었을까?"

　기정풍의 눈은 점차 가늘어졌다. 수만 리 떨어진 중원을 한눈에 보기라도 하려는 듯.

　백화문은 어느 때보다 분주했다. 시체들은 만생전에 뉘고 향을 피웠다. 그렇게 저마다 아픈 눈물을 씹어 삼키며 망자를 보냈다. 주변의 만류에도 불구하고 기어이 삼 일을 꼬박 위패를 지키던 자미는 결국 쓰러지고 말았다.

　이미 여든을 넘겨 아흔을 바라보는 나이에 이만큼 버텨온 것도 대단한 일이었다. 다 타버린 촛불처럼 마지막 심지를 불태우던 자미는 그런 중에도 좀처럼 쉬려 하지 않았다.

　일렁이는 촛불을 마주하고 일남일녀가 자리를 함께했다.

여인은 백발이 성성한 노파요, 일남은 이제 짧은 머리가 송송 나기 시작한 총각이다.

"시주, 대은인(大恩人)을 누워서 영접할 수밖에 없음을 용서하세요."

기정풍은 문주의 주름진 얼굴을 보자 옛적 노태상이 떠올라 탄식을 금치 못했다.

"용서라니요. 가당찮습니다."

"허허, 경황 중이라 감사 말씀도 제대로 드리지 못했군요."

"그런 말을 듣고자 한 일이 아니니 괘념치 마십시오."

의례적인 인사가 오고 가고 한동안 말이 끊겼다.

"커험, 한데……."

"저기……."

"은인께서 먼저 말씀하시지요."

"그럼 실례하겠습니다. 문주님 도명이 어찌 되시는지 물어도 되겠습니까?"

기정풍은 쌍압문을 격퇴시킨 후 살펴봤지만 백화문도 중 낯익은 사람이 하나도 없었다. 늙어 꼬부라진 문주조차 누군지 알 수가 없었다. 기이히 여기던 차라 물은 것이다.

"부족한 빈도는 자미라는 도명를 쓰고 있지요."

"자미라……. 자미?"

기억을 더듬던 기정풍은 고운 얼굴에 수줍음 잘 타던 여인을 떠올렸다. 떠오르는 영상을 눈앞의 자미와 비교하니 닮은 구석이 많다.

“혹 시주는 빈도를 아십니까? 이상하게도 시주는 낯이 익군요.”

“정녕 문주께서는 지난날의 그 자미십니까?”

자미는 아이 같은 눈으로 빛나는 흑요석 같은 기정풍의 눈을 바라보았다. 그리고는 부르르 떨며 대답했다.

“정풍 시주? 어찌……?”

“허!”

둘은 너무 놀라 한참을 말이 없었다. 기정풍은 아리땁던 자미가 곧 죽어도 이상치 않을 노파가 된 것이 믿어지지 않았고, 반대로 자미는 자신과 동년배인 기정풍이 여전히 젊은 사내로 남아 있는 것을 믿을 수가 없었다.

그렇게 서로를 바라보기만 하던 둘은 누가 먼저랄 것도 없이 입가에 잔잔한 미소를 머금었다. 자미는 지난날 기정풍의 순수함과 사랑에 대한 열정을 떠올렸고, 기정풍은 자미의 자글자글한 주름 사이에서 곱고 지혜롭던 모습을 그렸다.

“허허허.”

기정풍은 엉뚱한 생각이 떠올라 낮은 웃음을 흘렸다. 그 엉뚱한 생각의 정체는 만약 그 시절로 다시 돌아간다면 반여정이 아니라 자미를 좋아했을 거라는 것이었다.

“시주는 어찌 웃으십니까?”

“커험, 아닙니다. 그저 실없는 생각이 들어서 그만. 그건 그렇고, 자선, 자경… 다른 도사 분들은 어찌 되셨습니까?”

“이미 육십오 년이 흘렀어요. 자 자배는 못난 저만 남기고 모두 입적하셨지요."

"허어! 육십오 년이라니……. 고작해야 이삼십 년 지난 줄 알았거늘……."

기정풍의 상심은 이루 말할 수 없을 만큼 컸다. 그 긴 세월을 무공에 일로매진했어도 대성하지 못한 자신이 한심스러웠다. 한편으론 되지도 않을 것을 붙들고 산 인생이 후회되기 시작했다.

"정풍 도우는 세월을 잡아두실 만큼의 성취가 있었군요. 대성을 축하드립니다."

기정풍은 쓴웃음을 짓고 말았다.

"아직 대성의 끝자락조차 보지 못하고 이런 몰골이 되고 말았습니다."

자미는 아무래도 믿지 않는 눈치였다. 어찌 무공을 대성치 않고 반로환동할 수 있단 말인가. 게다가 일전 본 기정풍의 신위는 범상치 않았던 것이다.

"유황곡에서 살아오신 것만으로도 그 경지를 짐작하겠습니다. 노태상께서는 시주가 꼭 무공을 대성하고 나올 것이라 믿었지요."

"허허! 그분은 어찌 되셨습니까?"

"그분은 시주께서 유황곡에 드신 후 십여 년이 넘게 세상을 떠도셨습니다."

"어찌 그 연로 하신 분이……!"

"뭔가를 찾아 헤매신 듯합니다. 그래도 임종은 본 파에서 맞으셨으니 상심치 마세요.”

“혹, 남기신 말씀은 없었습니까?”

간신히 일어나 앉은 자미는 머리맡 서랍을 열어 서책만 한 목갑을 꺼냈다.

“이것은 어른께서 남기신 물건입니다. 안에 서찰이 있으니 살펴보시지요.”

기정풍은 떨리는 손으로 목갑을 열었다. 노태상이 세상에 남긴 마음인 듯 개봉하자마자 인세에는 없을 법한 은은한 향기가 방 안 가득 퍼졌다.

안에는 서찰 외에도 은색 실이 감긴 실패와 흑색 가위, 그리고 바늘이 있었다. 눈을 감고 향을 즐기던 기정풍은 천천히 서찰을 개봉했다.

육십여 년 전 사부에게 받았던 절망의 서찰과는 달리 사모의 서찰은 구구절절 정이 배어 있었다. 내용이 반을 넘어섰을 때 기정풍은 목이 메어 가슴을 쥐어뜯었다. 죄스러움과 끝없는 고마움에 도무지 눈물을 삼킬 수 없었다. 자미가 보고 있음에도 꺼이꺼이 울고 말았다.

기정풍은 나이 든 사모가 왜 세상을 떠돌았는지 알게 되었다. 유품으로 남기기에는 적절치 않은 물건들의 정체도 알았다.

노태상의 말에 의하면 은실은 인세에 보기 드문 천잠사라 했다. 또한 흑색 가위와 바늘은 천잠사만큼이나 귀한 묵철로 만들어진 물건이라 했다.

왜 노태상은 귀하지만 별로 쓸모없어 보이는 물건들을 남겼을까?

처음 노태상은 이런 재료들이 아니라 완성된 하나의 물건을 남기고 싶어했다.

'타지 않는 옷.'

그것이 바로 노태상이 만들고자 했던 것이었고, 세상을 떠돈 이유였다.

단심법은 대성하기 전에는 운용 시 열을 뿜는다. 또한 대성하더라도 극한의 기를 끌어올리면 엄청난 열기를 뿜는다. 노태상은 이를 알고 있었음이다.

노태상은 각지를 떠돌며 불에 타지 않는 옷을 찾아다녔지만 헛수고였다. 오 년이 지난 어느 날, 노태상만큼이나 늙은이가 비웃으며 말했다.

"차라리 용의 가죽을 구하는 편이 낫겠군."

노태상은 여기에 영감을 얻어 세상에 존재하는 모든 기물보록(奇物寶錄)을 뒤졌다. 그리고 용 비슷한 것이 출현했다는 기록이 있는 곳이면 어김없이 찾아다녔다. 아무리 허무맹랑한 기록이라도 소홀히 하지 않았다.

그렇게 아무 소득 없이 오 년이 지났다.

"태상께서는 기물을 발견하면 만드시려고 이 물건들을 준비하신 것이군요."

자미는 기정풍이 건네는 편지를 읽은 후 탄식했다.

"왜 아니겠습니까. 정말 바보 같으신 분입니다."

묵철로 갑옷을 해 입으면 모를까, 타지 않는 옷이라니…….
그런 보의가 세상에 있을지도 의문이지만 있다 해도 어찌 얻
을 수 있겠는가.

서찰의 말미에 언급하길 적화룡(赤火龍)이라는 기물이 있어
그 가죽을 얻으면 보의를 짤 수 있다 했다.

"적화룡이라……. 정말 이런 것이 있을까요?"

"그건 타지 않는 옷보다 더욱 해괴합니다."

용이라니? 한낱 호사가들이 꾸며낸 전설에나 나오는 용이라
니……. 기정풍은 턱도 없다고 생각했다.

옷이 불타는 제약 아닌 제약은 생각 외로 골치 아팠다. 만약
그런 기물이 있어 보의를 만들 수 있다면 자신에게 그보다 좋
은 일이 없을 것이다. 바위를 먼지로 만들 기공을 가지고도 제
대로 뽐을 수도 없는 현실이 아닌가?

적을 만나면 사성 이하로 섬혼기를 펼치다가 옷이 얼어붙었
을 때를 기다려 오성 이상의 힘을 발휘할 수 있다. 그것도 단
한 번뿐이다. 두 번 그 짓을 했다가는 우스운 꼴을 당하기 십
상이다. 며칠 전 화군과의 일전에선 무릎까지 쌓인 눈이 있었
기에 망정이지 체면을 크게 구길 뻔하지 않았던가.

팔정권이나 사성의 섬혼기만으로도 어지간한 적은 물리칠
수 있을 테지만, 화군 같은 강적을 만나면 위험하다.

천하제일의 신공을 한 몸에 지녔다 해도 싸울 때마다 벌거
벗은 모습을 보인다면 천하제일 벌거숭이라는 별호가 생겨도
이상치 않을 것이다. 정말 그런 일이 있었다가는 스스로 지옥

같은 유황곡 속으로 기어들어 가게 될지도 몰랐다.

거기에 생각이 미친 기정풍은 치를 떨었다.

"시주, 괜찮으신가요?"

"아닙니다. 그저… 그런 옷이 있다면 더 바랄 것이 없겠다는 생각을 했습니다."

자미는 기정풍이 불길에 휩싸여 눈밭을 구르던 모습을 봤던 지라 그 말뜻을 즉시 이해했다.

"태상께서 돌아가시기 며칠 전까지 보시던 책이 있지요. 혹, 생각이 있으면 보십시오."

기정풍은 기물보록이라 적힌 책을 받아 들고 거처로 돌아왔다. 날이 어두워지자 심심하던 차에 책을 펼쳤다.

책은 한마디로 세상의 모든 허무맹랑한 것의 집합체였다. 꽤 두꺼운 책은 한 장에 하나의 기물을 세밀히 묘사하고 있었다. 심지어 그림까지 세세히 묘사되어 있는 것도 있었다. 그중 백미는 첫 장에 수록된 백룡(白龍)이었는데, 작자는 백룡의 존재를 기정사실처럼 다루고 있었다. 소감은 그저 어처구니없을 뿐이었다.

"뭐? 활선인이라는 선인이 백룡을 수족처럼 부려?"

한껏 비웃으며 한 장 한 장 넘겼다. 가끔 생명체 외에도 어떤 독도 흡수한다는 피독주(避毒珠)와 금석을 두부처럼 자른다는 막야검 같은 것들도 있었다.

"이따위 것이 사모님의 십 년을 잡아먹었단 말인가?"

기정풍은 화가 머리끝까지 치밀어 서책을 던져 버렸다. 그

후로도 한참 분이 풀리지 않아 씩씩댔다. 갈증이 일어 싸늘해
진 솔잎차를 냉수처럼 들이켰다.

다소 진정된 기정풍은 어쨌든 사모의 유품이나 다름없는 책
이니 보관해야겠다 싶어 집으려 했다.

"이것은?"

기정풍은 펼쳐진 책장에 눈에 익은 그림이 있어 흠칫했다.
그림 속의 괴상한 동물은 기정풍의 기억을 일순간 유황곡 속
으로 밀어 넣었다.

2

유황곡을 벗어나기 몇 달 전.

기정풍은 오랜 명상에서 깨어났다.

얼마나 그러고 있었는지 뱃가죽이 등에 붙어 있고 몸 위에
유황이 눈처럼 쌓여 있었다. 단심기를 대성할 어떤 실마리도
찾지 못한 채 깨어난 그는 무척이나 실망했다.

하나, 실망도 절망도 살아 있을 때야 할 수 있는 일. 어깨가
축 처져서 먹을 만한 것을 찾았다.

한데, 그 흔하던 독충이 한 마리도 없었다. 구석구석 샅샅이
뒤져 봤으나 헛수고였다. 명상에 들기 전에는 열기가 덜한 열
지 가장자리에 분명 독충으로 바글거렸지 않은가?

천재지변이라도 일어났을까 싶어 살펴보니 지형은 이전과 그대로였다. 독충을 잡는다고 설치고 다닌 덕에 미칠 것 같은 허기가 밀려들었다. 아닌 게 아니라, 그의 모습은 고행하던 부처의 모습 그대로였다. 눈은 퀭하고 갈비뼈만 앙상했다.

단전은 용광로 같은 양기로 충만한데, 배가 고프니 기운이 없었다. 급한 김에 펄펄 끓는 유황연(硫黃淵)에 고개를 처박고 들이켰다. 평소 마시던 물인데 유난히 뜨겁다.

하지만 먹지 못할 정도는 아닌지라 배가 부르도록 마셔댔다. 한참 후 고개를 쳐든 기정풍이 불룩해진 배를 어루만졌다.

부글부글.

“……?”

갑자기 유황 연못이 부글부글 끓어올랐다. 평소보다 도가 더했다. 이상한 소리까지 들렸다. 이 또한 평소 독연이 뿜어지는 소리와는 달랐다.

기정풍은 마음을 차분히 하고 정견(正見)을 펼쳐 연못을 들여다보았다. 워낙 탁한 물이라 잘 보이지 않았는데, 정견을 시전 하니 비록 흐릿했지만 제법 깊은 곳까지 보였다.

“헉!”

기정풍은 경악성과 함께 낯이 핼쑥해져서 뒷걸음쳤다. 그의 눈은 유황 연못에 고정된 채 파르르 떨렸다.

첨벙!

평생 보지도 듣지도 못한 순적색의 괴물이 모습을 드러냈다. 정말 특이하게 생긴 놈이었다.

네 개의 다리, 양 갈래로 갈라진 혀를 쉼없이 내미는 모습은 영락없는 도마뱀이다. 한데, 놈은 도마뱀이면 없어야 할 날카로운 이가 있다. 게다가 몸길이 일 장에 이백 근은 너끈히 나갈 것으로 보이는 놈이었다.

숨조차 멈추고 세세히 관찰했다. 사왕(蛇王)이라 칭하기에 부족함이 없는 모습이었다.

놈의 피부와 맞닿은 유황물이 순식간에 증기가 되어 날아가고 있었다. 놈이 적색으로 보이는 것은 몸뚱이가 뜨겁게 달아오른 때문이었던 것이다.

대체 어디서 나온 놈인가? 그는 난생처음 보는 동물에 몹시 당황했다. 심신이 안정되지 않으니 팔정(八正)이 무너졌다. 심장이 제멋대로 뛰놀고 어떻게 대처해야 할지 판단이 서지 않았다.

놈이 못 밖으로 고개를 내밀어 핏빛 눈으로 노려보았다. 잠시 놈의 눈을 보는 것만으로도 기가 죽고 오금이 저렸다. 보는 자로 하여금 전의를 상실케 하는 눈빛이라니…….

이대로는 죽는다. 죽는다?

'크큭, 한낱 짐승 따위에 굴하려고 그동안 이 짓거리를 했던가?

갑자기 오기가 치솟았다. 놈이 강한 기세를 풍길수록 더욱 그랬다.

한동안 눈싸움이 계속되었다. 미동도 없이 기정풍의 새까만 몸을 노려보기만 하던 놈이 갑자기 입맛을 다셨다. 기정풍을 먹을 수 있는 것이라 판단한 모양이었다.

놈의 입에서 걸쭉한 침이 줄줄 흘러내렸다. 마치 먹고 싶어 죽겠다는 태도다.

까딱 잘못했다가는 먹힐 판이다. 마음을 다잡았다.

팔정이 스르르 일어나 뛰노는 심장을 다독이고 어지럽던 머리를 가득 채웠다. 대뜸 정신이 맑아졌다. 놈이 가진 힘이 어렴풋이나마 짐작되었다. 풍기는 기세만으로도 엄청난 놈인 것을 짐작했지만 감당 못할 정도는 아니라는 판단이 내려졌다.

놈의 면면을 살펴보니 통통하게 살이 오른 것이 구미가 당긴다. 기정풍도 지지 않고 입맛을 다셨다. 침을 약간 흘려주는 것도 잊지 않았다. 그의 행동은 약간의 연기도 있었지만, 실제로도 허기가 놈에 못지않던 바다.

"좋아! 지는 쪽이 일용할 양식이 되는 거다!"

둘은 누가 먼저랄 것도 없이 서로에게 달려들었다. 적색(赤色) 짐승과 흑색(黑色) 인간의 먹고 먹히는 사투가 시작된 것이다. 지는 자는 먹힐 것이고, 이기는 자는 먹을 것이다.

기정풍은 다가드는 놈의 몸뚱이에 팔정권 제오식 창룡박토(蒼龍撲土)를 선사했다.

팡!

기정풍은 기세 좋게 내뻗었던 권을 속히 거두고 물러섰다. 그는 권이 놈의 몸에 작렬하는 순간 자신의 생각이 틀렸음을 깨달았다. 그것도 아주 많이.

놈은 강한 정도가 아니었다. 생긴 것처럼 숫제 괴물이었다.

기정풍의 새까만 우수(右手)에서 연기가 피어올랐다. 찰나간 놈의 몸과 닿은 대가였다.

마른침을 꿀꺽 삼켰다. 놈도 제가 유리한 것을 알았음인지 조급했던 움직임이 행동 하나하나에 여유가 넘쳤다. 놈이 펄쩍 뛰어올라 아가리를 쩍 벌렸다.

파파팡……!

놈의 턱에 십일성에 이르는 섬혼기를 전력으로 펼쳤다. 섬혼기는 단 한 대도 빗나감 없이 모두 적중되었고, 놈은 수 장이나 날아가 연못에 처박혔다.

"우하하!"

기정풍은 통쾌한 웃음을 터뜨렸다. 눈 서너 번 깜빡이는 순간에 전력으로 펼쳐 낸 섬혼백십칠기다. 오랜만에 펼친 때문인지 온몸이 개운했다. 기분뿐 아니라 실제로도 놈의 몸과 닿았던 신체는 찜질이라도 한 것처럼 뜨거우면서도 시원했다.

부글부글!

"……?"

기정풍은 웃음을 서서히 그쳤다. 놈이 멀쩡한 모습으로 다시 기어나오고 있었던 탓이다.

"오냐! 이번에야말로 죽여주마!"

파파팡!

풍덩!

"크하하! 이번에는 필시 죽었……?"

아니었다. 놈은 여전히 멀쩡했다. 그런 일이 수차례 반복되었다.

"이럴 수가!"

기정풍은 지쳐 버렸다. 아니, 질려 버렸다.

놈의 맷집은 대단함을 넘어 경이로울 정도였다. 이토록 질기디질긴 놈이 세상에 있을 줄이야……. 섬혼기를 대체 몇 번이나 전개했는지 기억도 나지 않았다. 공격하는 것마다 모두 적중했다. 일식당 두세 대로만 계산해도 어마어마한 숫자다.

방법을 바꿔 모든 공격을 머리에 집중시켜 봤지만 헛수고였다.

까맣던 그의 몸은 괴물과의 접촉으로 인해 벌겋게 익어 있었다. 놈이 맞아준 것은 자신을 익히기 위함이 아니었나 의심될 정도였다. 이제 정말 먹히는 일만 남은 듯했다. 배고파 죽겠는데 오히려 먹히게 생긴 판이다.

따뜻한 밥을 먹어본 지 몇 해던가? 아니, 벽곡단이라도. 그도 아니면 씁쓰름한 독충이라도 실컷 먹고 죽는다면 원이 없을 것 같았다.

문득 의문이 들었다.

그 많던 벌레가 대체 어디로 사라졌을까?

"……!"

원인은 놈일 가능성이 높았다. 괴물 같은 것이 죄다 잡아먹었든, 놈으로 인해 온도가 높아져서 죽었든 어쨌든 놈이 분명해 보였다.

먹이가 기운이 빠진 것을 알아챘음인지 놈은 거칠게 덮쳐들었다.

“이 원수 같은 놈!”

분이 오를 대로 오른 기정풍도 가만있지 않았다. 기진맥진한 상태였지만 마지막 발악이라 생각하고 온 힘을 다해 저항했다.

일인일수(一人一獸)가 한 몸이 되어 굴렀다.

기정풍은 금세 아래 깔려 버렸다. 맷집도 맷집이지만 무게나 힘에서도 우위를 점하지 못했던 것이다. 절체절명의 위기에 처하니 옛일이 주마등처럼 스쳤다.

가장 먼저 떠오른 사람은 사부였다. 끝까지 사랑을 얻지 못하신 불쌍한 분.

놈이 육중한 무게로 눌러대니 숨이 막혔다. 힘이 점점 빠져나갔다. 눈을 질끈 감았다. 이번에는 노태상의 인자한 모습이 스쳐 지나갔다.

죽음이 목전인데 이상하게 마음이 편안했다. 극도의 평안이 찾아오자 팔정도가 최고조에 이르렀다. 정념(正念)이 일어나 옛 기억이 그리듯 생생하게 떠올랐다.

기억이 생생하게 스쳐 갈수록 지나온 삶이 억울했다. 정확히 말해 동자인 채로 죽어야 하는 신세가 참기 힘들 만큼 억울했다. 사랑을 언제 해보았던가?

기억이 절로 반여정에 이르렀다. 저도 모르게 욕지기가 튀어나왔다.

재수없게 죽음에 이르러서까지 그년이 생각이 날 건 무언가? 짜증이 왈칵 솟구쳤다. 정하던 팔정의 기운이 와르르 무너지며 머리가 핑 돌았다. 거기에 더해 갑자기 얼굴에 뜨거운 김이 훅 풍겼다. 얼굴에 끓는 기름을 부어도 이보다는 덜 뜨거울 듯했다.

지독한 고통에 눈을 번쩍 떴다. 눈을 떴음에도 현기증 탓에 보이는 것이 없었다. 팔정도 중 정견(正見)이 흐트러져 더욱 그랬다. 필사적으로 눈을 깜빡였다. 노력의 대가로 흐릿한 망막에 어렴풋이 불그스름한 무엇인가가 비쳤다.

기정풍은 뭔지도 모르고 덥석 붙잡았다. 손은 끓는 쇳물에라도 담근 듯 지글지글 타올랐다. 본능적으로 놔서는 안 된다는 생각이 들었다. 미끄덩거리며 빠져나가려는 것을 악과 깡을 불살라 움켜쥐었다.

순간 엄청난 힘이 그를 잡아끌었다. 속절없이 끌려가는 중에도 기어이 놓지 않았다. 차츰 현기증이 사라지자 서서히 보이기 시작했다. 괴이한 소리도 들렸다.

"헉!"

놈은 반 장 떨어진 곳에서 혀를 빼 문 채 네 다리로 버티고 있었다. 혀끝은 기정풍에게 붙잡힌 채였다. 아무리 뽑아서 늘였다지만 혀 길이가 반 장이라니……. 미끄덩한 감촉은 놈의 침이었다는 것도 알았다.

놈이 발버둥칠수록 침이 지글지글 끓어올랐다. 손에서 매캐한 연기가 솟았다.

"으악!"

쿠에엑!

괴성을 지르는 걸로 보아 놈도 괴로운 모양이었다. 살 수 있는 희망이 보였다. 포기했던 삶의 의지가 새록새록 돋아났다.

"으악! 조금만 더 버티면……!"

당기려고만 하던 놈이 급작스럽게 달려들어 왔다. 팽팽하던 균형이 무너지자 기정풍은 당기던 힘대로 정신없이 밀렸다. 자연히 놈이 다가온 만큼 멀어지게 되어 간발의 차로 무사할 수 있었다.

놈은 달려들고 기정풍은 도망쳤다. 앞으로 달려드는 것보다 뒤로 뛰는 게 아무래도 불편한지라 여러 번 위기가 있었지만 천신만고 끝에 위기를 넘기곤 했다.

"헉! 헉!"

의지는 충만한데 체력이 따라주질 않는다.

"죽어도 안 놓는다."

의지견정한 말과는 별개로 손아귀 힘이 자꾸 빠져나갔다. 본래 많은 힘을 소진한 데다, 놈의 침에 튀겨진 상태라 손가락이 말을 듣지 않았다.

놈도 지친 기색이다. 조금만 더 버티면 될 것 같은데, 손아귀에 힘이 풀리며 놈의 혀가 스르르 빠져나갔다.

"안 돼!"

놈의 혀가 목숨 줄이다. 기겁한 기정풍은 생각할 것도 없이 놈의 혀를 덥석 물어버렸다.

입이 타 들어갔다.

이렇게 해서라도 살아야 하나 싶었다. 곧 눈이 뒤집어져 흰 자위만 가득했다. 하지만 놓지 않았다. 그는 도리어 고통스러울수록 거칠게 물어뜯었다.

얼마나 버텼을까? 극한의 고통 속에서도 삶의 의지를 버리지 않았던 기정풍은 끝내 쓰러지고 말았다. 그는 지독하게도 땅에 코를 처박은 순간까지 놈의 혀를 물고 있었다.

기정풍은 하루가 꼬박 지나고 나서야 혼절에서 깨어났다.

그는 벌떡 일어섰다가 긴장이 풀려 다시 주저앉았다. 놈이 혀를 길게 빼고 죽어 있었던 것이다. 괴물의 혀는 한 자가 넘게 잘려 나가고 없었다. 그가 혼미한 중에 먹어치운 부분이었다.

어찌 통쾌하지 않을쏘냐? 앙천대소(仰天大笑)를 터뜨렸다.

"하하하!"

기정풍은 한참만에야 웃음을 그치고 죽어 자빠진 놈을 관찰했다. 놈은 살아 있을 때는 몸 전체가 적색이었는데 백색이 돼 있었다. 열기가 식으면서 본래의 색을 찾은 듯했다.

"한동안 식량 걱정은 없겠군."

놈은 대단히 커서 그의 생각대로 당분간 식량 걱정은 없었다.

그저 몇 달치 식량으로 생각했건만 그것이 다가 아니었다. 그가 며칠에 걸쳐 기수를 뜯어먹을수록 까칠하던 피부가 탱탱해짐은 물론 솥 밑처럼 검었던 색도 점차 살색을 되찾았다. 마냥 신이 난 그는 마침내 어렵사리 얻은 식량을 몽땅 먹어치운

것도 모자라, 남은 뼈는 유황 연못에 집어넣고 푹 우려 먹고 가
죽까지 불려 먹었다. 그 효과였을까? 기정풍은 급기야 처음 유
황곡에 들었던 이십대 초반의 외모를 가지게 되었다.

기정풍의 세월의 역행은 영수(靈獸)의 기운과 그동안 쌓았
던 방대한 단심기가 만들어낸 조화였다. 결국 기정풍의 변화
는 단심기의 대성에서 온 결과가 아닌, 외부적인 요인에 의한
산물이었던 것이다.

하나, 한 가지 아쉬운 것은 일생에 한 번 있을까 말까 한 기
연조차 동자공의 대성에는 아무런 영향을 주지 못했다.

단심기를 대성하지 못한 채 유황곡을 나온 기정풍이기에 화
군을 상대함에 있어 옷을 홀랑 태워먹고, 섬광탄을 펼쳤을 때
도 무의미한 초식들을 늘어놓은 끝에야 가능했던 것이다.

"적화룡의 가죽은 불에 타지 않는다고?"

기정풍은 노태상이 찾아 헤매던 놈이 자신의 뱃속에 들어간
놈임을 알았다. 먹을 것이 하도 없어, 아니, 놈을 뜯어 먹을수
록 회춘하는 터라 욕심에 가죽까지 물에 불려 뜯어 먹었던 기
억이 생생했다.

놈의 가죽은 불은 감당할지언정 기정풍의 식욕과 이빨은 이
기지 못했던 것이다.

"허!"

이렇게 황당한 일이 또 있을까. 단심기의 약점을 보완할 결
정적인 물건을 먹어치우다니…….

第八章

설원(雪原)에 핀 한(恨)

1

순백(純白)의 설원(雪原).

정결해야 할 눈 위는 불에 타거나 혹은 시커멓게 변색된 시체가 즐비했다. 대부분 매캐한 연기를 내는 것이 중독사로 보였다. 그리고…….

"어르신, 제발 살려주십시오!"

붉은 가죽신 밑에 꿇어 엎드려 살려달라 애원하는 청년이 있었다. 대단히 남자다우면서도 좀처럼 보기 드문 미남인 이 청년은 장백검파의 이대제자 대설(大雪)이었다. 그는 이처럼 누구 앞에 부복해 있는 것이 어울리지 않는 귀태(貴態)가 있었다.

"호오! 사부와 사형제가 죽었는데 혼자 살아남겠다? 불의에 불충한 놈이로다!"

  음성의 주인은 신발뿐 아니라 온통 적색 차림의 외팔이였
다. 팔은 잘린 지 얼마 안 된 듯 상처의 단면은 붕대에 감겨 있
었다.

  그것은 대설의 사부이자 장백검파의 장문인 담수벽이 얼굴
이 녹아 들어가면서도 끝내 펼쳐 낸 일검에 의한 상처였다.

  "아닙니다. 저들은 제 사형제도 사부도 아닙니다. 전 그들
의 종에 불과했습니다."

  "큭, 순진한 아해로다! 내가 그 말을 믿을 성싶으냐?"

  적의인은 중원인의 그것 같지 않게 까만 얼굴에 억양 또한
드셌다.

  "어찌하면 믿으시겠습니까?"

  "멍청한 놈! 살고자 하는 놈은 네놈인데 어찌 방법을 나에게
묻는 것이냐?!"

  대설은 모종의 결심을 굳힌 듯 입술을 잘근 씹더니 벌떡 일
어섰다. 그리곤 곧장 시체로 다가가 자근자근 밟아댔다. 사부
를 밟았다. 사형도, 사제도 잊지 않고 밟았다. 그렇지 않아도
흐물거리던 시체는 팔이 떨어지고 귀가 떨어져 나갔다.

  악귀도 그런 악귀가 없었다. 그는 살기 위해 사형제와 사부
의 몸에서 떨어져 나온 팔다리마저 짓이겼다. 불구대천의 원
수라도 차마 하지 못할 행동이었다.

  "이제는 믿으시겠습니까?"

  "미친놈이로다. 네놈을 믿는다 치자. 한데 네놈을 살려서

어디에 쓰겠느냐?"

"저, 전 쓸모가 많습니다. 무슨 일이든 시켜만 주시면 하겠습니다."

그는 살기 위해 필사적이었다.

"뭐든지 한다? 내 신을 닦아봐라. 마음에 들게 닦는다면 고려해 보마."

대설은 적의인의 발아래 꿇어 엎드려 정신없이 신발을 닦았다. 닦았다기보다는 핥는다는 표현이 옳았다. 사부와 사형제들의 피와 고름으로 점철돼 있던 가죽 신발이 티끌 하나 없이 깨끗해졌을 때 적의인의 입에서 생명의 발판이 내려왔다.

"개 같은 놈이로다. 일단 목숨을 연장해 주도록 하지."

청년 대설(大雪)은 적의인의 뒤를 따르며 눈에 쌓이고 피에 젖은 문파를 돌아보았다. 인자한 사부의 얼굴과 믿음직한 대사형의 얼굴, 유난히 잘 따르던 사제의 얼굴이 스쳐 지나갔다.

장춘관은 장춘에서 첫손에 꼽히는 무관이다. 관원 수가 백을 넘고, 관주를 비롯한 교관도 삼십에 이른다.

하지만 그 정도의 세로는 흑룡왕의 헛기침 한번 당하지 못할 전력이었다. 일찌감치 이를 알고 있던 관주는 흑룡왕이 왕림하자 버선발로 맞았다.

그럼에도 그를 비웃는 자는 아무도 없었다. 흑룡왕의 혈첩에도 불구하고 굴복하지 않은 문파는 길림성에 산재한 사십여 문파 중 둘에 불과했던 것이다.

장춘관 집무실.

승천하는 용봉(龍鳳)이 수놓아진 자색 곤룡포를 받쳐 입고, 화려한 이동식 어좌에 앉은 자가 위엄 가득한 음성을 발했다.

"상황을 보고하라."

현자는 붉은 입술을 핥아 촉촉이 만들고는 좌우를 쓸어보며 입을 열었다.

"왕께 무릎 꿇지 아니한 자는 백화문의 자미와 장백검파의 담수벽뿐입니다."

현자는 사내였지만 여인에 가까운 자였다. 하나, 그런 단점에도 불구하고 뛰어난 머리는 흑룡왕을 감탄시키기에 충분했다. 그는 단 오 년 만에 흑룡왕의 총애를 받아 양자가 되었고, 오늘날에 와서는 쌍압문의 실질적인 이인자였다.

"네가 예상했던 대로구나. 화군과 적사(赤沙)가 고생이 많겠어."

본래 길림의 모든 문파에는 쌍압문도들이 배치된 상태였다. 그중 백화문과 장백검파를 제외한 모든 문파는 일찍이 백기를 든 터라 일이 없었으나, 화군과 적사에게는 일이 생긴 것이다.

"그분들이야 워낙 대단한 분들이니 별일 없을 것이옵니다. 다만 예상에 없던 폭설 때문에 화군을 따라 나선 지살대가 걱정이지요."

"그들은 하찮은 한족이다. 소모품이니 죽어도 상관없다. 아니, 언젠가는 죽여야 할 족속이다."

흑룡왕의 비정한 말에 회의에 참석한 자들은 하나같이 고개를 끄덕였다.

"그나저나 화군이 늦는군요. 적사야 장백까지 거리가 있으니 늦는 게 당연하지만."

성성이의 그것처럼 유난히 긴 팔을 가진 사십대의 사내, 성성군(猩猩君) 회루찬이었다.

"성성군, 화군의 성정을 모르시는가? 계집 속살 맛을 보느라 시간 가는 것도 모르는 게지."

이번에는 천군 오십좌 중 무공 수위와 지위 모두 삼십 위권 안에 드는 탁탑천군(托塔天君) 아루라다.

"흥! 그는 제 부탁을 무시했을 리가 없어요."

현자는 마치 자신이 희롱당한 듯 파르르 떨었다. 이럴 때 보면 영락없는 여인네였다.

"때가 되면 오겠지. 천하를 경영하는 데 있어 작은 일에 신경 쓸 것 없다."

흑룡왕의 말에 현자는 공손히 답했다.

"잠시 실언을 했습니다."

"중원 진출 오 년 만에 두 개 성을 흡수했다. 하나, 길림과 흑룡강성은 명나라도 아닌 바다."

흑룡왕의 말마따나 두 성은 명나라의 힘이 미치지 않는 데다, 이렇다 할 거대 문파가 없는 성이기에 쉽사리 손에 넣을 수 있었다. 하지만 모용세가가 버티고 있는 요녕부터는 다르다.

"천군들께서 나서주셔야지요. 또한 사대를 더욱 정예화한다면 몇 년 안에 천하무림은 왕께 꿇어 엎드릴 겁니다."

"내게가 아니라 그분께가 될 것이다."

흑룡왕 카슈카르는 거대한 스승의 모습을 그렸다. 그에 동화되듯 현자를 제외한 모든 천군들은 마치 신께 경배하듯 경건한 자세를 취했다.

그때 경건한 분위기를 깨고 회의장 문이 벌컥 열렸다. 이토록 간 큰 행동을 하는 자는 얼마 전 정보 수집을 위해 신설된 낙영당주(落影黨主) 설리번이었다.

설리번은 회의장에 들어오자마자 숙연한 분위기를 깨닫고 얼른 엎드렸다.

"소신이 죽을죄를 지었습니다. 하나, 워낙 급박한 전갈이 있는지라……."

현자는 불길한 기분을 느끼고 그를 불러 물었다.

"화군 이아륵님을 포함 지살대 전원이 심태산에 몸을 뉘었다 합니다."

천만뜻밖의 소식에 장내가 술렁였다. 지살대는 흑룡강성을 접수하면서 급조한 조직이나 화군은 쌍압문의 기둥이다. 세상은 모르나 화군은 백화문 따위에 스러질 이름이 아니었다.

"그게 무슨 말이냐? 뉘였다? 뉘였다니?! 설마 네놈은 그들이 명을 달리했다고 말하는 것이냐?"

"아뢰옵기 송구스러우나 사실입니다."

설리번은 마치 자신이 죽을죄라도 지은 듯 고개도 들지 못한 채 정황을 보고했다. 이때가 화군이 기정풍의 섬혼기의 첫 희생양이 된 지 삼 일 되는 날이었다.

화군은 오십천군 중 하위에 속하는 자다. 또한 지살대도 사대 중 말석이다. 이들의 죽음은 쌍압문에 직접적인 전력 손실을 가져오지는 않겠지만, 천군 오십좌 중 일인의 죽음은 심적 충격이었다.

그동안 승승장구를 구가하던 쌍압문은 처음으로 제동이 걸렸다.

"백화문에 숨은 고수가 있었던가?"

흑룡왕의 말은 천근추라도 실린 듯 좌중을 무겁게 내리눌렀다.

설리번은 지살대의 부대주 중 하나인 파불군이 죽어가며 하던 말을 상기했다.

"백화문이 아닙니다. 모용세가에서 개입했다 합니다."

설리번의 보고에 현자의 머리는 팽팽 돌아갔다.

현자는 중원인이다. 그것도 쌍압문에 패망한 호림(虎林)이라는 소 문파의 일원이었다. 그러니만큼 화군이 죽은 것이 의외이긴 했으나 슬픔 같은 것은 없었다. 하지만 대놓고 슬프지 않은 티를 낼 수야 없는 일.

"그것이 사실이라면 소인의 실책이 큽니다. 그들에게 개입 시간을 주지 않기 위해 시일을 바짝 밀어붙였거늘……."

현자는 깊이 탄식하며 눈시울을 붉혔다.

"모용세가! 내 당장 그들을 쓸어버리리라!"

흑룡왕은 불같이 노해 당장이라도 뛰어나갈 듯했다.

"왕이여, 그리하실 일이 아닙니다."

현자는 짐짓 눈물을 훔치며 분하지만 냉정해야 한다는 투로 말했다.

"냉정히 살피건대 이번 일은 화와 복이 중첩된 듯합니다."

"현자, 내 너를 중히 보았거늘! 형제가 죽었다! 어찌 거기에 복이 있단 말이냐?"

현자의 말이라면 응당 옳다 말하는 흑룡왕인데, 이번만은 심히 못마땅한 심정을 드러냈다.

"중원의 말에 암중모색(暗中摸索)이라는 말이 있습니다. 한 치 앞도 보이지 않는 중에도 더듬어 찾는다는 뜻이지요."

화군과 적사가 빠진 사십팔 인의 천군들은 못마땅한 듯 인상을 구겼다. 하지만 현자의 작은 머리 안에 들어 있는 온갖 계교를 좋아하는 흑룡왕은 분을 삭이고 귀를 기울였다.

"계속 말하라."

현자는 흑룡왕의 인내심 깊고 배포 큰 모습에 포권으로써 존경의 염을 표했다.

"화군의 죽음은 암중이라 칭할 만큼 한 치 앞도 보이지 않는 큰 충격입니다. 하지만 지금은 그 어둠 속에 손을 뻗어 기회를 움켜쥐어야 할 때입니다."

"커험, 현자는 쉬운 말을 어렵게 하는 재주가 있소이다."

무식이라면 둘째가라면 서러운 철사자 아구다(阿骨打)였다. 현자는 속으로 비웃었으나, 겉으로는 더할 수 없이 상냥한 미소를 지었다.

"지금까지 쌍압문이 접수한 두 성은 중원이라 하기에도 민

망한 변방입니다. 하지만 앞으로는 중원무림의 세가 미치는
곳이지요."
　무식한 철사자가 이해했다는 듯 끄덕였다.
　"계속해 보시오."
　"언뜻 이해가 되지 않으실지 모르겠사오나 중원인은 고리
타분합니다. 싸움을 하려면 명분이 있어야 한다는 말이지요."
　"그냥 기분 나쁘면 도끼로 찍으면 그만이지 무슨 명분이란
말인가?"
　아니나 다를까, 단순무식한 철사자가 커다란 머리통을 저으
며 어깃장을 놓았다.
　"그들은 그런 족속입니다. 만약 명분없이 명문정파나 모용
세가와 같은 곳을 공격했다간 구파와 육대세가가 벌 떼같이
일어날 것입니다."
　"흥! 본인은 그깟 오합지졸 따위는 하나도 겁나지 않소."
　철사자는 자신이 유일하게 알고 있는 오합지졸이라는 한자
를 쓰고는 의기양양했다.
　"휴, 물론 철사자님을 호기는 높이 평가합니다. 하지만 지난
날 원나라가 압도적인 전력을 가지고도 송을 차지하기 위해
얼마나 많은 피를 흘렸습니까? 또한 후일 멸망한 원인을 뭐라
생각하십니까?"
　"설마, 허약한 중원 무림인들 따위 때문이라는 것이오?"
　"바로 그렇습니다."
　"그건 현자의 말이 맞다. 그분께서도 그것을 걱정하셔서 나

로 하여금 중원무림을 평정하라 명하지 않으셨더냐?"

왕으로 군림하며 거칠 것 없어 보였던 흑룡왕은 누군가를 지칭하며 사뭇 존경 어린 표정까지 지었다.

"소인은 그분을 뵙지 못했사오나 필히 거대하신 분일 듯합니다. 우선 이번 일만 해도 그렇습니다. 모용세가에 누가 개입했는지는 알 수 없으나 화군이 당한 것만 보아도 쉬이 볼 것이 아닙니다."

"크흠."

그저 화군이 당한 것만 생각하고 치를 떨던 이들의 표정엔 비로소 심각함이 깃들었다. 이제야 무림 정복이 호락하지만은 않다는 것을 깨달았던 것이다.

"그런 면에 있어 화군은 돌아가시면서까지 기회를 만들어주신 것이지요. 화군께서 그들 손에 돌아가신 마당이니 명분이 생긴 셈입니다."

"현자의 말대로 명분이 생겼다 칩시다. 하면 그로 인해 우리가 좋아진 것은 뭐요?"

"이번 명분으로 인해 육대세가는 개입할지 몰라도 구대문파는 나서지 못할 것이란 것이 제 소견입니다."

현재 중원의 정파는 정도맹이라는 거대한 집단을 창설한 상태다.

정도맹은 다시 두 기둥으로 나뉜다. 그중 하나는 청성을 필두로 한 구파일방이요, 나머지 하나는 모용세가를 주축으로 한 육대세가다.

　물론 그 외의 당대 천하제일검을 배출한 사공가(司空家)가 있기는 하다. 하지만 그들은 진정한 무도(武道)를 좇을 뿐, 무림에 크게 영향력을 행사하지 않는 웅크린 세력이었다.

　정도맹은 워낙 커다란 집단인지라 구파 쪽과 세가 쪽으로 분리되어 운영되고 있다. 각기 수장을 따로 두고 운영하다 보니 정도맹이라는 말조차 유명무실한 지경이지만 외부의 강한 적이 생긴다면 언제고 끈끈한 응집력을 보일 것이다.

　"육대세가라……. 그들의 세가 모두 모용가와 같은 전력이라면 만만치 않겠구나."

　"왕께서 바로 보셨습니다. 특히 올해가 지나면 세가맹의 수장 자리가 모용가로 넘어오게 됩니다. 그러면 더욱이 쉽지 않게 되겠지요."

　육대세가는 맹 창설 당시 오 년을 주기로 수장을 번갈아 했다. 공교롭게도 모용가가 권력을 잡을 시기가 코앞으로 다가온 것이다. 수장 자리가 모용가로 넘어오면 요녕성에 총단을 마련하고 세가맹의 삼백 정예가 상주하게 된다.

　"하면, 명분은 있으나마나 한 것 아니오?"

　내심 현자가 마음에 들지 않았던 탁탑천군 아루라가 언성을 높여 끼어들었다.

　"그렇지 않습니다. 수장 자리가 넘어온다 해도 정비하는 데 최소 한 달 이상이 걸립니다. 오히려 혼란한 틈에 공격한다면 득이 클 것입니다. 그것도 아니라면 그들의 도착 시기를 당분간 늦출 수도 있지요."

"우선 정파부터 서서히 잠식해 들어간다. 그전에 백화문을 마저 정리해야겠지."

"그도 눈이 녹는 대로 손을 쓰겠습니다."

현자는 좌중을 돌아보며 내심 득의에 찬 웃음을 터뜨렸다.

그는 본래 중원인으로 쌍압문에 멸문당한 호림문의 소공자였다. 아니, 소공자도 소공녀도 뭣도 아니었다. 그는 사내로 태어났으나 외모나 하는 짓이 영락없는 여자라 부모조차 그를 부끄러워했고, 종복들까지 그를 업신여기며 수군거렸다.

종국에는 아비의 명으로 창고 같은 방에 갇혀 바깥출입조차 용의하지 않았다. 하나, 그는 멀리 뛰기 위해 웅크린 개구리처럼 결코 좌절하지 않았다. 좌절은커녕 남자도 여자도 아닌 놈이라 손가락질 받을수록 그들 위에 군림하리라 다짐했다.

흑룡왕이 흑룡강성을 재패하며 아비를 단칼에 베고 어미를 찢어 죽였을 때 그는 웃었다. 옴짝달싹 못하게 했던 족쇄가 사라졌으니 진정으로 기뻐 웃었다.

흑룡왕은 그를 부끄러워만 하던 부모들과는 달랐다. 골방에 갇힌 그를 보고 한눈에 비범함을 알아보았다. 덕분에 기왓장 하나까지 남김없이 쓸린 참경 속에서도 살아날 수 있었다.

그렇게 흑룡왕의 손에 이끌려 재만 남은 호림문을 뒤로하고 쌍압문도가 되었다. 그리고 첫날 흑룡왕과 현자는 이틀 밤낮을 독대했다. 흑룡왕은 현자의 품은 뜻과 머리를 중히 보았다. 그 대가는 쌍압문의 이인자 자리였다.

하지만 지위가 높아졌다고 끝이 아니었다. 그가 단숨에 치고 올라오자 대놓고 반발하는 자는 없었지만 누구 하나 탐탁하게 생각하는 자가 없었다. 어리석은 그들 눈에 현자의 진가가 보일 리 만무했던 것이다.

하나, 낭중지추(囊中之錐)는 헛되이 생긴 말이 아니었다. 시간이 흘러 그의 진가는 서서히 드러나기 시작했다.

그는 먼저 흑룡강성의 수십 문파에서 차출한 인원으로 네 개 대를 신설했다. 또한 당근과 채찍을 적절히 써 불만도 많이 누그러뜨려 놓았다. 그렇게 오 년 만에 안이 안정되고 대외로 뻗어나갈 기반이 착실히 닦아졌다.

물론 쌍압문의 전력과 현자의 능력이면 단 몇 달 만에 그 일을 해낼 수도 있었다. 하지만 현자는 시작이 반이라는 말을 굳게 믿는 사람이었다. 거대한 건축물일수록 반석이 튼튼해야 함은 당연한 이치가 아닌가.

현자가 공들인 반석의 백미는 낙영당(落影黨)이었다.

낙영당은 정보를 담당하는 기관으로 현자가 심혈을 기울인 작품이었다. 현자는 오 년 동안 흑룡강성의 소식을 단 하루 만에 전해 받을 수 있는 정보 그물을 만들었다. 천하를 경영하기에 앞서 흑룡강성을 대상으로 시험을 했던 것이다.

수백 마리에 이르는 전서구와 전서응, 그리고 오 년간 체계적으로 훈련된 당의 요원들은 작금에 이르러서는 현자의 수족처럼 움직이고 있었다.

현자는 이 정도의 기반이면 어느 성을 차지하더라도 수 달 안에 쌍압문 세력으로 흡수할 수 있을 정도가 되었다고 자부했다.

하나, 그럼에도 불구하고 천군들은 자신들의 힘을 과신한 나머지 현자의 능력을 인정하지 않았다. 낙영당을 만들 때만 해도 그저 쓸어버리면 그만일 것을 계집처럼 정보가 웬 말이냐며 크게 비웃었다.

하지만 이제는 다르다. 화군의 죽음으로 적들이 결코 만만치 않다는 것이 밝혀진 바다. 그는 화군을 죽인 자를 만나면 절이라도 하고 싶었다.

이제 이들은 장기판의 졸처럼 가라 하면 가고 오라 하면 오게 될 것이다. 골방에 갇혀 설계했던 꿈이 현실이 될 날이 멀지 않은 것이다.

2

백화문 참사 열흘.

한파가 몰아쳐 쌓인 눈은 쉬이 녹지 않았다. 백화문 입장에서는 눈이 녹지 않아 쌍압문에서 후속대가 파견되지 않으니 칼바람이 오히려 반가웠다.

기정풍은 부상이 없는 문도들과 함께 눈밭을 나뒹굴던 쌍압 문도들을 전부 수거해 화장하고 개벽산 곳곳에 뿌렸다. 겨울이라 썩지는 않았지만 시일이 지체된 바람에 산짐승에 의해

훼손된 시체도 있었고, 한 구는 아예 통째로 사라지고 없었다.

"자미, 이렇게 일어나 계셔도 되는 겁니까?"

자미는 조금씩 회복기에 있었으나, 예전의 건강을 되찾기는 힘들어 보였다.

"허허! 젊은 나이에 명을 달리한 제자들도 있는데 어찌 엄살을 떨 수 있겠습니까."

"문파가 어려울수록 웃어른이 절실한 것입니다. 보중하시고 속히 기운을 차리십시오."

말은 그렇게 했으나 자미의 노쇠한 어깨는 세월의 무게를 얼마 감당하지 못할 것임을 짐작했다.

"정풍 시주의 말씀, 새기겠습니다."

"그건 그렇고, 쌍압문은 어떤 곳입니까?"

자미는 알고 있는 것을 세세히 말했다. 물론 세세하다 해봐야 문주가 여진족이라느니 무서운 집단이라느니 하는 세상에 떠도는 이야기가 전부였다.

"결국 백화문을 찾은 수많은 쇠털 중 하나에 불과했단 말씀이군요."

자미의 얼굴이 순식간에 어두워졌다.

"이번에는 시주와 모용세가에서 도왔으나 언제까지고 도움만 받을 수 없으니 걱정이에요."

"부족하지만 제가 한번 힘써보겠습니다."

기정풍의 조용한 한마디는 그 어떤 호언장담보다 자미에게 위안이 되었다.

“감사합니다. 정풍 시주께서 나서주신다면 안심입니다.”

“자미, 이번에 세상에 나가볼 참입니다. 그래서 말인데…….”

“말씀하지 않으셔도 알겠습니다. 시주에 대한 얘기는 되도록 발설치 않을 참입니다. 염려 놓으세요.”

기정풍은 아흔을 바라보는 나이를 굳이 숨기고픈 마음은 없었다.

하지만 그렇다고 해서 떠벌리고 싶은 마음은 더더욱 없었다.

반로환동한 사람이라는 것을 세상이 알게 되면 어떤 식으로든 다르게 볼 것이다. 기정풍은 스스로 나서서 처음 만나는 누군가에게 선입견을 심어주고 싶은 생각이 없었다.

어쩌면 훗날 동자공을 깨고 신부감을 얻는 데 막대한 지장을 초래할지도 모르는 일이다.

“한데, 그 연의라는 아이는 어찌하고 있습니까?”

“휴우, 그렇지 않아도 그 아이가 걱정입니다.”

“아니, 그 아이에게 무슨 일이 있었습니까?”

“이틀 전 밤에 목매 죽으려는 것을 다행히 조기에 발견해 살려놓았습니다. 간밤에는 팔목을 그었다더군요.”

“허!”

“타일러도 보고 위로도 해봤지만, 목숨 넋이 빠진 것처럼 도무지 말을 하려 들지 않으니…….”

자미의 말마따나 연의는 풀린 계란 같은 눈으로 그저 멍하니 앞만 바라보고 있었다. 백설 같은 목에 푸르뎅뎅한 멍 자국과 손목에 감긴 붕대로 보아 자미의 말은 사실인 듯했다.

연의는 자신으로 인해 문도들이 죽었다고 생각했다.

기인을 찾자는 제안으로 하루를 까먹은 덕에 문도들을 위험에 빠뜨린 것도 죽을죄라 생각했는데, 적에게 사로잡혀 근거지로 이끌었으니 그럴 법도 했다.

"또 죽으려느냐?"

조사전 툇마루에 앉아 넋을 빼고 있던 연의는 말소리에도 돌아보지 않았다. 대신 연의가 자해할까 염려하여 붙여둔 연수가 붉어진 낯으로 허리를 깊이 숙였다.

마주 합장한 기정풍은 미동도 없는 연의에게 시선을 돌렸다.

"그동안 귀라도 먹었느냐?"

"두 번이나 구해주신 것은 고마워요. 하지만 당신이 원망스러워요."

연의의 곁으로 다가가던 기정풍은 멈칫했다.

"왜지?"

"전 그날 절벽에서 떨어져 죽었어야 했어요."

연의는 연일 거듭된 충격으로 혼란스러웠다. 위기에서 구해지고 살아남은 것에 대한 고마움이 생기다가도, 죽은 문도들을 생각하면 숨 쉬는 것 자체가 고역이었다.

기정풍은 어찌 된 일인지 연의에 대한 걱정이 끊이질 않았다. 자미의 말을 듣고는 도가 심해져 큰맘 먹고 위로하려 찾았다. 한데, 마음 약한 소리만 하니 부아가 치밀었다.

"하!"

"게다가……."

"또 있느냐?"

"그날 당신은 절 죽게 내버려 두셨어야 했어요. 제가 그렇게라도 했어야 죽은 분들께 덜 미안했을 테니까요."

이 정도면 중병이다. 예상했던 것보다 연의의 마음의 병은 훨씬 크고 깊었다. 호통 쳐서 될 일도 아니고 타일러서도 될 일이 아니었다. 이러다 또 절벽에서 떨어지지나 않을지 걱정이었다.

"그래서 그렇게 죽지 못해 안달하는 것이냐?"

연의는 기정풍을 바라보지도 않은 채 고개를 저었다.

"이젠 죽지도 못한다는 걸 알았어요."

"죽을 수도 없다? 무슨 뜻이냐?"

"혹여 지옥이 있다면 당장 죽어서 무간지옥에 떨어질 것이나, 그런 곳이 없다면 죽음조차 제게는 사치일 테니까요."

연의의 말은 무간지옥이 없을까 두려우니 살아서 모든 고통을 당하겠다는 말이었다. 기정풍은 일단 죽진 않겠다니 안심이 되면서도 마음이 편치 않았다.

"휴우, 네 잘못이 아니다. 그들은 네가 아니면 모두 죽었을 거라는 것만 알아두어라."

기정풍의 입이 몇 번이나 떨어지려다가 닫혔다. 돌아서는 기정풍의 마음은 편치 못했다. 몇 번이나 말하고 싶었다.

내가 이야기 속의 기인이라고. 네가 아니었으면 백화문은 도주했을지 몰라도 결국 쫓기고 쫓기다 전부 죽었을 거라고.

하지만 그는 끝내 입을 꾹 다물고 연의에게서 멀어져 갔다. 자신이 기인이라는 것이 밝혀지면 분명 문도들을 죽게 했다는 연의의 심적 부담은 줄어들 것이다.

하나, 그는 굳이 자신의 나이를 밝히지 않았다. 어쩌면 연의가 아는 것이 싫었는지도 몰랐다.

다시 열흘이 지났다.

눈이 반쯤 녹자 모용선을 포함한 모용세가의 일곱 사람은 서둘러 백화문을 나섰다. 모용수는 떠나기 전 기정풍의 정체를 알아내려 은밀히 노력했지만 결국 실패했다.

기정풍의 정체에 대해 아는 사람이라고는 자미밖에 없다. 한데, 그런 그녀가 입을 다물고 있으니 사방을 들쑤신들 답이 나올 리 만무했던 것이다.

"숙부님, 그는 누굴까요?"

모용수는 모용선의 물음에 인상을 쓰며 어떤 생각에 골몰하다가 입을 열었다.

"모르겠다. 하지만 한 가지는 확실히 알겠다."

"뭐죠?"

모용선뿐 아니라 기정풍의 무위를 직접 경험했던 모용검수들은 귀를 쫑긋 세웠다.

"보이는 것이 다가 아니라는 것이다."

"보이는 것이 다가 아니라니요?"

모용선은 숙부의 말을 천천히 되풀이하며 속뜻을 짐작했다.

"모르겠느냐?"

모용수는 아리송한 눈을 한 식솔들과 일일이 눈을 맞췄다. 의혹의 시선만 보낼 뿐 누구 하나 선뜻 답하는 자가 없었다.

"아무리 생각해도 모르겠어요."

"무리도 아니지. 그럼 다른 것을 묻겠다. 네가 보기에 그가 몇 살쯤 된 것 같더냐?"

"얼굴이 때에 절어 자세히는 보지 못했어요. 하지만 음성으로 짐작해 볼 때 서른은 넘지 않은 것 같았어요."

나머지 모용검수들도 동의의 뜻을 나타냈다.

"너희들 짐작이 옳다. 그의 면면은 삼십은 고사하고 이십대 초, 중반으로 보인다."

"혹시 그의 나이가 보이는 것의 전부가 아니란 말씀과 연관이 있나요?"

"네 말이 맞다."

모용수는 천천히 고개를 끄덕였다. 설마 했던 모용선의 얼굴에 심각함이 깃들었다.

"채음보양(採陰補陽)⋯⋯. 음영신마(陰影神魔) 요필?"

음영신마는 채음보양을 통해 얻은 어마어마한 내공과 환술을 통해 젊음을 유지하고 있는 자였다. 본신의 무력뿐 아니라 배경도 만만치 않아서 중원 천지에 마(魔)와 신(神)의 호칭을 동시에 받은 다섯 명 중 하나다. 다섯은 이름 하여 오대신마(五大神魔)로 통칭되는 자들인데, 요필은 그 가운데 서열 네 번째로 알려져 있었다.

"확신은 없다. 그일 수도, 어쩌면 전혀 다른 이일 수도 있지. 하지만……."

"음영신마일 가능성이 크다고 생각하시는군요?"

모용수는 조카의 말에 긍정의 뜻을 비쳤다.

"그자가 아버님의 함자를 이를 갈며 불렀을 때부터 이상히 생각했다. 일전 그분은 요필을 만나 크게 혼을 낸 후 놓아주셨다 말씀하신 적이 있다."

"그래서 숙부님은 놈에게 고분고분……. 혹여 놈이 그자라면 큰일이잖아요?"

"너도 놈의 무력을 똑똑히 보았지 않느냐? 어쩔 수 없는 노릇이다. 오히려 모른 척하는 것이 모두가 사는 길이라 생각했다."

"하지만 그 악적에게 백화문의 형제들이……."

모용수는 모용선의 불안에 떠는 눈을 보며 안심시켰다.

"그 점은 안심해라. 그자는 더 이상 채화(採花)를 하지 않으니."

"그건 마치 늑대가 고기를 끊었다는 말 같군요. 전 믿을 수 없어요."

"아가씨, 그건 어르신 말씀이 맞습니다. 그의 사이한 술법은 죽을 때까지 채음을 해야 하는 여타의 그것들과는 달라 부작용이 거의 없다고 알려졌습니다."

마선창은 음영신마에 대해 알고 있던 것을 자세히 설명했다.

“부작용이 거의 없다는 것은 무슨 뜻이죠?”

“성미가 폭급해 살인을 즐겨 하긴 하지만 그것은 사내들에 한해서입니다. 그밖에도 몇 가지 부작용이 있지만 무공을 대성하는 데는 크게 지장을 주지 않는 것들이라 이미 몇 해 전 무공을 완성했다 들었습니다.”

몇 해 전이라면 모용선이 개벽산에 있는 동안이었다. 그토록 악명 자자한 요필임에도 소문을 듣지 못한 것은 당연했다.

“대성해서 더 이상 음기를 필요치 않는다? 한데, 사내를 곧잘 때려죽인다고요?”

“소문에는 그렇습니다. 하지만 여인에겐 더없이 상냥하다 하더군요.”

산에는 백화문도들과 불쌍한 양미들뿐이다. 신마라는 호칭까지 받은 자가 사내라 해도 양민을 때려죽이지는 않을 터. 모용선은 일단은 크게 안도했다.

“그런데 그자가 왜 백화문에 있을까요?”

모용선의 물음에 모용수는 자신이 알고 있는 요필에 대해 자세히 얘기했다.

그는 이들의 말마따나 무공을 대성해 몸이 안정기에 접어들어 더 이상 채음을 하지 않아도 되는 상태였지만, 그렇다고 해서 일전의 죄과가 덮어지는 것은 아니다.

너무도 당연하게 음영신마 요필은 무림 공적으로 지목된 상태였다. 그것도 무림에서 첫 손가락에 꼽히는 공적이었다.

하지만 구대문파가 공동 발의한 무림 공적이라는 발표가 있던 날 요필은 크게 비웃으며 소리친 말이 있었다.

"신붓감을 구하려 세상을 떠돌고 있는 중이라고요? 하! 농담이시죠?"

"물론 진담이다. 그는 자신의 질 좋은 씨앗을 받을 만한 완벽한 여인을 구한다며 공개 구혼했다."

순간 모용수는 모용세가를 떠나기 며칠 전 요필의 행적이 북쪽으로 이어졌다는 내용의 서찰을 받았던 것을 기억해 냈다. 육대세가맹의 본단에서 날아든 서찰이니 믿을 만한 정보였다.

흩어진 조각을 꿰듯 차분히 아귀를 맞춰보았다.

나이에 맞지 않게 고강한 무력.

주안술로 나이를 숨기고 있음이 분명했다. 환술에 능한 자니 주안술쯤이야 식은 죽 먹기일 터다.

또한 감히 함자조차 부르기 송구한 부친을 이를 갈며 부른 것은 악감정이 있다는 뜻이다. 강호인이라면, 특히 정파인이라면 누구나 존경해마지 않는 모용극임에야.

백화문을 구한 것도 의(義)로서가 아닌, 다른 음흉한 이유가 있어서일 터.

어디 한군데 어긋남이 없다. 이건 마치 떼어놓았던 조각을 다시 이어 붙인 것 같지 않은가. 반신반의가 확신으로 굳어지는 순간이다.

"크음!"

"그렇다면 지난 며칠간 백화문에서 저에게 출입을 금하신

이유가……."

"되도록 그놈의 눈에서 너를 멀리하고자 한 것이다."

모용선은 산에 남아 있는 동기들이 걱정과 한편으론 음마(陰魔)에 눈에서 벗어난 것에 대한 안도감에 혼란스러웠다.

"이젠 어쩌죠? 숙부님 말씀이 맞다 해도 그가 언제 마음이 바뀌어 무슨 일을 저지를지 모르잖아요?"

모용선은 창백한 낯을 하고는 발만 동동 굴렀다.

"근동에 그자를 상대로 백 초 이상 당적할 사람은 없다. 본가에서도 오직 가주님과 그분뿐이니."

"그렇다면 어서 길을! 조부님은 악을 원수같이 미워하시니 필시 친히 도와주실 거예요."

모용세가 일행은 백화문에 이를 때만큼이나 세가를 향해 정신없이 달려갔다.

기정풍은 모용세가 사람들이 음적으로 오인하고 있는 그 시각 자미와 마주 앉아 있었다.

"그 아이는 아직도 그대로입니까?"

자미는 기정풍이 연의에 대한 소식을 물을 때 눈빛이 걱정으로 가득 차는 것을 알아챘다. 지극히 미묘한 차이였지만 그녀는 기정풍의 관심을 눈을 통해 들여다보았다.

'허허, 그 아이를 내보내야겠구나. 이곳은 심병을 다스릴 약이 없으니 세상에서 찾아야겠지.'

자미는 기정풍이 물러간 후 연의를 불러 독대했다.

"백화문을 떠나거라."

가장 어린 연 자 항렬의 문도들을 대할 때마저 존칭을 쓰고 함부로 말을 내리지 않던 자미다. 한데, 오늘은 웬일인지 하대를 하고 있었다.

"문주님, 파문인가요?"

연의의 눈동자는 파르르 떨더니 기어이 콩알 같은 눈물을 뚝뚝 떨어뜨렸다.

"그것이 아니다."

"문주님, 저는 백화문을 떠나면 살 수가 없어요. 염치없지만 부디 내치지 말아주세요."

"백화문을 떠나서는 살 수가 없다? 너는 지금 살아 있다고 할 수 있느냐?"

자미는 언제나 부드러운 말로 존대했으나, 오늘만은 그렇지 않았다.

"저는……."

연의는 마치 평생 흘릴 눈물을 한 번에 쏟아낼 듯했다.

"거듭 말하지만 이번 일은 네 잘못이 아니다. 잘못이라면 내게 있다."

자미는 비에 젖은 한 떨기 꽃같이 가련한 연의를 다독이고 싶었지만 꾹 참았다.

"흐윽, 문주님."

"너를 내치자는 것이 아니다. 정풍 시주가 백화문의 안위를 위해 쌍압문에 맞서주시겠다 하시니 어찌 홀로 보낼 수 있겠느냐?"

연의가 울먹이며 물었다.

"전 백화문을 위해 죽어도 좋아요. 제가 뭘 하면 되죠?"

"백화문을 대표해 네가 그분을 따라가거라. 그분이 쌍압문을 어찌 제압하는지 네 두 눈으로 똑똑히 보고 오너라."

"그 말씀은……?"

"백화문의 최고수의 맥은 청양, 자명, 그리고 수검에게 이어졌다."

자미가 열거한 이들은 하나같이 자질이 뛰어난 여인들로 백화검법에 정통했던 이들이다. 한동안 뜸을 들이던 자미는 결심을 굳힌 듯 말을 이었다.

"다음 대는 네가 맡아야 한다. 하지만 지금까지 그래왔듯 그저 검만 이어받는 것으로는 안 된다."

백화문에서 최고라 일컫는 수검의 힘마저 지살대주 합평 정도에 지나지 않았다. 그것은 수검이 여인인 때문도, 백학검법이 형편없어서도 아니었다.

"실전."

자미는 연의가 금세 말을 알아듣자 크게 끄덕였다.

"옳다. 너 또한 이번에 실전의 중요함을 뼈저리게 느꼈을 게다. 앞으로는 네가 백화문을 지켜다오. 할 수 있겠느냐?"

"예! 그런 일이라면 얼마든지 하겠어요."

"너에게는 힘든 일이 될 것이다. 강호로 나가는 즉시 너는 칼날 위에 서게 될 것이고, 남에게 그 칼날을 겨누게 될지도 모른다. 그래도 하겠느냐?"

"설사 도(刀) 위에서 밥을 먹고 검날 위에서 잔다 해도 상관 없어요."

"허허."

"문주님, 백화문을 위해 견마지로가 아니라 실제 개가 되고 말이 된다 해도 마다하지 않겠습니다."

연의가 마음을 다잡는 것을 본 자미는 그제야 굳혔던 낯을 풀고 평소의 자미로 돌아왔다.

"허허, 이제부터 연의는 백화문의 칼이에요. 믿고 짐을 지우겠으니 잘해주세요."

"문주님, 감사해요. 못난 저를… 못난 저를… 으흐흑……."

자미는 꺼져 가는 촛불 같은 눈길로 꿇어 엎드린 연의의 등을 가만히 바라보았다. 연의의 울음이 잦아들자 고민하던 자미는 마지막으로 당부했다.

"연의, 정풍 시주는 인세에 드문 분이시니 결코 불경함이 있어서는 안 돼요."

"인세에 드문 분……?"

"그가 바로 유황곡의 기인입니다."

연의는 자미의 말을 이해할 수 없었다.

"예? 하지만 기인에 대한 전설은 이미 수십 년 전에……."

자미는 그저 웃을 뿐 가타부타 말이 없었다. 떨리는 눈길로 자미를 바라보던 연의는 곧 뭔가를 깨닫고 중얼거렸다.

"반로환동?"

“그분께 불경할까 두려워 알려준 것이니 발설치도, 그렇다
고 아는 척도 하지 마세요.”
　‘허허, 정풍 시주, 이 아이를 잘 지켜주시리라 믿어요.’

第九章

동자출(童子出)

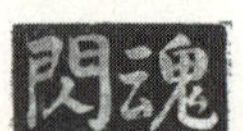

1

　연의의 손은 붕대로 촘촘히 감겨 있었다. 이전처럼 자해의 흔적은 아니었다. 종일토록 연약한 손으로 딱딱한 검병을 붙들고 휘둘러 대는 통에 생긴 상처였다.

　연의는 그 손을 하고서도 생사대적을 앞둔 사람처럼 산을 내려오는 내내 한시도 검에서 손을 떼지 않았다. 벼랑을 낀, 한 사람이 겨우 걸을 만한 산길에서조차 멈추지 않았다.

　위험천만, 사소한 수련에도 목숨을 걸 만큼 연의의 마음엔 여유가 없었다.

　"노력은 가상하다만 생각없는 수련은 몸을 혹사하는 것 그 이상도 이하도 아니야."

　보다못한 기정풍의 충고였다.

“이런 혹독한 수련조차 정말 제게 아무 도움이 되지 않나
요?”

“목숨이 오락가락하니 간덩이는 충분히 부어오르겠구나.”

고통을 인내하며 수련 아닌 수련에 몰두하던 연의는 즉각
멈췄다.

“어떻게 하면 되죠?”

“먼저 너에게 부족한 것이 무엇인지 생각해 봐라.”

부족한 것이라……. 연의는 골똘히 생각했다.

무엇이 부족하고 넘치는지 기준에 따라 다르다. 기준을 동
문 사형제에게 두자면 모든 게 넘치겠지만 눈앞에 있는 기정
풍에 두자면 그 반대다.

“잘 모르겠어요. 하지만 문주님은 제게 실전 경험이 필요하
다 하셨는데…….”

“경험이라……. 그도 틀린 말은 아니다. 하지만…….”

반로환동한 고수의 조언이다. 연의는 한 자라도 놓칠세라
바짝 다가섰다.

말을 이으려던 기정풍은 연의로부터 전해지는 은은한 방향
에 살 맞은 짐승처럼 화들짝 놀라 물러섰다. 거의 반사적인 행
동이었다.

연의는 나름 자신이 아름답다 여겨왔다. 실제로도 그녀의
미모는 눈이 확 뜨일 만큼 아름다웠다. 한데, 기정풍이 자신을
마치 징그러운 뱀 대하듯 하자 서운함과 수치심에 얼굴이 붉
게 물들었다.

“……?”

“커흠, 경험은 한두 수 차이 나는 자와 겨룰 때는 힘이 될지 언정 차원이 다른 고수를 이기게 해주지는 못한다는 말이다.”

“차원을 높이는 데는 이런 육체적인 수련이 불필요하다는 말씀이세요?”

연의는 서운한 마음을 뒤로하고 눈을 빛내며 물었다.

“그렇지 않다. 후일 오를 만큼 오른 후에는 그런 때가 오지만 지금의 너는 멀었다.”

“그렇다면……?”

“수련을 해라. 하지만 궁리가 없는 단순한 칼질은 안 된다.”

왜 이 검초는 이렇게 펼쳐야 하는가. 생각, 궁리…….

연의는 궁리라는 화두를 떠안고 기정풍의 뒤를 부지런히 따랐다.

백화검법 첫 초식에 대한 실마리도 잡지 못했는데 어느새 개벽산을 벗어나 작은 마을에 닿았다. 한데, 밥 때가 되었음에도 연기 나오는 굴뚝은 하나도 없었다. 마을 사람들이 전부 백화문에 있는 까닭이었다.

곧 해가 지자 기온이 급격히 떨어졌다. 모두 나간 집구석이라 허름하기 그지없었지만 개중 나은 집을 골라 들어갔다. 두 칸짜리 방은 바람만 간신히 막았다 뿐이지 순 얼음장이었다.

기정풍이 방에 들려 하자 연의가 앞을 막아섰다.

“잠시만 기다리세요.”

연의는 소매를 걷어붙이고 먼저 들어가더니 우물로, 다시

방으로 분주히 움직였다. 한참 후 기정풍이 연의의 손짓에 들어가 보니 방은 오래 비워두었다 생각지 못할 만큼 깨끗이 쓸고 닦인 상태였다.

깨끗한 방도 방이지만 기정풍이 가장 마음에 든 것은 방 한가운데 놓인 화로였다. 투박하게 만들어진 청동 화로는 새빨간 숯을 한가득 품고 있었다.

물론 기정풍이야 몸속에 불덩어리가 들었다 해도 과언이 아니라 추위를 느끼지 못한다. 하지만 화로까지 찾아내 불을 지펴놓은 연의의 마음만은 극성의 단심기보다 그의 가슴을 따뜻하게 데워주었다.

"운 좋게 부엌에 숯이 있었어요. 아직은 아니지만 곧 따뜻해질 거예요."

연의는 파랗게 언 손을 뒤로 숨겼다.

기정풍은 고맙고 애처로운 마음을 내색하지 않았다.

"정성이야 가상하다만 다음부터는 이렇게까지 할 필요없다."

"하지만 문주님은 당신을 잘 모시라 했어요. 또한 제가 입은 은혜도 적지 않으니……."

"그런 것을 바라고 도운 것이 아니다. 나 또한 백화문에 받은 은혜가 적지 않아."

연의는 기정풍에 대해 내려오는 백화문만의 전설을 잊지 않고 있었다. 백화문도를 열렬히 사모했으나 뜻을 이루지 못한 충격으로 유황곡에 들었다 하지 않았던가.

그렇다면 기정풍에게 있어 백화문은 애증과 한일 텐데 어찌 은혜를 논할까? 연의는 의아한 생각이 일었으나, 아는 척하지 말라는 자미의 분부가 있었기에 물을 수는 없었다.

"무슨 생각을 그리 골똘히 하지?"

"아, 아니에요. 편히 쉬세요. 전 이만 나가보겠어요."

도사들이 일반인에게 하는 예법에 따라 읍을 한 연의는 방을 나가려 했다.

"잠깐!"

기정풍은 지나쳐 나가려는 연의의 손을 붙들었다. 역시나 짐작대로 연의의 손은 얼음장 같았다.

연의는 기정풍의 두툼하고 따뜻한 손이 싫지 않았으나 얼른 잡아 뺏다.

"다, 다른… 분부가 있으신가요?"

"이미 밤이 늦었는데 새로 방을 청소하고 자려면 힘들 테니 예서 자거라."

이번에는 기정풍이 연의를 지나쳐 나가려 했다.

"아니, 그렇게는……. 그렇다면 차라리 같이……."

계속될 것 같은 실랑이는 합방을 하는 것으로 마무리됐다. 물론 같은 방을 쓴다는 지극히 사전적인 의미로써의 합방이었다.

둘은 어른거리는 화롯불을 사이에 두고 마주 앉았다.

아흔이 되도록 여인과 한 방에 든 적이 없는 기정풍인지라 어색하기 짝이 없었다. 반면 연의는 기정풍보다는 마음이 한결 편했다. 기정풍의 정체를 알고 있으니 어쩌면 당연했다.

반로환동.

겉으로야 혈기 방장한 사내지만 무로써 도를 쌓아올려야 가능한 경지다. 그런 사람이 여인을 겁간한다는 것은 있을 수도 없는 일이 아니겠는가?

하지만 연의는 하나는 알고 둘은 알지 못했다. 기정풍이 반로환동한 것은 맞지만, 득도해서가 아니라 무지막지한 내공으로써 그리 되었다는 것을.

만약 기정풍이 동자공만 익히지 않았어도 연의같이 아리따운 여인을 앞에 두고 참기는 어려웠을 것이다.

도통한 신선 보듯 기정풍을 대하는 연의. 개뿔이나, 실제로는 끓어오르는 욕정으로 고문 아닌 고문을 당하고 있는 기정풍.

결국 참기 힘든 지경에 이른 기정풍은 야릇한 생각을 떨쳐버릴 요량으로 대화를 시도했다.

"고수가 되려는 이유가 단순히 쌍압문에 대한 복수심 때문이냐?"

"전 다른 건 아무래도 좋아요. 쌍압문을 때려 부술 수 있는 고수만 될 수 있다면."

연의는 쌍압문에 대한 지독한 증오를 고운 입술을 짓씹음으로써 보여주었다.

"전부터 느끼는 거지만 넌 자신을 너무 소홀히 대하는구나."

"제가 아무리 소중하다 한들 어찌 죽어간 서른두 명의 목숨
에 비하겠어요."

연의는 감정을 주체하기 힘겨운지 금세 울먹였다.

"그들은 이미 죽었다. 네가 그들의 복수를 하겠다는 것은 말
리지 않는다. 하지만……."

"아니요. 하지만이라는 것은 제게 없어요. 전 그들을 위해
목숨을 바쳐야 해요."

연의에게는 죽은 이들에 대한 복수가 삶의 전부가 된 듯했
다. 기정풍은 괜스레 화가 치밀었다.

"사자를 위해 복수하는 것이 네 삶보다 중요하다는 것이냐?
네 말대로 서른두 명의 목숨은 네 한 목숨보다 소중하다 할 수
있다. 하지만 그것은 그들이 살아 있을 때 얘기다."

연의는 기정풍의 말을 충분히 이해하고도 남음이 있었다.
하지만 그녀는 도리질쳤다. 자신의 목숨을 귀히 여기기 시작
한다면, 기필코 복수하겠다는 다짐이 흐트러질까 두려웠던 것
이다.

"말씀은 이해하겠어요. 하지만 그들에 대한 복수보다 제 목
숨을 위에 둔다면 전 너무 염치없는 년이 되는 것 같아서 그리
할 수가 없어요."

무릎 사이에 얼굴을 묻는 연의를 측은히 바라본 기정풍은
고개를 끄덕였다.

만약 연의가 금방 정신을 추스르고 한목숨 지키기 위해 전
전긍긍했다면 사람으로 보지 않았을 것이다.

연의는 문득 기정풍 같은 고수는 어떤 곳에 뜻을 두고 있을지 궁금해졌다.

"당신은 이루고자 하는 큰 뜻이 있나요?"

"물론이다."

"당신은 대단하신 고수니 분명 천하제일인이 되거나 거대한 문파를 세우고……."

"천만에!"

기정풍은 연의의 얼토당토않은 말을 뚝 잘랐다.

그는 욕심이 없는 사람이다. 애초 그가 갈망해 왔던 것은 동자공을 벗어던지고 한 여인의 지아비가 되고, 아이의 아버지가 되는 것이었다.

비록 유구한 세월이 흘렀지만 그 생각에는 크게 변함이 없었다.

하지만 강산이 수 차례 바뀌는 동안에도 동자공은 끈덕지게 그를 괴롭혔다. 목표를 이루기 위한 선결 과제는 동자공을 떨쳐 버리는 것이었다.

한 줄로 정리하면, '동자공의 틀을 깨어 아리따운 여인을 아내로 맞아 귀여운 자식 낳고 알콩달콩 산다' 였다.

하지만 연의에게 그런 뜻을 곧이곧대로 말할 수는 없는 일.

"큼, 일단은 세상을 돌며 썩은 부분을 태우고 씻을 생각이다."

앞의 헛기침은 무안함을 달래보려는 속셈이었다. 말로는 악을 제거하겠다는 것인데, 실은 의로운 마음의 발로라기보다는 적심기를 찾기 위한 방편에 불과했다.

죽어라 수련하고 명상해도 찾지 못한 적심기다. 이제 남은 것은 되도록 강적을 만나서 치고받는 것뿐인데, 목적없이 때려 엎는 것보다야 의를 내세우는 것이 멋지지 않겠는가?

"정말 멋있어요. 그런 큰 뜻을 품고 계셨다니, 천하제일인 같은 속된 뜻을 품은 제가 부끄러워요."

기정풍은 연의의 영롱한 눈이 선망의 빛이 될수록 얼굴이 붉게 달아올랐다. 심히 무안했던지라 밤톨 같은 머리를 긁적였다. 그러면서 흘끗 보니 빨갛게 달아오른 숯 불에 비친 연의의 볼이 왜 그렇게 어여쁜지.

"물론 구체적인 계획은 가지고 계시겠지요?"

연의의 아름다운에 흠뻑 취해 있던 기정풍은 갑작스런 물음에 이렇게 답했다.

"모른다."

당황한 기정풍은 얼른 정색하고 그럴듯한 말을 떠올렸다. 한데, 한발 늦어 연의가 먼저 입을 열었다.

"설마요? 어떻게 아무런 계획도 없이 썩은 부분을……."

"커험! 우선……!"

연의는 막 쏟아내던 말을 멈출 수밖에 없었다. 기정풍의 칼날 같은 시선 때문이었다.

"우선은 쌍압문이다. 만약 쌍압문뿐 아니라 내딛는 세상이 썩었다면 모두 도려내고 파헤칠 것이다."

말하고 보니 스스로 정의의 사도가 된 것 같아 어깨가 절로 으쓱한다.

"하! 역시. 그런데 썩은 기준이 뭐죠? 그리고 그러다 그 목표 때문에 당신이 죽으면요?"

연의는 기정풍이 무엇보다 스스로의 목숨이 중하다 했던 것을 잊지 않고 물었다.

"기준? 그런 건 없다. 그저 내 마음이지. 그리고 난 결코 죽지 않아."

기정풍은 믿는 구석이 있었다. 그는 팔정도를 거의 완벽에 이르도록 익힌 몸이다. 약간의 음심이나 악을 가까이하는 마음만 발동해도 심장이 콕콕 찔리고 가슴이 답답했다. 소위 세상 이치에 역행한 생각을 품지 못하는 것이다.

일례로 쌍압문의 악행을 보았을 때는 팔정이 뿌리째 흔들릴 정도로 흥분했었다.

쓸어버릴지, 아니면 그냥 둘지는 쉼없이 뛰는 심장이 그때그때 알려줄 터이다.

"물론 양심에 따라 결정할 수도 있지만 사람의 마음은 고정불변이 아니에요. 어떤 고정된 기준이 있어야 하지 않을까요?"

연의의 말은 이치에 합당했다.

진정 죽을 자는 기분이 좋은 날 걸리면 살 것이요, 개과천선의 여지가 있는 자는 기분 나쁜 날 걸리면 죽을 것이다.

똑같은 악이라도 그때의 기분에 따라 살리고 죽이고 한다면 어찌 대인의 풍모라 할 수 있겠는가?

기정풍은 미심쩍어하는 연의에게 팔정도에 대해 설명했다.

팔정도는 기를 끌어올리는 심법은 아니지만 뇌력을 키우는 여덟 가지 이치다. 팔정도를 끌어올리면 기분이 좋은 날이든 나쁜 날이든 이성적인 판단을 할 수 있는 것도 이 때문이다.

"그런 것이 있었군요?"

연의는 믿을 수 없다는 표정이면서도 한편 있다면 배우고 싶은 눈치였다.

팔정도는 백화문으로부터 받은 것이다. 기정풍은 연의에게 짬을 내 팔정도를 전해주리라 마음먹었다.

"죽지 않는다고 말씀하셨는데, 설마 불사신공(不死神功) 같은 무공도 익혔나요?"

초롱초롱한 눈빛으로 묻는 것치고는 수준 낮은 질문이었다. 세상에 죽지 않는 술법이 어디 있겠는가.

"허! 난 불 싸지르는 신공은 익혔을망정 죽지 않는 공부는 한 적이 없다."

잔뜩 기대했던 표정의 연의는 금세 장난감을 잃어버린 아이의 그것으로 바뀌었다.

"그렇다면 어떻게 죽지 않는다고 장담하시죠?"

기정풍은 시시각각 변하는 연의의 모습에 실소하며 말했다.

"내 목표는 말했던 바와 같이 썩었다 생각된다면 쓸어버리는 것이다. 하지만 그 썩은 것이 나보다 강하다면 미련없이 도망칠 것이다. 세상을 정화시키는 것보다 중요한 것은 살아남는 것이니까. 또한……."

동자인 채로는 죽어도 죽고 싶지 않다는 말은 속으로 삭였다.

연의는 예상치 못한 기정풍의 말에 자신이 잘못 들은 건지 의심했다. 어떻게 반로환동한 고수가 도주 운운한단 말인가?

"설마 진심은 아니겠지요? 사람들은 신념을 위해 목숨을 바치기도 해요. 또 세상 사람들은 그런 사람을 존경하지요."

"목숨을 바쳐 신념을 지켜야 한다고? 그러다 신념도 지키지 못하고 목숨만 잃는다면?"

"최선을 다해도 안 되는 일이라면 그거야말로 어쩔 수 없는 일 아닐까요?"

"최선을 다했으니 어쩔 수 없다고? 대체 뭐가 최선이지?"

"……."

"너는 지금부터 죽어라 검술을 배운다고 해도 곧 만날 쌍압문을 상대할 수 없다. 동의하겠지?"

"물론… 그럴 거예요."

연의는 자신의 나약함에 완전히 풀 죽은 모습이었다.

"그렇다면 너는 산을 내려온 이유가 그들과 싸우다 장렬히 죽는 것이었겠구나. 죽으면서 '난 최선을 다했으니 어쩔 수 없다'고 변명하려 했겠지?"

연의의 낯은 시간이 갈수록 일그러졌다. 그녀가 하려던 행동은 기정풍의 말과 한 치도 다르지 않았던 것이다. 연의는 나약한 자신이 속상해 울음을 터뜨렸다.

"울라고 한 말이 아니야. 내 말 잘 들어라."

눈물콧물 짜내던 연의는 이를 악물었다.

"살아라. 그들과 부딪쳐 보고 안 되겠다 싶으면 도망치란 말이다."

"도망쳐서 대체 뭘 하라는 거죠?"

"뭘 하기는? 도망쳤으면 꼭꼭 숨어라. 숨어서 송충이를 잡아먹든 전갈을 잡아먹든 기어이 살아남아서 무공을 익혀라. 그래서 때려 죽여라!"

결국은 도망 자체도 복수라는 명제를 확실히 완수하기 위한 수단으로 쓰라는 말이었다.

"그래도 못 죽이면요?"

"다시 숨어서 무조건 오래 살아라. 그들보다 더! 하루라도 더!"

"그래서요?"

"그들 무덤 앞에서 통쾌하게 웃어라. 하하하하!"

기정풍은 마치 이렇게 웃으라는 듯 통쾌한 웃음의 진수를 보여주었다.

"……."

연의는 혼란스러웠다. 기정풍의 말은 일면 대단히 비겁한 듯도 했지만 끝까지 칼을 갈아 복수하라는 집념이 담긴 말이기도 했기 때문이다.

"어렵게 생각할 것 없다. 목숨을 중히 여기라는 말이다. 살아야 복수도 하고 놈들이 죽어 꼬꾸라지는 것도 볼 수 있을 것 아니냐?"

“최선, 최선…….”

“최선은 그저 현재에 충실하는 것만은 아니라고 생각한다. 오히려 도망치는 굴욕마저도 이겨내는 것이 최선이 아닐까?”

연의는 찡그린 낯을 풀지 않으며 어떤 생각에 골몰했다.

기정풍은 그런 연의를 방해하고 싶지 않아 옷 보따리를 베개 삼아 드러누웠다. 이 옷 보따리야말로 기정풍에게는 없어서는 안 될 보물이었다.

대개가 구멍이 뚫리고 닳고 닳은 옷뿐이지만, 기정풍은 이것을 얻기 위해 자신의 체구와 비슷한 빈민들을 일일이 찾아다니며 눈을 부라려야 했다.

기정풍은 연의를 의식하지 않으려 애쓰며 이 생각, 저 생각으로 시간을 보냈다. 하지만 그런다고 될 일이 아니었다. 오히려 그럴수록 더욱 신경 쓰였다.

시간은 달음질쳐 한밤중이 된 지 오래다. 연의는 어떨지 몰라도 기정풍에겐 고문이 따로 없었다. 연의의 째근째근 내쉬는 달콤한 숨결이 느껴진다. 적막에 싸인 터라 낮고 고른 연의의 숨소리마저 그의 심장을 콩콩 때렸다.

기정풍은 자기도 모르게 이상야릇한 상상에 젖었다. 목이 탄다. 숨까지 거칠어졌다.

고민하던 연의는 기정풍의 변화를 알아채고 어디 아픈 것이 아니냐며 물어왔다.

“다, 당신 어디 아픈가요? 왜 그리 숨이 거칠죠?”

연의는 기정풍의 정체를 안다는 사실을 내색하지 않으려 당신이라는 호칭을 썼다. 하지만 기정풍이 자미 문주와 같은 연배임을 알기에 여간 부자연스러운 것이 아니었다.

"아니다. 그저 좀 답답할 뿐."

참다못한 기정풍은 자리를 박차고 나왔다.

대번에 찬바람이 불어와 폐부 가득한 정욕을 쓸어갔다.

살을 에는 바람인데 오히려 정겹다. 달빛에 반사된 눈은 보석인 양 신비로운 빛을 만들고 있었다. 방 안에 있을 땐 이유없이 화끈거리던 낯이 시원해졌다.

그 옛날 사모가 보는 가운데 눈밭에서 섬혼기를 펼쳤다던 사부를 떠올렸다.

쉭, 쉭!

마당 한가운데로 걸음을 옮겨 팔정권을 천천히 풀어냈다. 손끝에 닿는 찬 공기가, 얼굴에 부딪치는 바람까지 싱그럽다.

머리털부터 발가락 끝까지 팔정권에 너무도 익숙한 기정풍은 금세 도취되어 눈 쌓인 마당을 노닐었다. 줄곧 연의의 은밀한 시선이 느껴졌지만 개의치 않았다.

뭘 배워보겠다고 그러는 모양이니 집념에 칭찬은 할망정 나무랄 마음은 없었다.

그의 몸으로부터 온기가 일어 마당의 눈이 조금씩 녹아 바닥이 보일쯤이었다. 반쯤은 무너진 헛간 귀퉁이에 닳고 닳은 괭이가 비스듬히 세워져 있는 것이 보였다.

한 해의 일이 끝나고, 다음 농사를 위해 흙 한 점 없이 깨끗이 닦아놓은 농기구들. 주인의 마음이 고스란히 전해왔다.

　호미건 곡괭이건 자루의 대부분은 단단한 참나무였다. 기정
풍은 그 앞에 쪼그려 앉아 마치 소중한 장난감을 발견한 아이
처럼 농기구들을 들었다 놓았다 했다.

　연의는 문틈으로 기정풍의 하는 행동을 보고 있었다. 다행
히 달빛을 눈이 반사하는지라 제법 자세히 보였다. 뭔가 있어
보이는 권법 시연까지는 좋았다. 한데, 권법을 머릿속에 다 새
겨 넣기도 전에 기정풍이 헛간에 들어가더니 한참 나오질 않
는다.

　'설마 기인께서는 내가 보고 있는 것이 싫어서 멈춘 걸까?

　궁금하던 차에 문을 열고 나가려는데, 기정풍이 모습을 드
러냈다.

　"괭이?"

　연의의 의아한 눈빛은 금세 웃을까 말까 망설이는 눈으로
바뀌었다. 웃음 깃든 눈이 다시 진지지함을 품은 것은 몇 호흡
이 지나기도 전이었다.

　휙! 휙!

　병장기가, 아니, 괭이가 공기를 가르는 소리가 예사롭지 않
다.

　검, 도, 봉은 기본이며, 도끼나 낫에 이르기까지 병장기로 쓰
인다. 하지만 연의는 결단코 괭이가 병장기 자리를 대신할 수
있을 거라고는 생각해 본 적이 없었다.

　촌스러운 것은 둘째 치고, 괭이는 자루가 긴 데다 날이 뭉툭
해 무게중심이 잘 잡히지 않아 농사 이외의 일에 쓰기에는 대

단히 까다롭다. 차라리 날을 뺀 자루만 쓰는 것이 여러모로 현명한 판단일 것이다.

　연의의 복잡한 계산과는 달리 기정풍의 괭이질은 물살을 차는 연어처럼 경쾌하기만 했다. 과거 기정풍은 섬혼기를 괭이로 펼치던 첫날부터 무아지경에 들었던 적이 있었다. 십일성의 끝자락에 이르러 대성을 향하는 지금 불편함이나 어색함을 느낄 리가 있겠는가.

　섬혼기가 한 바퀴 돌고, 두 바퀴째에 이르러 막 무아경의 첫 자락을 움켜쥐려는 찰나였다.

2

　멈칫.

　기정풍은 누군가 잡아 세운 것처럼 순간적으로 멈춰 섰다. 섬혼기를 사성과 오성 중간에 이르도록 운용한 터라 속이 약간 울렁거렸지만 기정풍은 그것을 느끼지도 못했다.

　'분명 뭔가가 있다. 아니, 오고 있다.'

　"게서 한 발자국도 움직이지 마라."

　문고리를 잡고 있던 연의는 기정풍의 잔뜩 억눌린 저음에 움찔했다. 그녀는 물론 남의 연공을 훔쳐보는 일은 무가에서 엄격히 금하는 일임을 알고 있었다. 하지만 뭐든 다 받아줄 것 같던 기정풍이 이렇게까지 화를 낼 줄은 짐작도 못했다.

"처음부터 볼 마음은 없었어요. 제가 방해가 되었다면……."

풀 죽은 그녀는 문을 벌컥 열고 문지방을 넘어서며 변명했다.

"이런!"

기정풍은 당황에 찬 음성 뒤로 소름 끼치는 사이한 음성이 따라붙었다.

"크크큭, 설마 본 신마를 알아챈 것이냐? 젊은 놈이 제법이다만 이미 늦었다."

기정풍은 귓불을 스치듯 울리는 징그러운 음성의 근원을 찾아 시선을 이동시켰다.

"……."

그림자조차 없었다.

순간 시선을 향했던 정반대, 그러니까 기정풍의 등 뒤에서 은밀히 다가오는 살기가 있었다. 살아오면서 처음 느껴보는 기분이다.

오물통에 머리를 처박은 듯한 더러우면서도 끈끈한 살기라니…….

쉬익!

날카로운 뭔가가 공기를 가르는 소리다. 그와 함께 오장을 뒤집는 역한 느낌이 바늘 끝 같은 날카로움으로 바뀌었다.

기정풍은 호흡마저 멈춰 괴인의 종적을 탐지했다. 극도의 긴장을 유지하며 좌로 한 걸음 딛는 즉시 그림자와 마주했다.

“놈!”

그가 느꼈던 바와 같이 파공음의 정체는 금빛 반짝이는 낭창낭창한 금속이었다. 낭창거리는 정도가 아니라 살아 있는 뱀처럼 끊임없이 굴곡을 일으키더니 급기야 물 아래로 가라앉은 듯 시야에서 사라져 버렸다.

공격을 가했던 신비인은 선공이 실패하자 신속히 오 장 밖으로 물러섰다. 물러섰다? 그마저도 실제 본 것이 아니라 그저 그런 느낌뿐이었다.

당황의 연속이었다.

“요사한 놈! 썩 나서라!”

“퀠!”

팟! 팟!

잔잔한 강에 돌을 던지면 분명 이럴 것이다.

기정풍은 자신을 둘러싼 공기의 벽이 마치 물처럼 파동을 일으키자 침을 삼켰다. 자신이 물속에 있는 건지, 아니면 괴인이 물속에 있는 건지 판단하기 어려웠다. 공기가 물로라도 바뀌었단 말인가?

기정풍은 도무지 인과를 짐작키 어려운 현상을 이해하려 애썼다. 하지만 이성적인 판단을 하면 할수록 눈은 더욱 흐릿해질 뿐이었다.

숨까지 턱턱 막힌다. 적이 상식 밖의 뭔가를 펼치고 있음이다.

“퀠, 일격을 피한 것은 운이었단 말인가? 좀 하는 놈인 줄 알

왔더니 애송이였구나."

비웃음에 울컥한 기정풍은 혀를 깨물었다. 혼란한 중이라 팔정도를 끌어올리기 힘들었기에 취한 행동이었다.

찌릿한 고통이 곧장 뇌로 치달았다.

팔정도!

정사(正思),

놈은 나의 마음을 두드려 눈까지 흐리고 있다.

정견(正見),

놈을 바로 본다.

기정풍은 눈을 한 번 깜빡일 때마다 정견(正見)을 한 가닥씩 끌어냈다. 자욱한 안개가 뜨거운 태양에 걷히듯 놈의 모습이 서서히 보이기 시작했다.

한데, 정견이 최고조에 이르렀음에도 불구하고 괴인은 몸 전체가 왜곡이 일어나 자세히 보이지 않았다. 다만 얼굴만은 또렷이 보였는데, 의도적으로 내보였다는 생각이 들었다.

놈의 얼굴은 목소리와는 다르게 어디에 내놔도 엄지손가락을 치켜세울 만한 이십대 미남이었다. 만약 기정풍이 놈의 얼굴이었더라도 자랑하고 싶었을 것이다.

"켈, 설마 선 채로 뒈지기라도 했느냐?"

괴인은 기정풍이 얼어붙은 듯 움직임이 없자 별것 아니라고 느꼈는지 요란한 걸음을 멈췄다. 덕분에 훨씬 자세히 보였다.

놈은 적색 포로 둘둘 감싸고 있는 것은 물론이요, 은색 장갑을 끼고 있어 살빛이라고는 한 점도 볼 수가 없었다.

보면 볼수록 기괴할 뿐 아니라, 폭발하기 직전의 활화산 같은 위험성이 느껴졌다. 화군에게서 느꼈던 느낌이 그저 강함이라면, 이자는 그보다 십 배 더한 불길함이었다.

기정풍의 얼굴이 점차 긴장으로 물들어갈 때쯤 괴인은 연의를 발견하고 희희낙락했다.

"오호라, 젊은 녀석이 어울리지 않는 계집을 끼고 있구나. 적어도 본 신마쯤은 되어야 저런 아이를 가질 자격이 있느니."

자신을 신마라 칭한 괴인은 기정풍에게 말하면서도 연의를 힐끔거리며 군침을 흘렸다.

그는 백화문이라는 여인네 문파가 있다는 소문을 듣고 달려오던 차였다. 한데, 꽃밭에 이르기도 전에 세상에 보기 드문 향기로운 꽃을 발견했으니 어찌 아니 기꺼울까.

"낯짝이 꽤나 두꺼운 놈이구나."

"켈, 귀엽지 않은 개의 자식아, 너는 무슨 연고로 노부의 낯짝이 두텁다 지껄이느냐?"

"그건 네놈이 더 잘 알 것이 아니냐?"

기정풍은 당장에 요절내고 싶은 것을 끈덕지게 참으며 대꾸했다.

"클, 노부는 스스로를 높일 만한 존귀한 사람이니라. 어찌 그것이 흉이 될 수 있겠느뇨?"

괴인은 뻔뻔한 말을 당연한 듯 내뱉으며 잠시 얼굴을 쓰다듬었다. 마치 물에 담근 듯 얼굴에 물결을 만들어내는 것이 여간 신비롭지 않았다.

"그것이 아니라 네놈의 낯짝이 추하다 말하는 것이다."

기정풍은 괴인이 하는 짓거리가 심히 가소롭다는 듯 웃었다. 한데, 그의 웃음은 평소와는 다르게 근심이 스며 있었다.

"추하다?"

시종일관 여유를 유지하던 괴인은 웬일인지 흠칫했다. 괴인은 절세 미남에 부족지 않은 용모인데, 어째서 추하다는 말에 민감할까?

이는 마치 바보가 바보 소리를 들으면 발끈하는 이치와 같았다.

"찔리는 모양이로구나."

"이! 눈깔이 있어도 보지 못하는 놈이 지레짐작하여 노부를 격동시키려 하는구나. 하나, 어림없다. 노부로 말할 것 같으면 천하여인의 낭군이 되기에 합당하신 음영신마(陰影神魔)니라."

괴인은 내심 자랑스러운 듯 어깨를 으쓱하며 연의를 바라보았다.

"네놈이 음영신이건 나막신이건 관심없다."

음영신마의 명성은 중원 천지에서는 쩌렁쩌렁 울리는 지경이다. 명성이라기보다는 악명이었지만 어쨌든 자신의 별호가 수만 리 변방에 이르러 살 발라낸 개뼈다귀 취급을 받자 씁쓸한 맛을 느꼈다.

"때때로 무식한 놈이 용감하다는 말을 들어왔는데 이제야

참 뜻을 알겠도다. 하지만 애송아, 모른다고 죄가 덮어지는 것
은 아니니라.”

“싸울 마음이 있다면 덤비고 그렇지 않다면 썩 꺼지거라! 내
그동안 비위가 좋다고 자부했으나, 네 면상을 보자니 화가 치
미는구나.”

“크으윽! 개소리! 네놈은 설마 노부의 진실한 얼굴이 보이기
라도 한단 말이냐?”

괴인은 기정풍의 거듭된 도발에 억눌린 신음을 토해내며 살
벌한 기세를 뭉게뭉게 피워 올렸다. 기정풍조차 감히 소홀히
여기지 못할 만큼 거대한 기운이었다.

연의는 음영신마와 꽤나 거리가 있었음에도 심장을 짓누르
는 미지의 두려움에 비틀거리며 한 걸음 물러섰다. 그녀는 음
영신마가 멈춰 있음에도 단지 어른거리는 뭔가가 있다 느꼈을
뿐 아무것도 보이지 않았다.

“연의는 속히 들어가라. 무슨 일이 있어도 결코 밖을 나와서
도 내다보아서도 안 된다!”

기정풍의 음성 또한 괴인의 그것만큼이나 억눌린 살기로 충
만했으며 단호했다.

반로환동한 남자가 긴장하는 자는 누구인가.

상대는 그림자조차 보이지 않는 자다. 그럼에도 불구하고
천하제일 여검사를 꿈꾸는 그녀의 자존심은 죽어도 뒷걸음치
지 말 것을 종용했다.

그때 얼마 전 나눈 대화가 떠올랐다.

"도망가는 치욕조차 참아내는 것이 최선이다."

'그래, 지금은 물러선다. 하지만 나는 기필코 누구에게서든
물러서지 않는 사람이 될 거다!'
연의는 긴장감 가득한 기정풍의 등을 일별한 후 천천히 뒤
로 물러섰다.
"켈, 죽일 놈의 애새끼야, 네놈은 노부의 물음을 듣지 못했
느냐?"
기정풍은 연의가 문을 닫아걸자 천천히 방문 앞을 막아서며
답했다.
"물론 보인다. 네놈의 그 곰팡이 가득 낀 얼굴이."
음영신마는 인세에 보기 드문 미남이었다. 하지만 환술로써
얼굴을 가장하고 있는 것일 뿐 실제로는 들창코인 데다 새끼
손톱만 한 사마귀가 가득한 추남 중의 추남이었다.
세상이 모르는 오직 그만이 아는 비밀이었다.
그는 막대한 음기를 흡수해 젊음은 유지할 수 있었다. 하지
만 채음의 부작용으로 얼굴 가득 돋아나는 사마귀와 선천적인
들창코만은 끝내 어쩌지 못했다.
"이런 미친! 그럴 리가 없다!"
음영신마의 고함에 대뜸 초가지붕에 남아 있던 눈이 우수수
떨어져 내리고 허름한 헛간이 무너져 내렸다.
그는 누가 환부를 후벼 파기라도 한 듯 괴로워했다.

기정풍은 긴장의 고삐를 바짝 틀어쥐었다. 그가 심히 걱정하는 것은 음영신마의 경공이었다.

그는 음영신마의 첫 공격을 피했을 때 냉큼 요절을 내려 했었다. 한데, 놈이 물러서며 선보인 경공은 기정풍의 그것을 한참 웃도는 것이었다. 있는 듯 없으며 없는 듯 있는 듯한 놈의 환술 또한 한쪽 가슴을 답답하게 하는 대상이었다.

얼마 전 일전을 치른 화군은 뒤도 보지 않고 덤벼드는 부류였다. 눈앞의 적이 그와 같이만 대적해 온다면 얼마든지 물리칠 자신이 있었다. 하지만 놈은 생긴 것만큼이나 음흉하고 의심이 많은 놈이었다. 이렇듯 격동시켰음에도 공격해 오지 않는 것만 보아도 알 수 있었다.

절대로 먼저 달려들어서는 잡을 수 없다. 지지는 않겠지만 놈이 마음먹고 도망친다면 이기기도 힘들 것이다.

기정풍은 음영신마가 선제공격을 해오도록 화를 돋웠다. 한편 격장지계가 실패했을 때 놈이 취할 행동을 하나하나 짚어 보았다.

"켈, 노부는 심히 흡족한 낭자를 찾아 기껍던 중이다! 오늘만은 손에 피를 묻히지 아니하려 했거늘, 미친 녀석이 명을 재촉하는도다!"

"오냐, 참지 마라! 그렇지 않아도 지겹던 세상이다!"

반반한 계집이 옆에 있다면 어지간한 사내는 간이 배 밖으로 나오기 마련이다. 숱한 사내를 죽이고 계집을 취해봤던 음영신마는 기정풍도 그들과 다르지 않다고 생각했다.

"오냐, 뒈지거라!"

슈아악!

온다!

드디어 조심성 많은 녀석이 걸려들었다.

가공할 속도. 별호에 음영(陰影)이 들어 있는 것은 그저 과장만은 아닌 듯 다가온다는 느낌뿐 놈의 신속하고 은밀한 움직임에는 그 흔한 파공음마저 없었다.

기정풍이 마음을 가라앉히고 정견을 시전하지 않았다면 그림자조차 쫓지 못했을 터다.

기정풍은 놈의 신형에서 눈을 떼지 않으며 속으로 쾌재를 불렀다. 얍삽한 놈을 깊숙이 끌어들이기 위해 헛바람을 들이켜며 당황한 듯 허둥댔다.

"허억!"

"켈, 천지 분간 못하는 놈아, 일찌감치 뒈져라!"

'일 장, 일 척. 조금만 더!'

음영신마는 순식간에 일 장을 반 장으로, 반 장을 세 척으로 줄이며 일격필살의 기세로 쇠꼬챙이를 찔러왔다.

이때다!

은빛 섬뜩한 꼬챙이가 심장과 반 자에 이르렀을 때, 공포에 질렸던 기정풍의 표정은 온데간데없고, 눈 한가득 조소가 들어찼다.

"똥오줌 못 가리는 녀석은 바로 네놈이다!"

"……!"

괴인은 기정풍에게서 쏟아져 나오는 폭발적인 기운과 열기에 일순 주춤했다. 그 시각은 단지 한 호흡을 백 번 나눈 것밖에 되지 않았다. 하지만 그것으로 충분히 치명적이었다.

기정풍 같은 고수를 상대로 찰나간이라도 지체했다는 것은 목숨을 내맡긴 바와 다를 것이 없었다.

아니나 다를까, 기정풍은 수유의 시간도 허투루 보내지 않았다. 헛되이 보내기는커녕 마음을 독하게 먹고 손속에 인정을 두지 않았다.

퍽!

괭이가 달빛을 으스러뜨리며 찔러오는 놈의 무기를 향해 비산한다.

단 일격에 음영신마의 쇠꼬챙이는 멀리 날아갔다. 그 후로 음영신마는 변변한 저항 한번 못해보고 정신없이 얻어맞기 시작했다.

그는 분명 화군보다 더한 무력을 소유했음에도 섬혼기를 십 수 이상 받아내지 못했다. 자신의 특기인 환술과 음유한 신법을 전혀 살리지 못한 때문이었다.

음영신마는 정신없이 터지는 와중에도 찰나를 찰나로 쪼개는 틈을 만들었다. 역시 오대 신마에 부끄럽지 않은 실력.

음영신마는 이미 몇 차례 타격을 허용했지만 극한의 경신술을 발휘해 정신없이 물러섰다.

기정풍은 놈이 물러섰다고 느끼는 순간 이미 수 장 밖에 있는 것을 발견했을 정도이다. 다리를 절뚝이면서도 저 정도라니 그저 놀라울 따름이었다.

"크! 대단하다. 하지만 도망치기에는 이미 늦었다."

기정풍이 헛간 쪽으로 왼팔을 내밀었다. 자석에 이끌린 것처럼 무언가가 빠르게 날아와 손에 잡혔다. 기정풍은 단단히 틀어쥔 그것을 사정없이 던졌다.

쐐액!

큼직한 암기가 불꽃을 튀기며 날았다. 암기의 정체는 어이없게도 헛간에 있던 호미였다. 자루에 불이 붙은 그것을 육십이기 섬전쌍수(閃電雙手)의 초식에 실어 날린 것이다.

호미는 기정풍과 음영신마 사이에 들어찬 공기를 갈기갈기 찢어발기며 거침없이 날았다.

"케헤헥, 뭐 이런 놈이……!"

음영신마의 넓적다리에 틀어박힌 호미.

지직, 지지직!

벌겋게 달궈진 호미는 음영신마의 피와 닿자 지글지글 끓는 소리를 냈다.

음영신마는 극통을 느끼고 살 맞은 기러기처럼 즉시 거꾸러졌다. 하나, 그는 기어이 살아야겠다는 일념으로 양쪽 다리에 부상을 입은 중에도 꿈틀거리며 도망치려 애썼다.

빠각! 빠각!

버둥거리는 음영신마 위로 빛이 여러 차례 번뜩였다. 곧바로 뼈 부러지는 격타음이 연달아 울렸다.

음영신마는 전신을 휩쓰는 극통에 정신이 아득해졌다. 그러나 지극한 고통은 끝내 정신을 놓는 것마저 허락지 않았다.

기정풍은 마음을 다잡아 섬혼기를 극에 이르도록 풀어내 음영신마를 몰아붙였다. 섬혼기가 칠십기를 넘어섰을 때 음영신마는 완전히 항거 불능 상태가 되었다.

음영신마의 몽롱한 시선에 활활 타오르는 불길이 비쳤다.

정녕 듣고 비웃었던 열화지옥에 떨어졌음인가? 극통에 공포까지 더해지자 토해질 듯 토해지지 않던 비명이 비로소 입 밖으로 터져 나왔다.

"으아악!"

음영신마가 본 불길은 당연히 기정풍의 몸에 붙은 불이었다. 극성으로 펼친 섬혼기는 어김없이 기정풍을 불길로 둘러쌌던 것이다.

기정풍은 공포의 바다에서 허우적대는 음영신마를 괭이 끝에 대롱대롱 걸고는 문틈으로 보고 있는 연이로부터 전력으로 벗어났다. 지금 그가 가장 두려운 것은 쌍압문도 음영신마도 아닌, 연의의 호기심 넘치는 영롱한 눈이었다.

오십 장쯤 달렸을까.

기정풍의 옷은 전부 타버리고 그을음 가득한 맨몸밖에 없었다. 그러고도 강적에게 쫓기듯 미친 듯이 달렸다. 그러기를 일다경.

"으휴휴!"

마을이 시작되는 곳까지 단걸음에 달려온 기정풍은 가슴을 쓸어내렸다. 그리고는 뜨거움과 공포로 꽥꽥대는 음영신마를 사정없이 내팽개쳤다.

"휴우! 이놈아, 시끄럽다! 나잇살이나 처먹었다는 놈이 체신이 없느냐!"

기정풍은 한소리 호통과 함께 불이 붙어 연기를 피우는 음영신마를 작신 밟아댔다. 간간이 꽹이질까지 섞었다. 명목은 불을 끄자는 것이었지만 누가 보아도 소화(消火)를 위장한 무자비한 구타였다.

내상을 입어 입가에 피를 흘리며 구타하는 모습은 겨울 한기보다 오히려 싸늘했다.

"크아악! 차라리 죽여라!"

음영신마는 당분간은 살 팔자였는지 단말마와 함께 몸부림치는 힘이 사라져 갈 때쯤 연기도 잦아들었다. 그는 이제 환술이 풀려 추한 모습을 만천하에 드러내 놓고 있었다. 피를 철철 흘리며 추한 몰골로 죽는다고 소리치는 놈이 여간 불쌍한 게 아니다.

마지막을 꽹이질로 마무리한 기정풍은 좀 늦은 감이 있었으나 연민의 감정이 솟구쳐 더 이상의 매질은 가하지 않았다.

다만 천천히 옷을 벗길 뿐이었다.

"케헬! 무, 무슨……?"

천하의 음영신마가 옷을 벗겨만 봤지 언제 이런 꼴을 당해 봤겠는가?

기정풍은 먼저 몸의 전신을 감고 있던 탐나는 적포(赤袍)를 벗겼다. 기다렸다는 듯 얇은 책자 한 권과 도라지 같은 것이 떨어지기에 냉큼 챙겨 넣는 것도 잊지 않았다.

"웬 도라지냐? 뭐, 출출할 때 요기하기엔 그만이겠군."

책은 그다지 달갑지 않았지만 도라지는 반가웠다.

어딘지 모르게 도라지와는 생김이 달랐지만, 제가 잘해야 인삼이지 했다. 무릇 영약이라 함은 대가 가늘고 비실비실하게 생겼기 마련인데, 이놈은 굵직해도 너무 굵직했던 것이다.

"이, 이……!"

음영신마는 당황해 말조차 잇지 못한다.

"네놈은 죽었어. 난 그저 전유물을 조금 챙기는 것뿐이니 닥치거라."

적포는 약간씩 그을린 흔적이 있었지만 거의 멀쩡했다. 적포를 벗기고 보니 놈은 하초를 가린 고의 하나만 있을 뿐 벌거벗은 것이나 진배없었다.

한데, 고의는 남겨두려 했건만 빛깔이 예사롭지 않다. 잡색 하나 없는 순백의 고의라니? 남이 입던 거면 어떤가, 빨아 입으면 그만이지.

기정풍이 고의를 마저 벗겨내자 음영신마는 대경실색했다. 곧 다가올 어떤 일에 대한 두려움 같기도 했고, 빼앗긴 고의를 아까워하는 듯도 했다.

"커험! 이건 내가 입으려는 것이 아니라 걸레로 쓰고자 함이니라."

별로 믿어줄 것 같지는 않았지만 민망함은 한결 줄어들었다.

"노, 노부가 이런 애새끼 따위에게 당하다니, 차라리 죽여라!"

기정풍은 이미 적포를 빼앗아 입어 한결 조급함이 사라진 뒤였다. 게다가 놈은 이미 사지가 작신 부러진 데다 마혈까지 짚인지라 경계를 풀고 머리맡에 털썩 주저앉았다.

"노부라? 네놈은 잘해야 이립(而立)이나 됐을 법하건만 말끝마다 노부라 칭하느냐? 혹시 네놈도 젊은이 탈을 뒤집어쓴 늙은이더냐?"

기정풍은 음영신마의 벌거벗은 전신을 괭이로 톡톡 두드리며 세세히 살폈다. 소감은 입을 떡 벌리는 것으로 대신했다. 괭이로부터 전해지는 어마어마한 내력이라니…….

다시 보니 짧은 시간이었음에도 불구하고 함몰되었던 갈비뼈도 몰라보게 제자리를 찾고 있었다. 뿐인가? 넓적다리에 깊숙이 박혔던 호미도 어느 결에 빠져 있었다.

놈은 사지가 부러져 아직도 항거불능의 상태였지만 여전히 위험한 놈이었다.

"크윽! 네놈도라니? 혹시 네놈도?"

"역시 그렇군. 늙은이였어. 쯧, 노부야말로 구순(九旬)이 코앞인데, 네놈은 몇이나 처먹었기에 어르신 앞에서 감히 노부, 노부 했느냐?"

"구, 구순? 너, 크윽, 그대는 혹시 본인과 동종(同種)의 무공을 익힌 것이오?"

음영신마의 낯빛은 마치 나락에서 떨어지다 구원의 밧줄이라도 움켜쥔 듯 화색이 돌았다.

"동종이라?"

"그대 또한 채화(採花)하여 얻은 내공으로 젊음을 유지하고 있는 것이 아니냔 말이오."

직접적으로 말하자면 '네놈도 채화음적이 아니냐?' 였다.

"채화로써 젊음을 유지한다? 오, 그거 좋군."

산속에 틀어박혀 구십 평생을 살아온 기정풍이다. 강호에서 쓰이는 은어인 채화의 진정한 뜻을 알 리 없었다.

"켈! 알고 보니 선배였구려. 대단하오. 그토록 완벽한 주안술(駐顔術)이라니……."

기정풍은 음영신마가 지껄이는 말을 좀처럼 알아듣지 못했다. 다만 짐작하기로, 채화(採花), 꽃을 딴다는 뜻이니, 혹 말로만 듣던 만년설삼(萬年雪參) 같은 영약을 말하는 것이 아닌가 했다.

자신이 적화룡이라는 놈을 잡아먹고 회춘했듯이 놈은 풀뿌리를 캐먹은 것이 아닌가 말이다.

"그토록 좋은 꽃이 있단 말이지? 그래, 그런 꽃은 어디 가야 많이 있느냐?"

언제 또 늙어버릴지 모르니 미리 구해놓는 게 좋을 듯해 은근한 어조로 물었다.

"켈, 끄응, 아이구야. 목이 타는구려. 아까 그 도라지 좀 주시오."

음영신마는 천고의 기연으로 구한 만년음양삼(萬年陰陽參)

을 되찾기 유해 약은 수를 썼다. 빼앗긴 책도 결코 하찮은 것은 아니었지만 음양삼이야말로 그에게는 목숨과도 같은 것이었다.

체질이 합당한 여인을 찾아 음양삼을 먹고 음양대법을 펼쳐 지고무상한 경지에 이른다.

이것이 바로 그가 익힌 채음보양선기술(採陰補陽仙氣術)의 마지막 단계였다.

세상 사람들은 음영신마가 채음을 그만두고 마누라를 구하러 다닌다고 알고 있었지만 진실한 내막은 음양대법을 견딜 만한 여인을 찾아다녔던 것이다.

"목이 타면 물을 먹어야지 도라지를 먹느냐?"

기정풍은 주위의 눈을 흙이 섞였든 말든 아무렇게나 뭉쳐서 음영신마의 입에 쑤셔 넣었다.

"쩝, 갈증은 가셨으나 허리가 작신 부러진 듯하오. 선배, 부러진 뼈를 맞춰야겠으니 먼저 날 좀 풀어주시오."

"호오, 이제 보니 흥정을 하자 이건가? 난 이미 충분히 젊어져서 꽃 따위는 필요없는데 어쩌지?"

안달하는 모습을 보여 좋을 게 없다. 기정풍은 없어도 그만이라는 듯 행동했다.

"꽃이라고 어디 다 꽃이겠소? 또한 보약은 건강했을 때 챙겨 먹으란 말을 모르오?"

"유비무환이란 말인데… 딴에는 일리가 있군."

"소제가 화중화(花中花)들이 즐비한 곳을 알고 있소이다. 풀어만 준다면야 그깟 것들이 대수겠소? 수레째 끌어다 주리다."

세상에 몇 개 있을까 말까 하니 영약이라는 소리를 듣는 것이 아니겠는가. 지천에 널렸으면 그게 풀이지 약인가?

기정풍은 꽃을 영약으로 생각하고 있는데, 지천에 깔린 듯 말하자 의심이 들기 시작했다.

"그래, 그 꽃들은 어찌 복용하느냐? 날로 먹는 것이 좋은가, 그렇지 않으면……."

"선배 나름의 방법이 있을진대, 소제의 방법을 묻다니 짓궂으시구려. 흐흐."

음영신마는 연의의 목에 난 멍과 팔에 감긴 붕대를 똑똑히 봤다. 상처의 원인이 연의 자신이라는 것을 알 리 없는 그는 기정풍의 손길의 흔적이라 생각했다.

알고 보면 변태가 아닌가 말이다.

"난 네놈의 방법을 물었다. 한 번만 더 사족을 붙였다가는 후회하게 될 것이다!"

"케헬헬, 선배는 소제의 고상한 취미에 대해 알고 싶은 모양이구려. 내 수단을 찬찬히 알려주리다. 첫째는 날로 먹는 방법인데, 이는 급할 때 주로 쓰이는 방법이오."

"급할 때는 날로 먹는다?"

"켈, 바로 그렇소. 하나, 별로 권하고 싶지 않소. 어찌 그런 즐거움을 준비도 없이 치른단 말이오?"

"다른 방법은?"

음영신마는 입이 마른지 터진 입술을 혀로 적셨다. 고통이 느껴지는지 인상을 한 번 쓰더니 금세 물 만난 물고기마냥 주절주절 떠들어댔다.

"약을 섞는 것이오. 켈, 춘약(春藥)은 가짜가 많으니 속기 쉽소. 하나, 하오문주를 찾아 닦달하면 틀림없이 진품이 나오니 후일 참고하시오. 아까 그 계집은, 켈, 상품 중의 극상품이더구려. 급한 대로 대마를 복용해도 좀 더 달짝지근한 운우지락을 나눌 수 있다오."

"……."

"선배가 가져간 적포 안에 춘약과 대마 등이 고루 있으니 소제를 풀어주고 어서 가셔서… 흐흐……."

음영신마는 긴 말을 한 번도 쉬지 않고 단숨에 지껄였다. 그는 보통 사람이라면 목숨이 오락가락할 중상을 입고도 음심이 동하는지 말을 끝마칠 즈음에는 눈빛이 끈적끈적해졌다.

기정풍은 춘약이라는 것 또한 들어본 적은 없었지만 음영신마의 태도와 연의를 운운하는 것을 보고 짚이는 바가 없지 않았다.

"이런 개 같은! 돌리지 말고 네놈이 말하는 채화가 정확히 무엇인지 말해보아라!"

기정풍은 헤실대는 놈의 멱살을 움켜쥐고 으르렁거렸다.

"켈, 서… 선배, 소… 소제가 실언을 하였소이다. 고 계집이 선배의 꽃인 것을 깜빡 잊고 불경했으니 용서하시오."

설마 했건만 이젠 확실해졌다.

놈이 말한 선배의 꽃이라면 연의가 틀림없다. 결국 꽃은 영약이 아니라 여인을 일컬음이었던 것이다. 조금 전 채화하여 젊음을 유지하고 있다며 자랑스레 떠벌렸던 놈의 말이 떠올랐다.

"그래서 짐승 같은 네놈은 그동안 얼마나 많은 꽃을 꺾었느냐?"

음영신마는 아흔 먹었다는 노괴가 자신이 가진 방중술 등의 기법을 캐내려 하는 줄로만 알았다. 그런데 난데없이 전력을 묻자 어리둥절했다. 하지만 그에게 있어 채화의 경력은 자랑이면 자랑이지 감추고픈 치부는 아니었다.

"켈, 선배보다야 못하겠지만 소제도 만만치는 않소. 대충 잡아도 기천(幾千)은 족히 될 거요. 그중 열에 하나는 음기를 모조리 빨아먹고 죽였지."

기정풍은 음영신마의 자랑스럽게 떠벌리는 모습에 눈이 홱 돌아갔다.

"기천? 기천이라고? 그 말이 정녕 참이냐?"

"넘었으면 넘었지 그보다 적지는 않을 거요."

"이로서… 네놈의 운명은 결정되었다!"

기정풍의 서슬 퍼런 기세는 찢어 죽이겠다는 다짐이 가감없이 그대로 실려 있었다.

그는 처음 음영신마에게서 느껴지는 기운으로도 세상에서 도려내야 할 환부임을 알아보았다. 그럼에도 단숨에 죽이지 않은 것은 살인에 익숙지 않아서기도 했지만 혹시나 하는 마음이 없잖아 있었기 때문이다. 하지만 이제는 일고의 가치도 없는 놈이라는 것이 밝혀진 바다.

"서, 선배는 무, 무엇을 결정했다는 거요?"

기정풍의 으스스한 말투에 음영신마의 눈빛에 공포가 아로새겨졌다.

"선배? 선배라……! 네 이놈!"

놈이 선배, 선배 하기에 그저 나이가 많으니 그런가 보다 했다. 그런데 알고 보니 그 호칭도 저와 같이 음행과 살인을 일삼는 부류인 줄 알고 지껄인 말이 아닌가?

감히! 감히! 팔십여 년을 고이 지켜온 동자의 몸이거늘! 놈은 여러모로 죽을 짓만 골라 하고 있었다.

음영신마는 살겠구나 했는데, 어째 돌아가는 분위기가 심상치 않다 느꼈다. 움직일 수 있는 부위라고는 입밖에 없기에 쉬지 않고 부지런히 놀렸다.

"선배란 말이 듣기 싫으시다면 혀, 형님으로 모시겠으니……."

"네놈은 저지른 패악을 스스로 지껄였으니 더 할 말도 들을 말도 없을 줄로 안다."

"살려……."

"왔던 곳으로 가거라!"

쿵!

지축을 울리는 한 번의 굉음 후로 음영신마의 음성은 뚝 끊겼다.

쿵!

앞의 소리에 못지않은 소리가 꽁꽁 얼어붙은 새벽을 세차게 두드렸다.

첫 소리는 처절한 응징의 소리였고, 후는 언 땅을 터뜨려 묻는 소리였다. 망설임 없이 살인과 유기를 단번에 마친 기정풍은 손을 탁탁 털고 미련없이 돌아섰다.

단 두 번째 살인임에도 떨림이나 후회는 없었다. 후회는 고사하고 좀 더 일찍 죽이지 못한 것이 한스러웠다. 수천에 이르는 여인의 정절을 빼앗고 그것도 모자라 수백의 목숨까지 취한 자가 있다니, 가히 인간이라 할 수도 없는 자였다.

사부가 썩어진 세상 운운한 것은 바로 이런 모습이었단 말인가?

강간과 살인도 분명 참을 수 없는 악행이었지만 더욱 부아가 치미는 것이 있었으니……

"괘씸한 놈, 누구는 평생토록 동자에서 벗어나기 위해 몸부림치는데 기천명과 뭘 어째?"

사도고수 중 적어도 열 손가락 안에 드는 음영신마를 해치운 소감치고는 소박하기 그지없었다.

분하고 애통한 맘에 애꿎은 땅을 차면서 걷는데, 멀리서 연의가 뛰어오는 것이 보였다. 순간 기정풍은 음영신마가 했던 음담패설이 떠올라 얼굴이 벌겋게 달아올랐다.

"끄응, 썩어 빠질 동자공."

第十章

난 도시락이 아니야!

1

문서 등급:특(特).

분류:신원 확인서(身元確認書).

성명:대설(大雪).

나이:이십사 세.

출신:장백검파(長白劍派) 일대제자.

무공:백두검(白頭劍) 담수벽 사사(師事);백두정명검(白頭情明劍).

내력:삼십 년 이하.

세부 사항 천군 십칠좌 독군(毒君) 적사(赤沙)를 따라 입문.

장백검파의 입문 시기는 대략 십여 세로 추정.

무공 수위:일급(一級:그 이상일 수 있음).

성격:선하고 곧음(본 조사 결과는 장백현민(長白縣民)의 증언에 따른 것임).

조사 결과 사제 및 사형제 관계는 원만했던 것으로 밝혀짐. 낙영 이대가 장백현을 돌며 조사 중. 자료가 모이는 즉시 보고하겠음.

낙영이조장(落影二組長) 기찬.

차갑도록 하얗고 버들가지처럼 가느다란 손가락. 손가락은 주인의 심정을 내보이듯 서탁을 박자에 맞춰 두드리고 있었다.

탁, 탁, 탁…….

손가락의 주인은 급기야 낮은 신음을 토해냈다.

"음, 역시… 그런 자를 마부로 쓴다면 천하가 비웃을 것이다."

일렁이는 촛불 아래 보고서를 펼쳐 든 자는 여인보다 아름다운 남자, 쌍압문의 군사 현자였다.

현자는 얼마 전 어미를 따르는 새끼 오리처럼 적사의 뒤를 따라 들어오던 잘생긴 사내를 잊을 수가 없었다. 그가 관심을 보인 것은 단지 미남이기 때문만은 아니었다.

현자는 눈빛으로 사람의 감정을 알아맞히는 것을 즐겨했다. 아비와 어미로부터 행해진 손찌검이 만들어낸 습관이었다. 단지 맞지 않기 위해, 무료함을 달래기 위해 행했던 습관이 작금에 이르러서는 가장 큰 무기 중 하나가 되었다.

눈을 스치듯 보는 것만으로도 어떤 사람이며 기분이 어떤가까지 알아맞힌다. 상전의 기분을 즉시 헤아려 불편함이 없게 했고, 아랫것들을 파악해 그에 맞는 일을 정해주었다.

흑룡왕의 시선이야 워낙 강렬해 맞부딪칠 용기가 나지 않았지만 풍기는 기세만으로도 성정을 충분히 파악할 수 있었다.

그렇게 모든 사람을 한 치 아래로 보던 현자는 결단코 사내와 같은 눈빛을 가진 자가 있을 거라고는 생각해 본 적도 없었다.

사내를 처음 스치듯 봤을 때는 겁에 질린 줄 알고 내심 비웃었다. 하지만 곧 마음을 고쳐먹을 수밖에 없었다. 조소의 끝자락에 들끓는 증오를 발견했던 것이다.

비웃음이 호기심으로 바뀌었다.

이례적으로 두 번째 시선을 보냈다. 눈빛이 품은 생각을 알 수 없어 고개를 모로 뉘였으며, 세 번째 봤을 때는 좀처럼 눈을 떼지 못했다.

떨리는 눈동자 뒤에 숨은 시리도록 눈부신 검이라니…….

눈동자에 담긴 증오나 두려움 등의 감정은 이를 숨기기 위한 장막이었단 말인가?

"호홋, 검은 달구고 두드렸을 때에야 보검이 되는 게지. 내 그 검을 담금질해 보리라."

현자는 입꼬리를 추켜올려 요염한 미소를 지었다. 하나, 벌떡 일어서는 것과 함께 미소는 나타난 듯 사라지고 없었다.

“그러자면 적사, 그 외팔이 늙다리에게서 검을 빼앗아야겠지.”

생각이 끝났으면 즉시 실행한다. 현자의 장점이었다.

얼마 후 현자는 적사와 마주 앉았다.

“허, 모용세가 건으로 한창 바쁠 군사가 어인 일인가?”

“이미 자금, 식량, 의원 등 물적, 인적 자원을 확보한 상태입니다.”

“그렇군. 바빴겠어.”

“진작 찾아뵈었어야 할 것을……. 팔의 상처는 어떠신지요.”

“어차피 독을 뿌리는 것이 본군의 일일세. 팔 하나 없다 하여 달라지는 것은 없네.”

그저 상처의 상태를 물었음인데, 적사는 강한 어조로 자신의 힘이 줄어들지 않았음을 시위했다. 역시 독공의 달인답게 날카롭다. 현자의 물음에 가시를 발견하고 즉각 대응한 것이다.

의술만큼이나 어려운 것이 독공이라더니, 적사는 다른 이와는 달리 머리가 있는 자였다. 현자는 은근히 기를 꺾으려 찔러본 의도가 실패했으나 전혀 낭패한 기색이 아니었다.

“오늘 따라 유난히 차가 달군요.”

어찌 보면 적사의 팔이 잘린 것이 고소하다는 듯도 하다.

“컴! 그만 말해보게. 차나 마시자고 찾아온 것은 아니지 않은가.”

"훗, 역시 화통하시군요. 말을 돌리지 않겠어요. 그를 키워 보겠습니다. 제게 주십시오."

"그를 달라? 흥! 내게 맡겨놓은 낭군이라도 있던가?"

농을 벗어난 지독한 모욕이 아닐 수 없다. 용모가 비록 여인이나 진실은 사내임에야…….

"호훗, 낭군이라? 그리 생각해 볼 수도 있겠군요. 우선 그자를 훌륭히 키워본 다음 생각해 보지요."

충격은 고사하고 오히려 배까지 잡고 깔깔댄다. 마치 남의 치부를 본 듯한 태도다.

촌철살인의 기세로 찌른 약점이건만 웃음으로 받아넘기다니……. 적사는 말싸움을 하여 얻을 것이 없다는 것을 뼈저리게 느꼈다.

"농은 그만 하세. 그란 대체 누구를 말하는 것인가?"

현자의 설명을 들은 적사는 생각해 볼 것도 없다는 듯 대번에 고개를 저었다.

"불가(不可)!"

"어째서죠?"

"그놈은 위험한 놈이야. 독종 중의 독종이지."

온몸이 독인 사람이 타인을 독인이라며 혀를 내두른다? 분명 뭔가가 있음이다.

"하면, 왜 살려오신 겁니까?"

"곁에 두고 닮고 싶었다고 하면 믿겠는가?"

적사는 장백검파를 멸문시키던 날 있었던 일을 얘기했다.

그는 그날의 일을 잊을 수 없었다. 처참히 죽은 제 사부와 사형제들의 시체를 자근자근 밟아대던 모습은 독인인 그로서도 충격이었던 것이다.

적사의 말을 들은 현자는 숨이 가빠왔다. 그것은 일종의 첫날밤의 열락이었고, 희열이었다. 단 한 번도 대설이라는 자와 얘기를 나눠보지 않았지만 그의 실체에 한 걸음 다가간 기분이었다.

"말씀을 들으니 더욱 탐나는군요."

현자는 결코 대설에 대한 욕심을 굽히지 않았다. 목이 타는지 침을 삼키며 입술을 핥는다.

적사는 고민했다. 그도 대설의 비범함을 한눈에 알아보았다. 하나, 언제 물지도 모르는 놈을 중히 쓸 수도 없는 일.

종놈으로밖에 쓸 곳이 없는 놈을 이리도 탐내다니, 적사로서도 마냥 거절할 수만도 없었다. 하지만 승냥이의 염통을 가진 놈을 그냥 풀어줄 수는 없는 법.

"그리 원한다니 넘겨주겠네. 하지만 위험한 놈이니만큼 족쇄는 채워야겠지."

2

구태를 벗어난 기정풍 일행은 장춘(長春)과 하루거리인 옹

안(甕安)이라는 곳을 지나고 있었다. 장춘에 가까웠음인지 갈수록 큰 마을이 나타났다.

연의는 기정풍이 구술해 준 방법에 따라 팔정을 읊조렸다.

"저기, 정풍 사형."

옥구슬 떼구루루 구르는 소리로 사형이란다.

앞서 걷던 기정풍은 헤벌쭉 웃었으나 연의를 돌아보았을 때는 완벽한 무표정을 유지했다.

"할 말이 있느냐?"

지난밤 연의는 기정풍에 대한 호칭이 애매한지라 어찌 불러야 할지를 물은 적이 있었다. 수 시간의 진통 끝에 '시주', '은인', '아저씨'를 물리치고 당당히 사형이 선정됐다. 물론 기정풍이 적극 밀어붙인 결과였다.

연의는 기정풍이 처음 사형이라 부르라 했을 때 세상에서 둘도 없는 야릇한 표정을 지었다. 그럴 수밖에 없는 것이 그녀는 까마득한 사조뻘인 기정풍이니만큼 아저씨 정도로 만족할 줄 알았던 것이다.

양심이 있다면 구십 세 할아버지가 사형이라 부르라 하지는 못할 것이 아닌가?

하지만 기정풍은 그녀의 상식을 여지없이 짓뭉갰고, 모른 척해야만 하는 연의는 달리 반박할 말을 찾지 못했다.

외모만 따져서는 사형이라는 말을 듣지 못할 이유가 없었던 것이다.

'휴, 저토록 상식을 뛰어넘는 생각이 있기에 깨달음이 있으셨던 걸까?

"하늘같은 사형을 불러 세웠으면 말을 해야 할 것이 아니냐."

이제는 저 스스로 사형이란다.

"다른 게 아니라… 팔정도에 대한 효능 말인데요……."

"마음을 조급히 먹지 마라. 꾸준히 수련하면 다른 무공에 도움을 줄 뿐 아니라 눈이 밝아지는 등 여러 가지 효능이 나타난다."

"맞아요. 정말 대단한 것 같아요."

연의는 팔정도를 수련하고 하룻저녁 만에 음영신마의 비급을 통째로 외워 버린 것을 얘기했다.

음영신마의 품속에서 도라지와 함께 얻었던 비급은 환마절영공(幻魔絶影功)이라는 책이었다. 현재 환마를 기억하는 사람은 거의 없지만 그는 한때 경공의 새 경지를 연 마도(魔道)의 인물이다.

환마가 삼신술(三身術:경공술, 은신술, 보법)을 익히고, 전설의 멸천성검을 찾아 다니지 않았던들 마도의 주인은 그가 됐을 것이다.

마교 장서각 어딘가에 처박혀 있을 마도인명부에 언급된 내용이었다.

절영공이라는 거창한 이름대로 빠름은 물론이요, 은신술과 보법, 경공을 총망라한 절기라 해도 과언이 아니었다. 최고가 아니면 근접치도 않았던 자가 환마다.

어려운 것은 짧게 설명하기 어렵다. 그것도 어려운 분야를 세 개나 설명했으니 오죽 길게 썼을까? 더욱이 자부심 강한 환마니만큼 쉬운 것은 어렵게, 어려운 것은 더더욱 어렵게 써놓은 책이 환마절영공이다.

장황한 설명 필요없이 환마절영공에 대해 한마디로 요약하면 '더럽게 길고 어려운 책'이라 할 만했다.

책을 한번 훑어본 기정풍은 외우기는커녕 한 번 정독하기도 엄두가 나지 않았었다.

"뭐라? 그것을 다 외워?"

기정풍은 입을 떡 벌렸다.

팔정도의 효능이야 기정풍 자신이 익히 아는 바다. 머리를 맑게 하고 시야를 넓히는 효과가 있다. 또한 깊이 수련한 후 과거를 떠올리면 마치 눈앞에 일어나는 일처럼 또렷이 떠오른다.

하지만 모든 것은 수 년에서 수십 년을 갈고닦아야 가능한 얘기다.

믿고 싶지도 믿어지지도 않는 얘기였지만 앞에서 줄줄 외는 데야 믿지 않을 도리가 없었다.

"그뿐이 아니에요. 팔정도를 한 시진 수련한 후에 백화검법의 구결을 생각하면 구결 뒤에 뭔가 다른 것이 있는 것같이 느껴져요."

점입가경이다.

연의야말로 팔정도와 궁합이 맞는 사람이란 말인가?

"허! 너는 필시 검법 본연의 모습을 본 것 같다."

기정풍은 팔정도의 저자의 말을 잊지 않고 있었다. 본성이 유리알 같이 맑으면 팔정도의 성취가 클 것이요, 진흙처럼 탁하다면 미미할 것이라 하지 않았던가.

본성에 따라 성취의 속도도 공능도 다르단 말인가?

사람을 차별하는 공부라니……. 단심기만큼이나 빌어먹을 것이 아닌가 말이다.

처음 볼 때부터 연의의 맑은 눈동자가 예사롭지 않았다 여겼지만 왠지 입맛이 썼다.

"검법의 본연의 모습……?"

연의는 기정풍의 알 듯 말 듯한 말에 애가 닳았다.

"대개 백화검법 정도의 검법을 만든 자는 일대 종사라 할 만하다. 하지만 대종사라 해도 검법은 형을 담는 하나의 틀이라 마음을 담기는 어렵다. 당연히 검법만 봐서는 하수가 창시자의 검심을 좇기란 어렵지."

검법을 만드는 것도 어렵지만 만든 자의 의지를 온전히 깨닫기도 힘들다는 말이었다.

"그렇다면 저는……?"

"네가 본 것은 백화검법을 만든 사람의 검의(劍意)일 것이다."

"제가 드디어 한 차원 높은 검술을 배우게 된 건가요?"

기정풍은 활짝 피는 연의의 얼굴에 찬물을 끼얹었다.

"좋아하기엔 이르다. 보일 듯 말 듯하다 한 것으로 보아 때가 임박했음을 알 수 있다. 하지만 이때를 놓치면 평생 못 볼 수도 있는 것이다. 너로서는 매우 중요한 순간이구나."

연의는 마냥 기뻐하다 평생 못 볼 수도 있다는 말에 마른침을 꿀꺽 삼켰다.

"전 이제 어떻게 해야 되죠? 오늘 절 좀 도와주세요."

"내가 돕고 말고 할 문제가 아니야. 게다가 나 또한 검에 대한 정확한 지식은 모른다."

세월을 역행할 정도로 무를 쌓은 사람이 검을 모른다? 연의는 기정풍의 말을 믿지 않았다.

"사형, 그러지 마시고 오늘 밤 잠깐 수련하는 걸 도와주세요."

연의는 내심 거북한 사형이라는 호칭을 써봤지만 효과는 없었다.

"안 된다니까!"

기정풍은 검법을 잘 모르는 것도 모르는 거지만 밤이라는 말에 완강히 거부했다. 그는 밤이 무서운 사내가 아니던가.

"흥, 그나저나 정말 계속 그러고 가실 건가요?"

토라진 음성이다.

"창피하냐?"

"솔직히 사람들의 시선이 부담되는 것은 사실이에요."

연의의 말대로 지나는 사람마다 둘을 번갈아보며 고개를 저었다. 심지어는 혀를 차는 사람도 있었다.

기정풍은 간밤 음영신마에게 빼앗은 적포(赤布)를 입고 있었다. 포(布)는 가공한 옷이 아니라 그저 몸에 둘둘 감는 넓은 베다. 어쨌든 색도 색인지라 뭔가 있을 것 같은 분위기를 팍팍 풍긴다. 아직도 머리가 밤송이인지라 어찌 보면 서장의 라마승 같기도 하다.

물론 군데군데 구멍이 나고 그을린 흔적이 있었지만 적어도 백화문에서 가지고 온 옷들보다는 나았다.

"저들이 진정한 멋을 모르는 게지."

기정풍은 적포를 멋스럽게 펄럭였다.

"적포 때문이 아니에요. 차라리 제 검을 쓰세요. 제발 그 괭이만이라도……."

역시 이것이 문제다.

뭔가 신비한 분위기를 내는 적포를 입으면 뭘 하는가? 논일가는 농사꾼마냥 어깨에 괭이를 떡하니 걸쳤는데.

적포와 괭이가 만들어낸 부조화야말로 시선을 끄는 원인이었다.

적포 속에 감춰진 호미가 보이지 않는 것이 그나마 다행이라면 다행이었다.

"은신술을 써서 숨던가."

"겨우 며칠 전 익히기 시작했는데 어떻게 써먹어요?"

하찮은 권법 쪼가리도 실전에 쓰려면 갈고닦아야 한다. 천하에 음영신마의 독문절기일진데 어찌 일조일석에 배움을 논하랴.

"하루 만에 외웠다기에 혹시나 했다."

기정풍은 내심 한숨을 내쉬었다. 연의가 진짜 은신술을 단숨에 배웠을까 염려했던 마음이 없지 않았던 것이다.

기정풍의 마뜩잖은 말투를 느꼈는지 연의가 곧바로 반격했다.

"그래도 전 책은 다 외웠다고요. 설마 외우지 못하신 건 아니겠죠?"

그까짓 잘난 척에 당할 기정풍이 아니다.

"그 책은 내 것이다. 책이 항상 품에 있거늘 머리 아프게 그걸 왜 외운단 말이냐?"

생각해 보니 그렇다. 연의야 얻어 배우는 입장이니 외워야 했지만 기정풍이야 그럴 이유가 전혀 없었다.

연의는 기정풍이 검법도 지도해 주지 않는다고 한 데다, 갑작스레 싸늘하게 대하자 눈물이 쏙 빠지게 서러웠다.

기정풍은 기정풍대로 곧 속 좁은 자신에 내심 혀를 찼다. 단 하루의 수련으로 팔정도의 공능을 톡톡히 누리는 연의에게 심통을 부린 것이 아니냔 말이다. 그렇다고 잘못했다고 빌 수도 없는 노릇이라 불편한 마음을 안고 그저 걸었다.

침묵의 시간은 더딘 듯했지만 빠르게 지났다. 이래저래 답답하던 중에 때맞춰 객잔이 나오자 기정풍은 내심 안도의 숨을 내쉬었다.

찜찜한 분위기를 일신할 핑계가 생긴 데다 풍찬 노숙을 면하게 생겼으니 일석이조인 셈이다.

"객잔이 있구나."

"그러네요. 나쁘진 않군요."

토라진 연의의 말대로 나쁘지 않았다. 아니, 나쁘지 않은 것이 아니라 시골 객잔치고는 제법 크고 좋았다.

객잔 문을 열고 들어서자마자 후끈한 열기가 전해졌다. 올망졸망하게 생긴 어린 사환이 냉큼 달려와 허리를 접었다.

사환 뒤로 도검을 휴대한 무인들이 식탁을 점하고 있는 것이 보였다. 이들도 들어온 지 얼마 되지 않은 듯 차만 모락모락 김을 피워 올리고 있었다.

뒤따라 들어온 연의는 잠시 당황한 듯 흠칫하더니 금세 독한 눈을 품었다. 연의가 검을 잡아가는 것을 본 기정풍은 얼른 손을 잡아끌며 말했다.

"아직은 아니다."

위층도 텅 빈 것 같은데, 사환은 굳이 하나 남은 일층 구석 자리로 안내했다.

"이층으로."

"저… 손님, 죄송합니다. 위층은 이미 손님이 계신 터라…….."

사환이 뻔한 거짓말을 하는 이유는 분명 이유가 있어서일 것이다.

기정풍은 눈을 가늘게 뜨고 위층을 쓰윽 훑어보았다. 면면이 보이지는 않았지만 분명 둘이 있었다. 그중 하나는 감히 무시 못할 자였다. 사환의 고충을 능히 짐작한 기정풍은 발작하려는 연의를 잡아끌고 구석 자리에 가서 앉았다.

언뜻 살피건대 일층에 있는 무인의 숫자는 적어도 오십 이상이었다. 억지로 끌려오다시피 한 연의는 급히 찻물을 찍어 글씨를 썼다.

'왜요?'

기정풍은 이따가 이야기하자는 의미로 고개를 저었다.

'저들은 쌍압문이에요.'

물론 기정풍도 알고 있었다. 무인들 소매에 하나같이 쌍금부(雙金斧)가 수놓아져 있었던 것이다.

"알고 있다. 하지만 아직은 아니다. 또한 살인 후에 먹는 음식은 맛있을 것 같지가 않구나."

기정풍의 음성은 조심스럽게 글을 쓴 연의가 무안할 만큼 컸다.

아니나 다를까. 꺽다리 무사 하나가 건들거리며 다가왔다. 딴에는 공포 분위기를 만들어볼 요량인지, 허리에 비켜 찬 검과 허벅지를 마찰시켜 따각대는 소리를 만들었다.

"적포를 두른 중이 절세미인을 꿰차고 다닌다?"

걸음을 멈춘 꺽다리가 의문을 표했다. 그에 대한 답은 뒤쪽 무리에서 나왔다.

"그 계집은 스님이 경이라도 읊다가 심심하면 먹는 도시락인가 보지."

무사들의 폭소(爆笑)에 연의는 폭발할 지경이었다.

"맞아, 맞아. 게다가 저 땡중은 도시락을 먹은 후에 묻을 속셈 같은데?"

어느 병장기와 같은 대접을 받고 탁자 위에 올라가 있는 괭이를 본 자의 또 다른 추리였다.

"사형, 설마 이래도 참으라 하지는 않겠죠?"

"방금 입을 연 세 놈은 네가 맡아라. 대신 식사가 끝난 다음이다."

"호오, 이거 살 떨리는데?"

음식을 날라 오던 사환은 분위기가 심상치 않자 오도 가도 못하고 있었다. 잡배들을 철저히 무시하던 기정풍이 나서려 할 때였다.

위층으로부터 추상같은 호통이 들려왔다.

"그만! 네놈들은 언제까지 하류 잡배처럼 굴 테냐!"

"무료하던 차에 그만……. 대주님, 송구합니다."

"미련한 것들 같으니라고! 천군께 사죄해야 할 것이 아니냐!"

꺽다리를 시작으로 위층으로부터의 꾸짖음에 일층 무사들이 일제히 일어나 허리를 굽혔다.

"천군, 송구합니다."

"소원대로 밥이나 처먹거든 삶든지 굽든지 해라."

처음 이들을 만류한 이와는 차원이 다른 무게가 느껴진다. 어딘지 화군의 억양과 닮은 구석이 있었다. 오히려 화군보다 한어에 서툰 면이 있었다.

연의는 곧 있을 전투에 대한 긴장과 원수를 마주한 분노로 인해 밥이 코로 들어가는지 입으로 들어가는지조차 의식하지 못했다. 반면, 기정풍은 한 톨의 밥까지도 기어이 음미해야겠다는 듯 여유롭게 식사했다.

독충과 독단이 된 벽곡단으로만 육십여 년을 버텨온 기정풍이다. 이러한 행동은 충분히 이해하고도 남을 만했다.

하지만 현재 객잔에서 기정풍의 쓰라린 과거를 아는 자는 없다.

"정말이지, 뒈지기는 싫은가 보군. 어디 언제까지 처먹나 보자."

"왜 아니겠나? 나 같아도 저리 아리따운 계집을 두고는 죽기 싫을 걸세."

순식간에 식사를 마친 쌍압문도들은 기정풍이 식사를 끝마치기만을 이제나저제나 기다리고 있었다.

딱!

드디어 오십여 명이 손꼽아 기다리던 젓가락 놓는 소리다.

기정풍은 남들은 족히 세 번은 먹고도 남을 시간이 지났을 때에야 비로소 식사를 마쳤다. 숨죽여 기다리던 무사들은 들뜬 표정으로 벌떡 일어섰다.

"역시 맛있구나. 차를 다오!"

기정풍은 음식 맛을 한마디로 평가하고 세월 좋게 차까지 시켰다. 사환은 방금 전 식사를 마치면 죽이라는 말을 들었던 터라 차를 내가야 할지 말아야 할지 망설이고 있었다. 이미 주방장이나 객잔 주인은 사태의 심각성을 깨닫고 사환만 두고 도망친 지 오래였다.

객잔을 책임지기에는 터무니없이 어린 사환은 쌍압문도의 눈치만 살폈다.

"쩝, 갖다 줘라. 차를 마시는 것까지가 식사가 아니더냐."

껑다리의 말대로 차는 식사 후 물 대신 마시는 것이 이곳 풍습이었다. 사환은 껑다리의 허락에 쪼르르 달려가 차를 따르고 냉큼 주방으로 숨었다.

잔뜩 기대하며 일어섰던 무인들은 털썩 주저앉았다. 하지만 그들은 곧장 일어섰다. 세월아 네월아 하며 차를 마실 줄 알았던 기정풍이 뜨거운 차를 단숨에 털어 넣었던 것이다.

"차는 뜨거울 때 마셔야 제 맛이지."

펄펄 끓는 유황수를 소처럼 마시던 버릇이었다. 쌍압문도로서는 좀처럼 예측할 수 없는 행동이다.

"물으러 가볼까?"

기정풍은 경쾌하게 일어나 괭이를 어깨에 떡하니 걸치고는 앞장섰다. 객잔 문턱을 넘으며 한마디 하는 것을 잊지 않았다.

"주방의 꼬마야, 식사와 차 맛있었다. 금방 돌아올 테니 방 두 개를 비워놓아라."

"꼬마, 방 한 개 취소! 우리 젊은 사형께서 밤새 검술 지도를 해주실 거거든."

'젊은' 이라는 말을 유독 강조하는 것이 묘한 기분을 불러일으킨다.

하지만 기정풍은 미처 그것까지는 눈치 채지 못했다. 다만 지독한 밤을 보낼 것 같은 예감에 파르르 떨 뿐이었다.

진수성찬 앞에서 쫄쫄 굶는 눈물겹도록 참담한 심정을 또다시 느껴야 한단 말인가?

쌍압문도 중 반은 연의를 어떻게 해보겠다는 심보로, 나머지는 예측을 불허하는 기정풍의 행동이 궁금해 몰려 나왔다. 이래저래 일층에 있던 놈들 전부가 줄에 꿰인 굴비처럼 줄줄이 몰려 나왔다.

"뒈질 자리를 골라보아라."

누군가가 협박했지만 무사들에 둘러싸인 기정풍은 나들이라도 나온 듯한 표정이다. 한가로이 걸음을 옮기던 그는 백 장쯤 떨어진 객잔 옆 나지막한 산자락 앞에 멈췄다.

"하하, 배산임수라? 땡중 아니랄까 봐 명당을 골라 누울 자리를 택했구나."

기정풍은 곧 죽을 놈들의 거드름에 피식 웃고 말았다.

"오냐, 이 어르신께서 너희들을 생각해 고른 자리니라."

"뭣들 하나. 어서 처리하세. 일단 땡중을 죽이고 계집을… 흐흐……."

"잠깐! 일전에 누가 그러더군. 싸우기 전에 통성명부터 하라고."

물론 기정풍이 말하는 일전은 육십오 년 전 모용극과의 일이었다. 기정풍은 공식적인 강호 첫 행보니만큼 멋과 격식을 차리고 싶었다.

당시 모용극이란 놈이 섬혼기를 멈출 수 없는 그에게 통성명부터 하자고 얼마나 거드름을 피웠던가?

"통성명? 곧 뒈질 놈이 설마 우리 모두의 이름을 듣고 싶은 것이냐?"

툭하면 나서는 꺽다리였다.

"큭, 질렸군. 통성명하는 동안만이라도 목숨을 유지해 보겠다는 건가?"

목소리로 보건대 이놈은 연의더러 맡으라던 셋 중 하나였다.

기정풍은 손목만을 이용해 괭이를 빙글빙글 돌렸다.

"통성명 시간만이라도 숨 쉬게 해주고 싶어 이러는 것이니라."

그는 괭이 풍차를 만들며 비웃고 있는 한 놈에게 다가가 물었다.

"이 어르신은 기정풍이다. 네놈은?"

"누가 네놈과 통성……."

"싫으면 닥쳐라."

퍽!

대화를 거부한 놈은 풍차에 치여 멀리 날아갔다. 대뜸 턱이 불쑥 꺼지는 것이 살아남기는 힘들어 보였다.

다시 한 걸음 이동했다.

"너는?"

"……."

"너도 싫으냐?"

풍차만 잔뜩 경계하던 놈은 기정풍의 정권에 하염없이 날아
갔다. 이런 식으로 순식간에 한 명이 중상을 입고, 두 명이 명
부에 이름을 올렸다.

"뭐, 뭐야?"

남은 자들은 그제야 심상치 않음을 깨닫고 재빨리 발검했다.

건들거리던 놈들이 검을 드니 제법 사나운 기세가 풍긴다.
하지만 기정풍에게 있어 땅콩이 커봐야 그 땅콩이요, 개미가
힘이 세봐야 그 개미다.

"넌 이름이 뭐냐?"

"아압!"

기정풍은 통성명을 포기하고 놈들을 차례로 날려 보냈다.
사성 이하의 섬혼기만으로도 차고도 넘쳤다.

"하, 합공해라!"

대경실색한 쌍압문의 무인들이 즉각 합공했으나 소용없는
일이었다. 기정풍은 사방에서 날아드는 검날 사이를 유연히
타넘으며 일 권에 어김없이 하나씩 처리했다.

단지 숨을 몇 번 쉬는 동안 정확히 서른에 달하는 무인들이
피를 토하며 날아갔다. 상상 밖의 상황. 단지 '어어' 하는 사
이에 일어난 일이었기에 무인들은 정신이 하나도 없었다.

"허억! 인간 같지도 않은 놈아! 왜 나, 나는 죽이지 않느냐?"

꺽다리는 마치 죽고 싶은 듯 말했으나 두려움에 이를 딱딱
부딪치며 소리쳤다. 기정풍이 뿜는 냉기와 공포는 꺽다리가
감당할 만한 것이 아니었다.

그는 초조와 긴장이 극에 달해 심장이 터질 것만 같았다. 동료들이 단 일 수도 감당치 못하고 심장이 터지고 팔다리가 부러져 나갔다.

한데, 놈은 자신에게만은 손을 뻗다가 도로 거두어들이는 것이 아닌가?

덕분에 염통이 콩알만 해졌다 본래대로 돌아왔다를 반복했다. 차라리 일찍 죽는 것이 낫지 정말이지 못할 짓이었다.

껑다리는 공포에 질려 몰랐지만 그와 같은 생각을 하는 자가 둘이 더 있었다.

"네놈을 죽일 아이는 따로 있다."

연의는 기정풍의 살벌함과 엄청난 무위에 넋을 놓고 있다가 문득 정신을 차렸다. 기정풍이 말한 그 아이가 자신이라는 것을 깨달은 때문이었다.

그녀는 넋을 잃었던 자신을 책망하며 검을 세차게 뽑아 올렸다. 그리고는 호흡을 길게 뽑아 올리고 두 발을 한 자 반 간격으로 유지하며 중단세를 취했다.

백화검법 중 둘 이상의 적을 맞이할 때 취하는 다화난정(多花亂靜)의 자세였다.

"원수들! 덤벼라!"

연의의 앙칼진 말에 껑다리가 고개를 돌렸다.

3

한편, 이층에서 다과를 즐기고 있던 지살대주 나평은 소란이 그치지 않자 의아한 생각이 들었다. 여인의 앙칼진 음성이 간간이 들리는 것으로 보아 고양이가 쥐 가지고 놀 듯하고 있는 모양이었다.

지살대는 얼마 전 개벽산에서 몰살당한 구(舊) 지살대를 대신해 신설되었다. 인원은 쌍압문이 길림성을 차지하면서 투항한 무관이나 문파의 젊은이들로 충당했다.

지살대주 직을 맡은 나평은 자리가 자리인 만큼 전전긍긍했다.

"천군, 아이들이 놈들을 상대로 딴에는 수련이라도 하고 있는 모양입니다."

그는 소란을 피우는 대원들을 때려죽이고 싶었다. 눈앞에 있는 자가 누군가? 그저 앉아 있는 것만으로도 태산 같은 장중한 기세를 풍기는 쌍압문의 기둥이다.

탁탑천군(托塔天君) 아루라.

쌍압문의 실직적인 힘인 천군 오십좌 중 삼십사좌. 두 철권에서 뿜어지는 무력은 두말할 필요조차 없다. 성격 또한 권만큼이나 거칠고 투박해 매우 과묵할 뿐 아니라, 한번 성내면 물불 가리지 않는다.

나평이 가장 염려하는 점은 아루라가 시끄러운 것을 지극히 싫어하는 자라는 것이었다. 거만한 혈살대주에게 수십 냥을

먹이고 알아낸 귀한 정보였다.

자신의 귀에야 그저 모기 윙윙거리는 소음이지만 아루라의
귀에는 천둥소리처럼 들릴 것이다. 애가 탔다. 잘 보여도 시원
찮을 판에 이 무슨 짓거리들인가.

그렇게 수련하라 닦달할 때는 마지못해 하던 자들이 단체로
돌기라도 했단 말인가? 설혹 이 미친놈들이 여인을 서로 갖겠
다고 싸우는 것은 아닐까?

그저 비명만 간간이 들리다가 이제는 쇳소리까지 들려왔다.
급기야 공포 가득한 외침이 들려왔다.

"대주님! 사, 살려……!"

이건…….

나평은 아루라의 눈썹이 미세하게 꿈틀거리는 것을 감지하
고 벌떡 일어섰다.

"끄응, 송구합니다. 소인이 살펴보겠습니다."

나평은 눈치없는 대원들에게 주의를 줄 요량으로 창가로 다
가갔다. 그리고는 창틀을 잡고 멋지게 제비를 돌아 지붕 위로
올라섰다.

빠드득!

발아래 기왓장이 앓는 소리를 토했다. 좌우를 둘러보던 나
평은 안력을 돋웠다. 붉은 석양 속에 그보다 열 배는 붉은 살
풍경이 거침없이 들어와 박혔다.

"이, 이럴 수가!"

나평은 자신의 눈을 의심했다.

저물어가는 마지막 해에 비친 사람은 고작해야 다섯이다. 아니, 다섯 중 지살대원은 단 셋뿐이었다. 나머지는 차디찬 땅바닥에 배를 깔고 있었다.

기정풍은 문득 날카로운 시선을 느끼고 지붕 위에 올라서 있는 나평을 바라보았다. 맹수의 그것 같은 안광에 나평은 지붕 위인 것도 잊고 뒤로 물러섰다.

기왓장들이 우수수 깨져 나갔다.

"뭐냐?"

"천군, 벼, 변고가 생겼습니다. 대원들이… 일단은 소인이 처리해 보겠습니다. 어쩌면 천군께서 나서주셔야……."

나평은 말을 끝맺을 사이도 없이 뛰어내려 사라져 갔다.

"역시 모용세가인가?"

아루라는 떠나기 전 현자로부터 들었던 말을 상기했다. 현자는 개벽산을 내려오는 모용세가를 포착했다 했다. 이미 길림성 곳곳에 낙영당의 요원들이 배치된 상태니 틀림없다는 말도 함께였다.

아루라는 현자의 말을 철석같이 믿었기에 지살대 오십여 명만을 이끌고 떠나온 길이었다.

'모용세가가 아니라면 과연 누가 또다시 지살대를 전멸시킬 수 있단 말인가.'

아루라가 기정풍의 정체에 대해 고민하고 있을 때 나평은 부하들을 향해 전력으로 내달렸다.

칠십여 장쯤 달렸을 때였다. 그는 전신을 서늘케 하는 느낌에 검을 뽑아 들었다. 뭔가 눈앞에서 번쩍한다. 그는 뭔지도 모르고 공중에 뜬 채 발검의 기세를 빌어 검을 대각으로 그어 올렸다.

한데, 불행히도 걸리는 게 없었다.

"……."

퍽!

쿵!

"캬, 좋구나. 이럴 줄 알았으면 하나 더 가지고 올 것을 그랬지?"

기정풍의 감탄과 함께 나평은 무인으로서 당할 수 있는 치욕의 극치를 맛보며 죽어갔다.

기정풍의 눈치를 살피며 연의를 상대하던 꺽다리는 검을 늘어뜨리고 입을 떡 벌렸다.

나평은 그의 우상이었다. 나평이 검을 뽑으면 귀신조차 벨 수 있을 것 같았다. 한숨에 무엇이라도 여덟 조각 낸다는 팔분 능검(八分能劍)이란 별호는 그뿐 아니라 지살대원 전체가 인정하는 처지였다.

세상에나, 그 나평을 당문의 암기도 아닌, 호미로 이마를 찍어 죽이는 자가 있다니…….

꺽다리는 공포에 질린 눈으로 뻣뻣하게 굳어 있는 두 동료를 바라보았다.

쌍압문도 중 서 있는 자는 처음 기정풍과 연의를 희롱했던 셋이었다. 그나마 움직일 수 있는 자는 꺽다리뿐이었다.

"꺽다리, 잘 들어라. 네놈 상대는 내가 아니라 저 아이다. 이 시간 이후 저 아이를 죽이든 난 관계치 않겠다는 뜻이다."

"저, 정말이오?"

꺽다리는 침을 꿀꺽 삼키며 천군을 소리쳐 부를 기회를 찾고 있었다. 그저 '천군!' 하고 부르면 될 것을 기회씩이나 하겠지만 어림없는 소리였다. 눈앞에서 수십 명이 죽거나 불구가 되었다. 그중 나평의 죽음은 심령조차 흔들릴 만큼 압권이었다.

천군의 천 자만 나와도 괭이가 아가리에 틀어박힐 것 같은 공포는 경험해 보지 않은 사람은 모를 일이다.

"넌 그저 이 각만 버티면 된다. 이 각 후면 네놈 동료 중 하나의 마혈이 풀릴 것이고, 다시 이 각이 지나면 나머지 놈도 풀릴 게다."

꺽다리보다 연의에게 들으라고 한 소리였다. 연의의 입장에서는 이각 안에 꺽다리를 해치우지 않으면 적이 둘이 되고 다시 이각 후면 셋이 된다. 꺽다리 하나를 감당하기도 버거운 연의로서는 목숨을 걸 수밖에 없는 상황에 놓이게 된 것이다.

실상 꺽다리를 제외한 둘은 마혈을 짚을 당시 손을 써 한쪽 팔뚝을 부러뜨려 놓았다. 뿐만 아니라 경맥에도 손상을 줬다. 당연히 마혈이 풀려도 정상적인 운공은 불가능할 것이다.

하지만 그런 점은 쏙 빼고 말하지 않았다.

그렇다고는 해도 불안한 면도 없지 않았으나, 기정풍은 백화검법의 본의를 엿보는 연의를 믿었다. 어쨌거나 홀로 서게 만들어놓아야 죽어서 사모를 뵐 낯이 서도 설 것이다.

"일구이언(一口二言)은?"

꺽다리는 뜻밖에 생긴 생명줄을 더욱 튼튼히 하고 싶어 과욕을 부렸다.

"감히! 간이 부었구나!"

기정풍은 스산한 한마디와 함께 꺽다리의 어깨를 두드렸다.

'이부지자(二父之子)'를 요구했던 꺽다리는 새파랗게 질렸다.

"으윽, 미, 믿겠소이다."

각오를 다지며 입술을 짓씹는 연의를 일별한 기정풍은 미련 없이 돌아섰다.

객잔에 도착한 기정풍은 이층 창가로 뛰어올랐다.

"요오, 다 알면서도 그만한 배짱이라니……."

기정풍은 진실로 감탄했다. 밖에서 부하들이 줄줄이 죽어나가는 판에 한가로이 다과나 즐기고 있다니……. 어쩌면 손발을 놀려 직접 쳐 죽인 자신보다 더욱 잔인한 놈이라는 생각이 들었다.

"감히 본 천군의 식사 시간을 소란케 했다. 개보다 못한 한족들, 죽어야 된다."

기정풍은 할 말을 잃었다. 밖에 널브러진 녀석들은 이런 상전을 믿고 따른 것인가?

아루라는 기정풍의 말대로 모든 것을 알고 있었다. 지살대가 거의 전멸했다는 것도, 대주도 차가운 땅에 몸을 뉘였다는 것도. 하지만 아루라는 거대한 몸집을 등받이에 누인 채 한 점

표정 변화도 없었다.

“쉬웠나?”

아루라는 한어에 서툰 만큼 말을 길게 늘이지 않았다. 하지만 대화하기에는 하등 지장이 없었다.

“쉽더군.”

“크큭, 재밌었겠군.”

“미친놈.”

“나가자.”

거대하나 절대 비대하지 않은 근육질의 아루라가 천천히 일어섰다. 의자가 죽겠다고 아우성쳤다.

일어서니 앉아 있는 것과는 또 달랐다.

단지 몸집 하나만으로도 뭇 고수를 압도하는 신위라니…….

감탄성을 터뜨린 기정풍은 창틀을 박찼다.

가공할 공력을 쏟아 붓자 창틀이 대번에 으스러지며 몸이 튕겨지듯 쏘아져 나갔다. 기정풍이 연의 옆을 스쳐 지날 때였다.

껑다리와 대치하고 있던 연의가 씩씩대며 소리쳤다.

“난 도시락이 아니야!”

공중에 떠 있던 기정풍은 그만 곤두박질칠 뻔했다. 뒤따르던 아루라마저 연의의 말에 충격을 받은 듯 허공에서 휘청했다.

第十一章

탁탑천군 아루라

아루라와 기정풍은 서로 강적을 눈앞에 둔지라 격동된 마음을 간신히 부여잡았다.

기정풍은 최선을 다해 달렸지만 좀처럼 속도가 나지 않았다. 분명 일반고수에 비하면 빨랐지만 그가 가진 무력에 비하면 터무니없는 속도였다.

빌어먹을 동자공을 탓하며 투덜대는 중에 아루라가 지척까지 다가왔다.

"느리군."

단 한 마디로 속을 후벼 판 아루라는 기정풍을 추월해 지나갔다. 기정풍의 낯은 순식간에 홍시가 되었다. 곰 같은 놈에게 느리다는 소리나 듣다니…….

모용극이라는 놈에게 당했던 것과 쌍벽을 이루는 치욕이었다.

'오냐, 내 음영신마인지 뭔지 하는 놈이 남긴 절기를 피나게 익혀보리라!'

음마의 절기라 꺼림칙한 면이 없잖아 있었지만 아루라의 한 마디에 단단히 결심을 굳혔다.

"그만! 이쯤이면 되지 않겠느냐?"

기정풍은 더 달렸다가는 큰 망신을 당할 것 같아 멀어져 가는 아루라에게 신경질적으로 소리쳤다. 그의 음성은 언짢은 심정을 고스란히 내보이고 있었다.

"너는 남자다. 나도 남자다. 너는 소심하다. 나는 아니다."

"……."

자신과 말싸움을 했던 음영신마라는 놈의 심정이 이러했을까? 곰이라 무시하는 마음이 없지 않았는데, 은근히 속을 긁는 것이 고단수였다.

"나는 아루라. 남들은 탁탑천군(托塔天君)이라 부른다."

한어는 형편없었지만 딱딱 끊어 말하는 것이 덩치와 어울려 여간 박력있어 보이지 않는다.

기정풍은 분이 났다. 아루라가 가진 박력이 질투 나서가 아니었다. 분명 얼마 전까지만 해도 평대하던 놈이 경공을 본 후로는 아랫사람에게 이르듯 하지 않는가 말이다.

얕잡혔음이 분명했다. 상대가 본인을 낮잡아 본다면 싸움은 유리하게 이끌 수 있을 것이다. 그런 이유로 기정풍은 음영신마를 상대했을 때 허접해 보이려 가진 노력을 다했었다.

하지만 스스로 의도해 그렇게 보이는 것과는 기분상 달라도
너무 달랐다.

"으드득, 이 어르신은 기정풍(奇正風)이다."

"정풍(情風)? 나, 한어 잘 모른다. 바람둥이란 뜻이냐?"

"정(情)이 아니라 정(正)이다."

모르면 그냥 닥치고나 있을 것이지. 색마에게 선배 대접 받
은 것이 며칠이나 지났다고 또 이 꼴이란 말이냐?

"기가라고? 너는 모용 머시기가 아니냐?"

기정풍은 성난 사자처럼 으르렁댔다.

"모용이건 부용이건 그깟 것은 나랑 하등 관계가 없느니라.
아루라라고 했느냐? 아주 가루를 만들어주마."

기정풍은 이례적으로 선공을 가했다.

팔정권을 일초부터 팔초까지 단숨에 풀어냈다.

설마 했건만 아루라란 녀석은 생긴 것만큼이나 무식하게 권
을 들어 일일이 부딪쳐 왔다.

펑, 펑……!

정확히 여덟 번의 권을 교환한 끝에 둘은 똑같이 한 걸음씩
물러섰다. 일견 둘의 승부는 막상막하처럼 보였다. 하지만 기
정풍은 자신이 한 수 밀렸음을 알고 있었다.

적은 피할 수 있었음에도 맞받아쳤다. 그것도 뒤늦게 쳐낸
권으로 한 박자 빠르게 쳐오는 주먹을.

후발선제(後拔先制)란 이것을 두고 말함일 것이다.

어쩌면 아루라란 자는 생각했던 것보다 더욱 빠르고 강할지

도 몰랐다. 이글거리는 내력만으로도 충분히 짐작하고도 남음
이 있었다.

'섬혼기로 날려 버려?'

기정풍은 놈을 단숨에 피떡으로 만들까도 생각했지만 품었
던 생각을 지웠다. 단숨에 놈을 죽여 버리면 달려가서 연의를
돕게 될지도 몰랐다.

그것만은 안 된다.

꺽다리의 말마따나 이부지자가 되는 것은 둘째 치더라도,
연의가 팔팔하면 검술을 지도해 달라며 밤새도록 조를지도 모
를 일이다.

검술이야 대충 지도해도 그만이지만 그 어여쁜 얼굴을 마주
하자면 여간 고역이 아니다. 동정도 지키고 목숨도 부지하자
면 연의를 녹초로 만들어놓을 필요가 있었다.

아루라는 기정풍이 잠시 딴생각을 품은 것을 알아챈 모양인
지 불같이 성냈다.

"건방진 한족 놈! 장난은 끝났다!"

쿵, 쩌저적!

이것이 정녕 진각인가.

아루라의 발 구름에 언 땅이 폭발하듯 터져 나갔다. 또한 아
루라의 덩치가 더욱 커지는 착각과 함께 주위로 폭풍 같은 기
세가 뻗어나갔다.

"이제야 제대로 해볼 마음이 생긴 모양이구나."

"백 마디가 무용하다! 묵룡일해(墨龍溢海)!"

구릿빛 권이 검게 물든다 싶은 순간 암경이 무겁게 밀어닥쳤다.

초식 명대로 묵룡이 꿈틀대며 바닷물을 육지로 퍼 올리는 듯했다.

꽝!

"크윽, 좋구나."

기정풍은 감탄성과 함께 단단히 언 땅을 찍어 누르며 두 걸음씩 밀려났다. 확실히 빨랐다. 아루라가 드디어 쾌(快)의 수법을 섞었던 것이다.

아루라는 권법의 모든 이치에 통달한 듯 여러 가지 수법으로 기정풍을 몰아붙였다.

"묵룡지정(墨龍之釘)!"

묵직한 암경이 몰아닥쳤다. 암경이 무겁다?

특이한 일이었다. 암경은 음유하다. 음유할 뿐 아니라 송곳 같으며 칼날 같다. 한데, 아루라의 그것은 음유할 뿐 아니라 무겁고 거셌다. 여타의 암경이 바늘이라면 아루라가 펼치는 권력은 바위를 쪼는 정(釘)이었다.

아루라가 그랬듯 기정풍도 은밀히 다가오는 굵직한 암경에 피하지 않고 맞섰다.

꽝!

이것은 무엇일까?

기정풍은 시간이 갈수록 좀처럼 느껴보지 못했던 짜릿한 기분을 만끽했다. 전신의 털이란 털이 올올이 일어서는 것이 느껴질 정도였다. 아루라가 펼치는 권은 그야말로 완벽해서 기정풍이 간신히 막을 정도였다.

아니, 막지 못하는 것은 몸으로 때웠다. 그럼에도 불구하고 기정풍은 즐거웠다.

"카합, 좋다! 창룡박토(蒼龍撲土)!"

기정풍이 공들여 가한 공격은 아루라의 권에 모조리 막혔다. 막혔을 뿐 아니라 완벽히 수세에 몰리기 시작했다.

꽝!

아루라는 압도적인 신장과 힘을 이용해 철권을 기정풍의 머리에 내리찍었다. 도법으로 치면 태산압정(泰山壓頂)의 초식이다.

기정풍은 팔을 열십자로 교차해 막아냈다.

꽝!

단지 두 번의 망치질에 기정풍은 언 땅을 뚫고 허벅지까지 묻혔다.

"놀라운 힘이로다!"

기정풍은 감탄과 함께 땅을 차고 솟아올랐다. 기정풍이 석 자쯤 떠올랐을 때 아루라는 찍어오던 권을 변화시켜 장력을 쏟아 부었다.

곧 사방은 둘이 뿜어대는 경기로 땅은 쟁기로 간 것처럼 뒤엎였고, 수십 년 푸른빛을 자랑하던 송(松)은 허리가 작신 잘려 나갔다.

장력의 끝자락에 스친 기정풍은 저만치 나가떨어졌다가 아무렇지도 않게 옷을 탁탁 털고 일어났다.

"대체 쌍압문에 너와 같은 자가 몇이나 있는 거냐?"

기정풍은 폐부 가득 쌓였던 죽은 진기를 한 결에 뽑아내며 물었다.

"죽여 버린다."

어째 때리는 놈이 더욱 분통을 터뜨리고 있었다.

아루라는 솥뚜껑 같은 철권을 내밀었다. 한데, 굳은살 가득했던 그의 정권은 처음과는 달리 벌겋게 달아올라 있었다. 뿐만 아니라, 닳고 닳아 군데군데 찢긴 흔적까지 있었다.

기정풍의 단단한 권과 몸에 부딪친 대가였다.

한편, 여유있는 기정풍과는 달리 연의는 악전고투를 치르고 있었다.

본래 꺽다리는 연의가 상대할 수 있는 자가 아니었다. 제대로 된 실전 한 번 겪어보지 못한 연의였기에 더욱 그랬다. 하지만 연의는 목숨을 내건 공격과 꺽다리의 이해할 수 없는 행동으로 근근이 견뎌냈다.

꺽다리는 연의가 빈틈을 보이자, 필살의 기세로 검을 찔러넣었다. 한데, 꺽다리는 처음의 기세와는 달리 짧은 신음과 함께 주춤했다. 이런 일이 벌써 몇 번째였다.

가슴 철렁했던 연의는 덕분에 숨을 돌릴 수 있었다.

'크윽 빌어먹을 놈! 관여하지 않는다더니!'

꺽다리는 어디가 불편한지 좀처럼 제 힘을 발휘하지 못하고 있었다.

연의와 꺽다리는 한동안 서로를 처치하지는 못했지만 상처

를 하나씩 늘려주고 있었다. 꺽다리가 모종의 장애를 가진 이
유로 둘은 그야말로 호각지세를 이뤘다. 연의에게 있어서 이
보다 더 좋은 실전 상대는 없을 지경이었다.

연의는 치고받는 혈전이 길어질수록 상처가 늘어갔지만 검
법은 본래 자리를 되찾고 있었다. 하지만 좋은 일도 마냥 계속
되는 법은 없다. 연의는 꺽다리를 상대로 최상의 훈련을 거치
는 사이 시각을 잊고 말았다.

"우으윽!"

마혈이 짚여 꼼짝 못하던 땅딸보가 긴 신음과 함께 천천히
일어났다. 물론 그는 기정풍의 손길로 인해 온전한 몸은 아니
었다. 하지만 꺽다리에게는 천군만마가 아닐 수 없었다.

땅딸보의 합류로 연의의 검이 어지러워졌을 때, 아루라는
가하는 공격에 점차 힘을 키우고 있었다.

아루라는 전신을 검게 물들이며 땅을 짓이겼다. 한 걸음씩
내디딜 때마다 검은 빛이 짙어짐은 물론 광택마저 일었다. 간
혹 세상에 드문 고수가 있어 검에 기를 응집시킨다는 말은 있
었다. 하지만 권으로써 그런 신위를 보이는 것은 그보다도 어
려운 일이었다.

"죽인다! 죽인다!"

기정풍은 수백 번 연마한 금속 인간을 보며 혀를 내둘렀다. 일
전 음영신마와 같은 기분 나쁜 기운이 아닌 걸로 보아 정종무공
의 한 가닥인 듯했다. 세상에는 별별 무공이 다 있구나 싶었다.

"허어, 장난이 아니군!"

기정풍은 망설임 없이 적포를 풀어 내던졌다.

놈을 상대로 팔정권의 위치도 똑똑히 알았고, 이쯤이면 연의도 혼 좀 났을 것이다.

"차핫!"

기정풍은 한 번의 기합으로 전혀 다른 사람이 되었다.

아루라는 변화를 눈치챘는지 전신을 둘렀던 묵기를 두 팔에 집중시켰다. 방어보다는 공격에 힘을 실은 것이다.

"각오하도록!"

스팟!

꽝! 꽝!

쾌와 중의 환상적인 배합. 둘의 싸움 방식은 전과 똑같았다.

허점을 찾아 일격을 가하는 식이 아니었다. 오로지 누가 더 빠르고 센가에 대한 겨루기였다. 다만 속도나 힘 어느 것도 전에 비할 수 없을 만큼 차원이 달랐다.

거센 공격을 받으면서도 아루라는 천장군의 기세를 잃지 않았다.

기정풍이 뿜어대는 열기와 빛살 같은 공격에 한 걸음도 물러서지 않았다. 뿐만 아니라 섬혼백십칠기를 일기부터 끝까지 권과 몸으로 온전히 맞받았다.

기정풍과 상대했던 이들 중 처음 있는 일이었다.

푸스스!

하지만 섬혼기에 맨몸으로 들이대는 것은 어리석은 짓.

아루라의 힘은 덩치만큼이나 대단했다. 하지만 갑자를 넘게 달련한 단심기에 비할 바는 아니었다.

또한 아루라는 빨랐다. 곰 같은 덩치가 무색하게 빨랐다. 하지만 그 또한 섬혼기의 그것에 비할 바는 아니었다.

아루라를 탁탑천군이라 칭하게 했던 거대한 몸에서 피가 튀고 살이 떨어져 나왔다. 후끈한 열기에 피는 곧바로 증발해 혈무를 피웠지만 그마저도 흔적도 없이 사라졌다.

지축을 뒤흔드는 폭음 뒤는 거짓말 같은 정적이었다.

"네놈……."

아루라는 입을 열어 말을 하려 했으나 입에서 나온 건 말이 아니라 불이었다.

그는 선 채로 불타올랐다. 내부가 가루가 됨은 물론 겉은 수분이 빠져나가 바짝 마른 장작처럼 활활 타올랐다.

입가를 씰룩이던 아루라는 끝내 아무 말도 남기지 못했다. 어찌 이런 상황에서 말을 할 수 있으랴.

매캐한 연기를 내며 타오르던 아루라는 급기야 한 줌의 재가 되었다. 곧 싸늘한 바람이 불어와 재마저도 흔적도 없이 날려 버렸다. 기정풍은 가루로 만들겠다는 말을 실현하고 만 것이다.

『섬혼』 1권 끝

초등학생이 반드시 읽어야 할 좋은 책 49권

각 학년별로 초등학생이 반드시 읽어야할 좋은 책을
선정하여 통합논술의 기본이 되는 '올바른 독서법'을
일깨워 줍니다.

교과서와 함께하는
초등학교 통합논술

초등1학년 | 값 12,000원 | 초등2학년 | 값 9,500원 | 초등3학년 | 값 11,000원 | 초등4학년 | 값 9,500원 | 초등5학년 | 값 9,500원 | 초등6학년 | 값 11,000원

♣ 혼자 할 수 있어요.

엄마가 책 읽는 방법을 가르쳐 주어도 좋아요.
독서지도하는 선생님이 가르쳐 주어도 좋답니다.
"초등 교과서와 함께하는 **통합논술 시리즈**"는
아이 스스로 독서할 수 있도록 꾸며진 책이에요.
엄마와 선생님은 요령만 가르쳐 주시면 된답니다.

♣ 교과서의 중요한 내용이 총정리되어 있어요.

각 학년별로 중요한 교과 내용이 함께 수록되어 있어요.
초등학생은 교과서 내용을 충실하게 공부해야 합니다.
아울러 그와 병행한 독서가 대단히 중요하지요.
"초등 교과서와 함께하는 **통합논술 시리즈**"는
두가지 방법 모두 알려준답니다.

♣ 이 책은 훌륭하신 선생님들이 함께 쓰신 책이랍니다.

동화작가 선생님들이 쓰셨어요. 소설가 선생님도 쓰셨답니다.
국어 논술독서지도 선생님들도 함께 쓰셨지요.
"초등 교과서와 함께하는 **통합논술 시리즈**"는
엄마의 마음으로 모든 선생님들이 함께 꾸민 책이랍니다.

입소문을 통해 아는 분은 다 알고 계십니다!
올 한해 공인중개사 최고의 화제작!

1~2권 합본 | 이용훈 지음
3~4권 합본 | 이용훈 지음
5~6권 합본 | 이용훈 지음
용어 해설 | 이용훈 지음

수험생 기본 필독서
만화 공인중개사

제목 : 만화공인중개사 쓰신 분에게 감사드립니다.

학원을 두 달 다녔어요. 근데 과연 그 숫자 외우기 그런 게 몇 문제나 나올까 생각을 했어요
아니라는 생각이 드네요. 학원강의를 뒤로하고 서점을 갔어요. 내 머리에가장이해될수있는
책이 없나 하구요. 거기서 만화를 발견했어요. 무조건 세 번 봤어요. 3개월 걸렸어요. 문제집을 보라고
했는데 그건 시행을 못했어요. 근데 합격을 했네요.
어떻게 감사의 말을 해야 될지……
도서관에서 만화책 들고 다니니까 사람들이 비웃더라구요. 만화책으로 공인중개사를 공부한다고
미친 사람처럼 보더라구요. 근데 그거 다 감수하고 했던 내가 자랑스럽습니다.
어떻게 감사의 말을 해야 할지… 정말 감사합니다.
부디 행복하세요. 제 나이 41살에 좋은 스승을 만난 것 같습니다.
엎드려 감사드립니다.

-본사 홈페이지에 독자분이 올린 메일 中 에서 발췌-